白话文学史

蓬莱阁典藏系列

胡 适 / 撰

骆玉明 / 导读

上海古籍出版社

图书在版编目(CIP)数据

白话文学史 / 胡适撰;骆玉明导读. —上海：
上海古籍出版社，2019.5
(蓬莱阁典藏系列)
ISBN 978-7-5325-8903-6

Ⅰ.①白… Ⅱ.①胡… ②骆… Ⅲ.①中国文学—古
代文学史 Ⅳ.①I209.2

中国版本图书馆 CIP 数据核字(2018)第 134029 号

蓬莱阁典藏系列

白话文学史

胡适 撰　骆玉明 导读

———————————————————

上海古籍出版社　出版、发行

(上海市瑞金二路 272 号　邮政编码 200020)
(1) 地址：www.guji.com.cn
(2) E-mail：guji1@guji.com.cn
(3) 易文网网址：www.ewen.co

印　刷　江阴金马印刷有限公司
开　本　787×1092　1/32
印　张　12.125
插　页　5
字　数　245,000
版　次　2019 年 5 月第 1 版　2019 年 5 月第 1 次印刷
ISBN 978-7-5325-8903-6/I·3296
定　价　46.00 元

如有质量问题,请与承印公司联系

出版说明

　　中国传统学术发展到晚清民国，进入一个关键的转折时期。面对"数千年未有之变局"，旧传统与新思想无时不在激荡中融汇，学术也因而别开生面。士人的眼界既开，学殖又厚，遂有一批大师级学者与经典性著作涌现。这批大师级学者在大变局中深刻反思，跳出旧传统的窠臼，拥抱新思想的精粹，故其成就者大。本社以此时期的大师级学者经典性著作具有开创性，遂延请当今著名专家为之撰写导读，希冀借助今之专家，诠释昔之大师，以引导读者理解其学术源流、文化背景等。是以本社编有"蓬莱阁丛书"，其意以为汉人将庋藏要籍的馆阁比作道家蓬莱山，后世遂称藏书阁为"蓬莱阁"，因借取而为丛书名。"蓬莱阁丛书"推出后风行海内,为无数学子涉猎学术提供了阶梯。今推出"蓬莱阁典藏系列",萃取"蓬莱阁丛书"之精华,希望大师的经典之作与专家的精赅之论珠联璧合,继续帮助读者理解中国传统学术的发展与大师的治学风范。

目 录 |

关于胡适的《白话文学史》

骆玉明

　　胡适的《白话文学史》写成于 1927 年,次年由新月书店出版。原计划写成上、中、下三卷,但仅完成了上卷。胡适的朋友曾多次敦促他将全书写完,他本人直至 1958 年 4 月由美国回台湾定居时在机场答记者问,还表示了同样的愿望。但到 1962 年 2 月胡适去世,这书终究和他的另一部名著《中国哲学史大纲》一样,仅以上卷传世。其实,胡适晚年一再表示要将这两部未完之作写全,恐怕只是一种心愿、一种学术责任感的表示,而并无真实的计划。一方面,他太有名,要忙的事情太多;另一方面,这两部书均是中国现代学术史上的筚路蓝缕之作,地位崇高而缺陷难免,在相关的学术研究已有很大发展变化的数十年之后,再来做接续的工作,实在不易讨好。从前听鲍正鹄先生说,"胡适是个很漂亮的人","漂亮"一语大有神韵。他恐怕不肯把事情做得难看的。

　　但胡适本以"但开风气不为师"自诩,若仅从"开风气"而论,则半部著作也足以标示一种新的范例。在中国哲学史研究方面，胡适自信"是开山的人"，这话并不过分；而在中国文学史方面，虽说在胡适之前已有多种专著，其中谢无量的《中国大文学史》(1918)还享誉颇盛，但要论感觉之敏锐、面目之新颖，都不能和这部《白话文学史》相比。50年代批判胡适学术思想时，有人提到如郑振铎的《中国俗文学史》(1938)、陆侃如、冯沅君的《中国诗史》(1931)、刘大杰的《中国文学发展史》(1941)等多种文学史著作均受到胡适此书的"恶劣影响"。"恶劣"与否现在看来恐怕难说，《白话文学史》的影响深远却是事实。

要说到《白话文学史》的特点，首先要注意到它不是单纯的学术研究著作。它不仅和"五四"新文化运动紧密相关，其背后还牵连着清末以来一系列的社会变革要求。

提倡运用白话写作，既非始于"五四"时期，更非始于胡适，这一点许多研究者已经指出了。清末"戊戌变法"时期，就已出现不少白话报刊。一些维新派人士，甚至把是否使用白话视为国之强弱所系。如裘廷梁载于《无锡白话报》的《论白话为维新之本》一文，就提出："呜呼！使古之君天下者，崇白话而废文言，则吾黄人聪明才力无他途以夺之，必且务为有用之学，何至暗没如斯矣？……以区区数小岛之民，皆有雄视全球之志，则日本用白话之效。"与之相应，自清末以来还逐渐形成一种"国语统一"运动，其主要目标也是在平民中起到普及文化的作用。大抵自"戊戌维新"以来，一般人士倡导白话文，主要着眼于普及教育、开发民智、推广"有用之学"，同时也触及了文言的某些根本弊病。但这种"白话文运动"未能取得显著的成效。这既是因为社会条件的不成熟,也是因为倡导者主要是从便于普及、便于使用的价值上看待白话文;反言之,这其实仍是承认了文言在"高雅"层次上的优势。

而当胡适等人出来倡导白话文时,历史条件又有了更大的变化。这首先是清室的覆亡和民国的建立——"民国"者,本是中国历史上没有过的东西,是"西化"的产物。与此同时,社会对新文化、新思想的需求也愈加强烈,古老而陈腐的文言与社会变革的要求相脱节、相冲突的矛盾日益突出。这差不多是到了有人登高一呼,便会应者云起的时候。胡适适逢其时。

从胡适《逼上梁山》一文的自述来看,他留学美国期间对中国语文的思考,也是始于普及教育的问题,以为"汉文问题之中心在于'汉文究可为传授教育之利器否'一问题"。但这一思考很快转向"文学革命"的要求。1915 年 7 月胡适作《送梅觐庄往哈佛大学》诗,首次提出"新潮之来不可止,文学革命其时矣!"1916 年 4 月胡适作《沁园春·誓词》,更慷慨地表达了欲为天下先的心愿:"文章革命何疑!且准备搴旗作健儿。"这种改变的契机,是胡适因留学美国而了解西洋文学史获得的深刻启发:他发现欧洲各国近代文学的根本性变化,均是发轫于语言工具的改变,是用新鲜活泼的俚语取代了貌似"高雅"而其实僵死的拉丁文。这种变化,不仅产生了优秀的文学作品,而且改造了各个民族的语言文字,如"但丁(Dante)之创意大利文,却叟(Chaucer)之创英吉利文,马丁路得(Martin Luther)之创德意志文",并进而改造了各民族的文化。由此反观中国,胡适得出了白话文学才是中国的"活文学",而古文、诗词只是一种"半死文学"的认识,萌发了推动"文学革命"的决心。在中国面临无数繁难的问题之际,把文学和文学的语言工具看得如此重要,就是因为它与社会的变化牵连深广——这是胡适特别聪明的地方。不久,胡适在 1917 年 1 月出版的《新青年》二卷五号上,发表了标志新文学运动发端的《文学改良刍议》。不说"革命"说"改良",据说是为了"谦虚"一点(见《逼上梁山》)。但陈独秀显然对"改良"感到不满,他的响应之作遂径题为《文学革命论》(载《新青年》二卷六号),在国内正式揭起"文学革命"的旗帜。

胡适倡导白话文学与从前的"白话文运动"实有极大不同。他不是把白话文视为便利"下愚"的工具,而是从"历史必然"、"世界通则"这两个基点来看它的价值;这种具有历史与理论深度的认识,也使他对自己的主张充满热情与自信。而从"文学革命"的角度来提倡白话文,对文言的打击又是格外有力的:因为文学是语言的高级形态,如果能够证明白话文学远胜于文言文学,那么文言将从根本上被动摇,它在社会生活中再无存身的理由。

从以上简单的历史追溯,我们可以看到,所谓"新文学运动"其实不是单纯的文学范围内的事件,它包涵了许多历史内容。维新派借助推广白话文以开发民智、普及教育、救亡图存的期望,在新文学运动中其实是得到承袭的。胡适于《文学改良刍议》之后发表的另一篇重要论文《建设的文学革命论》(载 1918 年 4 月出版之《新青年》四卷四号),提出

"国语的文学,文学的国语"的口号,主张通过新文学创作来改造中国的语言,也给已经半死不活的"国语统一"运动注入了强大的活力。而从最根本的意义上来说,"文学革命"打击了作为旧思想、旧文化之基本载体的文言,无疑昭示着中国文化新时代的到来。陈旧的语言系统维系着陈旧的思想感情、思维方式,它使人容易陷落在古老的意念世界而远离生活的变化;将之弃置一旁,新思想、新文化才有可能彻底摆脱传统的禁锢,在新鲜的语言中寻求发展的天地。这是"文学革命"激起强烈社会反响的根本原因。生于后世的人想要挑剔胡适等人理论中的某些偏颇乃至错谬并不难,但它在历史上发生过的巨大作用并不因此而有所消减。

以上所说,是《白话文学史》产生的基本背景,这一背景决定了《白话文学史》的一些重要特点。

关于中国文学史,胡适早在留学美国的 1916 年,已经产生了"白话的文学为中国千年来仅有之文学"这样尖锐的意见(1916 年 7 月 6 日日记,见《逼上梁山》)。之后在《建设的文学革命论》一文中,他又把这种尖锐的意见公开提出:"这二千年的文人所做的文学都是死的,都是用已经死了的语言文字做的。死文字决不能产生活文学。……简单说来,自从《三百篇》到于今,中国的文学凡是有一些价值有一些儿生命的,都是白话的,或是近于白话的。其余的都是没有生气的古董,都是博物院中的陈列品!"这大体上已经构成胡适关于中国文学史的核心观念。随着新文学运动的逐渐展开,胡适不仅要维护白话文学在现实中的正当权利,而且力图证明"白话文学之为中国文学之正宗"(《文学改良刍议》),为"文学革命"找出历史的根据,于是产生了将上述核心观念具体展开的学术论著。先是在1921年,胡适在教育部主办的第三届国语讲习所主讲《国语文学史》课程,为此"在八星期之内编了十五篇讲义"(《白话文学史·自序》);1922年在第四届国语讲习所重讲时,胡适对这讲义又作了些删改。经过删改的讲义油印本,由黎锦熙于1927年作了校订后,交北京文化学社出版。但这部《国语文学史》的出版并未得到胡适本人的同意;胡适在知道此事后,感觉"这种见解不成熟、材料不完备、匆匆赶成的草稿出来问世,实在叫我十分难为情",于是对全书进行了彻底的修改,并改名为《白话文学史》,另行出版。《白话文学史》相比于《国语文学史》,内容要详细得多,吸收了1921—1927年间新发现或新整理的许多重要史料,观点方面也有若干变动。但《白话文学史》仅有上卷,只写到中唐诗歌;《国语文学史》虽也不完整,却已经写到《两宋的白话文学》,其中并包括一章《南宋以后国语文学的概论》,大体能够看出胡适对所谓"国语文学史"的基本构想,所以仍有其参考价值。

前面说到《白话文学史》并不是单纯的学术研究著作,主要是从它与"文学革命"的关系、特别是作者有意通过研究历史来证明"文学革命"主张的合理性而言的。黎锦熙为《白话文学史》之前身《国语文学史》所作的《代序》,称"这是'文学革命'之历史的根据,或者也含有一点儿'托古改制'的意味",这是说得不错的。胡适本人在《白话文学史·引子》中,劈头自问:"我为什么要讲白话文学史呢?"然后提出了全书的两项要旨:"第一,我要大家知道白话文学不是这三四年来几个人凭空捏造出来的;我要大家知道白话文学是有历史的,是有很长又很光荣的历史的。……我们懂得了这段历史,便可以知道我们现在参加的运动已经有了无数的前辈、无数的先锋了;便可以知道我们现在的责任是要继续那无数开路先锋没有做完的事业,要替他们修残补阙,要替他们发挥光大。第二,我要大家知道白话文学在中国文学史上占一个什么地位。老实说罢,我要大家知道白话文学史就是中国文学史的中心部分。……这一千多年中国文学史是古文文学的末路史,是白话文学的发达史。"这些话的现实感非常之强。至于书中对古代作家作品的评述,所持标准也与《文学改良刍议》中针对"今日"而言的"八事"——须言之有物、不摹仿古人、须讲求文法、不作无病之呻吟、务去烂调套语、不用典、不讲对仗、不避俗字俗语——相差不多。胡适论文学,真是做到古今一贯了。

这种现实感过于强烈的历史研究,难免会产生一些武断和偏颇,我们在后面还会谈到。但同时也应该注意到:《白话文学史》毕竟不仅仅是为"文学革命"服务的东西,毕竟还是一种学术研究著作。胡适在"五四"时期倡导新文化运动的同时,就已提出"整理国故"的问题,主张"用科学的方法"对历史文化遗产做整理的工作(《论新思潮的意义》,载1919年12月《新青年》七卷一号);他的目标,"是打倒一切成见,为中国学术谋解放"(《胡适的日记》,1922年8月26日)。所以,《白话文学史》同时也是"整理国故"的一项实践。虽然向来对胡适的学问有不够精深的批评,但是他知识广博、感觉敏锐、思路清晰,善于找到问题的关键所在,因而成为那个学术创新时代的开风气的人物,能够引导许多人从新的基点上出发。《白话文学史》在学术史上便具有这样的价值。顺带说一句:当胡适花了大量的时间来从事一项精细的研究时(如他晚年关于《水经注》版本的研究),他的影响反而小了,人们甚至为此感到可惜。

《白话文学史》的基本观点,是认为在中国文学史上存在"白话文学"与"古文文学"的对立,而前者是有生气的、富于创造力的,后者则相反;同时,白话文学本身有一种历史的进化,它在不断的积累与发展中逐渐成熟,最终由"自然的演化"转入胡适他们倡导的"文学革命",而完全取代"古文文学"。作者还强调,他的《白话文学史》,"其实是中国文学史",因为"白话文学"才是中国文学中真正有价值的东西,是中国文学的"中心部分"。我们知道,胡适的上述基本观点,在整体上并未被后来的各种文学史著作所接受,但这并不意味着他的观点缺乏价值或不被重视。事实是,像胡适这样来看待中国文学的发展是从来没有过的;他的不少看法,不仅影响了许多研究者,甚至在今天还有作深入探讨的必要。

前面已经说及,胡适的"文学革命"思想是受了欧洲文学史的启发。他讲"古文文学"与"白话文学"的对立,大体是将前者比拟为拉丁文文学,将后者比拟为近代欧洲各国萌生于方言俚语的"国语文学"。不过,"白话文"在习惯上本来只是指语体文而言,而胡适要把《白话文学史》当作"中国文学史"来写,如果在语体特征上要求过严,将会对古代大量的作品产生严厉的排斥。于是他采用了折衷的方法,将"白话文学"的范围扩大,将"不加粉饰"、"明白晓畅"的作品都阑入"白话文学"的范围。这和胡适最初提倡"文学革命"时的观点,乃至《国语文学史》的观点,都已有所改变。

欧洲文学与中国文学的情况差别很大,讨论后者而完全套用前者之例当然行不通。胡适要谈论"白话文学"与"古文文学"的对立,首先遇到的问题是中国古代言文的分歧始于何时,也就是《白话文学史》第一章的标目:"古文是何时死的?"书中用了一个简单的材料来作证明,即汉武帝时丞相公孙弘的奏书:

> ……臣谨案诏书律令下者,明天人之际,通古今之谊,文章尔雅,训辞深厚,恩施甚美。小吏浅闻,弗能究宣,无以明布谕下。(《史记》、《汉书》"儒林传"参用)

然后得出结论说:"这可见当时不但小百姓看不懂那'文章尔雅'的诏书律令,就是那班小官也不懂得。这可见古文在那个时代已成了一种死文字了。"这例子胡适在其他文章里又重复使用过,他似乎对自己的发现颇为自得。然而这里的论证未免有武断和取巧之嫌。原文不过是说小吏不能明白朝廷诏书律令的深意,重点并不在文字的难懂;更无法导出胡适所作的那种范围广大得多的结论。读胡适的文章,有时要当心他那过度的聪明。

但尽管有这样的毛病,我们还是不能不钦佩胡适注意到了中国文学中具有根本意义而在他之前却又被一般人忽视了的问题:"言"与"文"的分分合合,以及这种分与合的不得不然。进一步说,文言的语境与白话的语境全然不同,在文言的语境中无法表现、不能容纳的东西,一定要找到另外的出路。所以,尽管文言长期占据统治地位,白话文仍然能够维持自己越来越壮大的生长。这里面有着无穷的研究课题。

在《国语文学史》中,就存在一种情况:诗歌的实例多,散文(这里指文体而言,不指文学类型)的实例少。到了《白话文学史》中,因为有意扩大了范围,散文的例子稍多了些,但比重仍然远不及诗歌。而且,散文方面的例子,有很多恐怕只能算"白话文"而不是"白话文学",如一部分佛经翻译之类。由于胡适大量搜寻与白话文学有关的资料,揭示出中国文学中一个重要的现象:诗歌(包括词、曲)与散文不同,它与口语的关系较后者要密切得多。胡适对此作了解释,他提出"白话诗"有四个来源:民歌,文人的打油诗、诙谐诗,歌妓的演唱,宗教与哲理诗。就现象而论,他这样说也是有道理的。不过,我们从胡适所揭示的现象,也许可以想到更深的问题,就是:在中国古代散文中,存在白话与文言的对立,两者连语法都是不同的,但在诗歌中却并未形成如此截然分明的对立;诗歌语言在最典雅与最浅俗的两极之间,有极大的变化余地(杜甫诗就是典型范例)。胡适大概由于过分强调"白话文学"与"古文文学"、"平民文学"与"贵族文学"的对立,对此注意不够,但他却给后人留下了值得深入研究的问题。

前面也说过,胡适对古代文学作品的评价,所持标准与其《文学改良刍议》所言"八事"相差不多,在根本精神上更是完全一致的。而为了支持自己的观点,书中又大量选录了以前不被注意的作品。这使他所描绘出来的中国文学史的面貌,与前人所认识的真是大相径庭。我们知道,在中国古代,由于文人与政治的关系密切,一本正经说大道理的东西就多;又由于文学逐渐成为贵族、士大夫标示自己特殊身份的文化素养,炫耀学问、辞藻的东西也多。这些东西到了胡适那里,竟一笔抹杀。他提出"一切新文学的来源都在民间",这在当时真是震聋发聩之说,对此鲁迅也曾表示了相同的意见。他所推崇的作品,是带有平民气息的、贴近平凡和日常生活的、表达真实的痛苦与快乐的、诙谐风趣的(对这一点胡适似乎有特殊爱好),总之,要有"生气"、有"人的意味"才好。至于政治是非、道德善恶,书中极少说起。说到对具体作品的认识,人们也许多有不赞同胡适之处,但他的基本评价态度,确是把现代的眼光带到了古代文学研究中来。1930 年代以后,这一领域中的许多发展变化,都可以追溯到胡适。

由于《白话文学史》的整个框架、内容、评判标准在当时都是全新的,对中国文学发展变化的某些重要环节,必然也要提出新的见解。譬如书中说到中国故事诗的兴起、佛经翻译对中国文学的影响等等,都是文学史上的大问题。胡适所说的未必正确,但这些都引起了后来研究者的注意。在一些很具体的细节上,胡适也常常表现出他的聪明与敏感。譬如长诗《孔雀东南飞》的开头两句,"孔雀东南飞,五里一徘徊",

与全诗有何关系，甚不可解。胡适引古乐府《飞来双白鹄》、曹丕《临高台》诗，说明汉魏歌辞中向来有以双鸟偕飞、中途分离譬喻家庭悲剧的，上述两句实是《飞来双白鹄》开头"飞来双白鹄，乃从西北来。十十五五，罗列行行。妻卒被病，行不能相随。五里一反顾，六里一徘徊"这一节的变化与缩减，将那两句诗的来由与意思解说得清清楚楚，同时也为《孔雀东南飞》的产生时代当距建安不远提供了较为有力的根据。总之，即使在现在来读这部《白话文学史》，我们还是能感受到各种有意义的启发。

要说"白话文学"发展的高潮，实是要到元代以后，而这部《白话文学史》却是到中唐就结束了。胡适在这书的《自序》中特地声明："这部文学史的中下卷大概是可以在一二年内继续编成的。"结果他食言了。当然，众所周知，胡适后来在白话文学特别是小说研究上，做了大量的工作，他对《红楼梦》、《水浒传》、《西游记》诸书的考证，对《海上花列传》、《官场现形记》诸书的评述，都是影响深远的。白话小说从不登大雅之堂的"闲书"而成为中国文学史的重头戏，胡适的贡献不小。但《白话文学史》不能写完，终究还是遗憾。

我们差不多可以说，《白话文学史》是第一部具有现代学术眼光的中国文学史专著。但另一方面的事实，是这部书的基本观点，在整体上并未被后人接受。这里的主要问题，是胡适企图把《白话文学史》当作"中国文学史"来写，这样不可避免地产生了过度的排斥。虽然，比较《国语文学史》，这书将"白话文学"的范围扩大了，但人们会感觉到"白话文学"这个概念被弄得模糊了,却还是无法接受"这样宽大的范围之下,还有不及格而被排斥的,那真是僵死的文学了"这样的断语。把辞赋、骈文、律诗,把杜甫、李商隐等许多大作家的典丽之作排斥在中国文学史的有价值部分之外,这是人们难以认可的。如果胡适把问题限制在单纯的"白话文学"范围,只是研究白话因素在中国古代文学中的存在情况及白话文学创作发展、成长的过程,大概比较容易得到人们的赞同。像郑振铎的《中国俗文学史》,其实主要是讨论白话文学,并且还是受胡适影响的产物,但由于范围明确,就避免了不必要的纠葛。

问题还不止这一点。在整个中国文学史上,"白话文学"与"古文文学","平民文学"与"贵族文学",典雅与浅俗,实在也不是那么截然对立、一分为二的。简单举例来说,笔者从前写过一篇题为《谢灵运之评价与梁代诗风演变》的文章(《复旦学报》1983年6期),谈到中国文人诗歌的语言,从建安时代曹植、王粲在继承汉乐府浅俗风格的同时又糅以文人辞赋的因素而使之雅化,至颜延之、谢灵运诸人演化为高度的典雅深密,又到齐梁时文人因受南朝乐府歌辞的影响再度向浅俗摆动,并在理论上明确提出"雅俗相兼"的目标,最后走向唐诗那种既非文言亦非白话的明朗爽利的风格,整个过程中每一个环节都是有意义的。总之,在所谓"古文文学"占统治地位的时代,排斥它的存在来谈所谓"白话文学"的发展,大概未免要将复杂的问题简单化。

《白话文学史》在理论上也有些欠缺感。大致胡适所持的理论观点主要是历史进化论。但白话文学的历史进化,其核心价值的增长表现在什么地方呢？作者似乎并未加以必要的注意。也许这部书往后面再写下去，这个问题会变得更加突出，作者将不得不考虑它，但至少在上卷，这是一个被轻忽了的问题。

因为我们是后人，虽说远非高明，也容易挑剔前人的疵病。但即使如此，"挑剔"本身也不是目的，只是有些问题要加以说明而已。我们必须注意到：《白话文学史》是跟"文学革命"、新文化运动紧密相关的著作；在胡适写这部书的时候，反对新文化运动的声浪仍然存在，胡适有坚持他的文学主张、甚至如黎锦熙所说来一点"托古改制"的必要。我们也应该注意到：一部学术史上的名著，重要的并非它是否有缺陷，而是它在当时条件下所提供的学术创造性。就这一点而言，胡适"为中国学术谋解放"的意愿在《白话文学史》中是得到了相当程度的实现的。

另外，在"五四"前后的新文学运动中，主要的理论家除了胡适，当数周作人。他们的意见各有偏重，每有相互补充之处。大抵胡适对语言工具的变革看得最重，而周作人多强调文学所传达的人文精神。与胡适的《文学改良刍议》相对应，周作人有《人的文学》（载《新青年》五卷六号，1918 年 12 月出版）；与胡适的《白话文学史》相对应，周作人有《中国新文学的源流》（1932 年 3 月在辅仁大学的讲演，同年九月北京出版）。这些如对照起来读，对当时的历史情形感受会更丰富些。

白话文学史 |

胡 适 撰

自　序

　　民国十年(1921)，教育部办第三届国语讲习所，要我去讲国语文学史。我在八星期之内编了十五篇讲义，约有八万字，有石印的本子，其子目如下：

后来国语讲习所毕业了,我的讲义也就停止了。次年(1922)三月廿三日,我到天津南开学校去讲演,那晚上住在新旅社,我忽然想要修改我的《国语文学史》稿本。那晚上便把原来的讲义删去一部分,归并作三篇,总目如下:

我的日记上说:

……原书分两期的计划,至此一齐打破。原书分北宋归上期,南宋归下期,尤无理。禅宗白话文的发现,与宋《京本小说》的发现,是我这一次改革的大原因。……

但这个改革还不能使我满意。次日(三月廿四日)我在旅馆里又拟了一个大计划,定出《国语文学史》的新纲目如下:

七、金元的白话文学

（1）总论

（2）曲一　小令

（3）曲二　弦索套数

（4）曲三　戏剧

（5）小说

八、明代的白话文学

（1）文学的复古

（2）白话小说的成人时期

九、清代的白话文学

（1）古文学的末路

（2）小说上　清室盛时

（3）小说下　清室末年

十、国语文学的运动

这个计划很可以代表我当时对于白话文学史的见解。其中最重要的一点自然是加上汉以前的一段，从《国风》说起。

但这个修改计划后来竟没有工夫实行。不久我就办《努力》周报了；一年之后，我又病了。重作《国语文学史》的志愿遂一搁六七年，中间十二年(1922)暑假中我在南开大学讲过一次，有油印本，就是用三月中我的删改本，共分三篇，除去了原有的第一讲。同年十二月，教育部开第四届国语讲习所，我又讲一次，即用南开油印本作底子，另印一种油印本。这个本子就是后来北京翻印的《国语文学史》的底本。

我的朋友黎劭西先生在北京师范等处讲国语文学史时,曾把我的改订本增补一点,印作临时的讲义。我的学生在别处作教员的,也有翻印这部讲义作教本的。有许多朋友常常劝我把这部书编完付印,我也有这个志愿,但我始终不能腾出工夫来做这件事。

去年(民国十六年,1927)春间,我在外国,收到家信,说北京文化学社把我的《国语文学史》讲义排印出版了,有疑古玄同先生的题字,有黎劭西先生的长序。当时我很奇怪,便有信去问劭西。后来我回到上海,收着劭西的回信,始知文化学社是他的学生张陈卿李时张希贤等开办的,他们翻印此书不过是用作同学们的参考讲义,并且说明以一千部为限。他们既不是为牟利起见,我也不便责备他们。不过拿这种见解不成熟,材料不完备,匆匆赶成的草稿出来问世,实在叫我十分难为情。我为自赎这种罪过起见,遂决心修改这部书。

恰巧那时候我的一班朋友在上海创立新月书店。我虽然只有一百块钱的股本,却也不好意思不尽一点股东的义务。于是我答应他们把这部文学史修改出来,给他们出版。

这书的初稿作于民国十年十一月、十二月,和十一年的一月。中间隔了六年,我多吃了几十斤盐,头发也多白了几十茎,见解也应该有点进境了。这六年之中,国内国外添了不少的文学史料。敦煌石室的唐五代写本的俗文学,经罗振玉先生,王国维先生,伯希和先生,羽田亨博士,董康先生的整理,已有许多篇可以供我们的采用了。我前年(1926)

在巴黎伦敦也收了一点俗文学的史料。这是一批很重要的新材料。

日本方面也添了不少的中国俗文学的史料。唐人小说《游仙窟》在日本流传甚久，向来不曾得中国学者的注意，近年如鲁迅先生，如英国韦来（Waley）先生，都看重这部书。罗振玉先生在日本影印的《唐三藏取经诗话》是现在大家都知道宝贵的了。近年盐谷温博士在内阁文库及宫内省图书寮里发见了《全相平话》，吴昌龄的《西游记》，明人的小说多种，都给我们添了不少史料。此外的发见还不少。这也是一批很重要的新材料。

国内学者的努力也有了很可宝贵的结果。《京本通俗小说》的出现是文学史上的一件大事，董康先生翻刻的杂剧与小说，不但给我们添了重要史料，还让我们知道这些书在当日的版本真相，元人曲子总集《太平乐府》与《阳春白雪》的流通也是近年的事。《白雪遗音》虽不知落在谁家，但郑振铎先生的《白雪遗音选》也够使我们高兴了。在小说的史料方面，我自己也颇有一点点贡献。但最大的成绩自然是鲁迅先生的《中国小说史略》；这是一部开山的创作，搜集甚勤，取材甚精，断制也甚谨严，可以替我们研究文学史的人节省无数精力。近十年内，自从北京大学歌谣研究会发起收集歌谣以来，出版的歌谣至少在一万首以上。在这一方面，常惠，白启明，钟敬文，顾颉刚，董作宾……诸先生的努力最不可磨灭。这些歌谣的出现使我们知道真正平民文学是个什么样子。——以上种种，都是近年国内新添的绝大一批极重要的材料。

这些新材料大都是我六年前不知道的。有了这些新史料作根据，我的文学史自然不能不彻底修改一遍了。新出的证据不但使我格外明白唐代及唐以后的文学变迁大势，并且逼我重新研究唐以前的文学逐渐演变的线索。六年前的许多假设，有些现在已得着新证据了，有些现在须大大地改动了。如六年前我说寒山的诗应该是晚唐的产品，但敦煌出现的新材料使我不得不怀疑了。怀疑便引我去寻新证据，寒山的时代竟因此得着重新考定了。又如我在《国语文学史》初稿里断定唐朝一代的诗史，由初唐到晚唐，乃是一段逐渐白话化的历史。敦煌的新史料给我添了无数佐证，同时却又使我知道白话化的趋势比我六年前所悬想的还更早几百年！我在六年前不敢把寒山放在初唐，却不料隋唐之际已有了白话诗人王梵志了！我在六年前刚见着南宋的《京本通俗小说》，还很诧异，却不料唐朝已有不少的通俗小说了！六年前的自以为大胆惊人的假设，现在看来，竟是过于胆小，过于持重的见解了。

　　这么一来，我就索性把我的原稿全部推翻了。原稿十五讲之中，第一讲(本书的"引子")是早已删去了的(故北京印本《国语文学史》无此一章)，现在却完全恢复了，第二讲稍有删改，也保留了；第三讲与第四讲(北京印本的第二第三章)保存了一部分。此外便完全不留一字了。从汉初到白居易，在北京印本只有六十一页，不满二万五千字；在新改本里却占了近五百页，约二十一万字，增加至九倍之多。我本想把上卷写到唐末五代才结束的，现在已写了五百页，没有法子，只好把唐代一代分作两编，上篇偏重韵文，下编从古文运动说起，侧重散文方面的演变。依这样的规模做下去，这部书大概有七十万字至一百万字。何时完功，谁也不敢预料。前两个月,我有信给疑古玄同先生,说了一句戏言道:"且把上卷结束付印,留待十年后再续下去。""十年"是我的《中国哲学史大纲》的旧例,却不料玄同先生来信提出"严重抗议",他说的话我不好意思引在这里,但我可以附带声明一句:这部文学史的中下卷大概是可以在一二年内继续编成的。

＊　　＊　　＊　　＊　　＊

现在要说明这部书的体例。

第一,这书名为"白话文学史",其实是中国文学史。我在本书的引子里曾说:

> 白话文学史就是中国文学史的中心部分。中国文学史若去掉了白话文学的进化史,就不成中国文学史了,只可叫做"古文传统史"罢了。……

> 我们现在讲白话文学史,正是要讲明……中国文学史上这一大段最热闹,最富于创造性,最可以代表时代的文学史。

但我不能不用那传统的死文学来做比较,故这部书时时讨论到古文学的历史,叫人知道某种白话文学产生时有什么传统的文学作背景。

第二,我把"白话文学"的范围放的很大,故包括旧文学中那些明白清楚近于说话的作品。我从前曾说过,"白话"有三个意思:一是戏台上说白的"白",就是说得出,听得懂的话;二是清白的"白",就是不加粉饰的话;三是明白的"白",就是明白晓畅的话。依这三个标准,我认定《史记》《汉书》里有许多白话,古乐府歌辞大部分是白话的,佛书译本的文字也是当时的白话或很近于白话,唐人的诗歌——尤其是乐府绝句——也有很多的白话作品。这样宽大的范围之下,还有不及格而被排斥的,那真是僵死的文学了。

第三,我这部文学史里,每讨论一人或一派的文学,一定要举出这人或这派的作品作为例子。故这书不但是文学史,还可算是一部中国文学名著选本。文学史的著作者决不可假定读者手头案上总堆着无数名家的专集或总集。这个毛病是很普遍的。西洋的文学史家也往往不肯多举例;单说某人的某一篇诗是如何如何;所以这种文学史上只看见许多人名,诗题,书名,正同旧式朝代史上堆着无数人名年号一样。这种抽象的文学史是没有趣味的,也没有多大实用的。

第四,我很抱歉,此书不曾从《三百篇》做起。这是因为我去年从外国回来,手头没有书籍,不敢做这一段很难做的研究。但我希望将来能补作一篇古代文学史,即作为这书的"前编"。我的朋友陆侃如先生和冯沅君女士不久要出版一部《古代文学史》。他们的见地与工力都是很适宜于做这种工作的,我盼望他们的书能早日出来,好补我的书的缺陷。

此外,这部书里有许多见解是我个人的见地,虽然是辛苦得来的居多,却也难保没有错误。例如我说一切新文学的来源都在民间(页一九),又如说建安文学的主要事业在于制作乐府歌辞(页五八以下),又如说故事诗起来的时代(页七五以下),又如说佛教文学发生影响之晚(页二〇四以下)与"唱导""梵呗"的方法的重要(二〇四——二一五),又如说白话诗的四种来源(页二一七——二二九),又如王梵志与寒山的考证(页二二九——二五一),李杜的优劣论(页二九〇——二九三),天宝大乱后的文学的特别色彩说(页三〇九——三一二),卢仝张籍的特别注重(页三七九——四一〇),……这些见解,我很盼望读者特别注意,并且很诚恳地盼望他们批评指教。

＊　　＊　　＊　　＊　　＊

在客中写二十万字的书,随写随付排印,那是很苦的事。往往一章书刚排好时,我又发见新证据,或新材料了。有些地方,我已在每章之后,加个后记,如第六章,第九章,第十一章,都有后记一节。有时候,发现太迟了,书已印好,只有在正误表里加上改正。如第十一章(页二四四)里,我曾说"后唐无保大年号,五代时也没有一个年号有十一年之长的;保大乃辽时年号,当宋宣和三年至六年。"当时我检查陈垣先生的《中西回史日历》,只见一个保大年号。后来我在庐山,偶然翻到《庐山志》里的彭滨《舍利塔记》,忽见有南唐保大的年号,便记下来;回上海后,我又检查别的书,始知南唐李氏果有保大年号。这一段只好列在正误表里,等到再版时再挖改了。

＊　　＊　　＊　　＊　　＊

我开始改作此书时,北京的藏书都不曾搬来,全靠朋友借书给我

·

参考。张菊生先生(元济)借书最多;他家中没有的,便往东方图书馆转借来给我用。这是我最感激的。余上沅先生,程万孚先生,还有新月书店的几位朋友,都帮我校对这部书,都是应该道谢的。疑古玄同先生给此书题字,我也要谢谢他。

一九二八,六,五。

引　子

我为什么要讲白话文学史呢?

第一,我要大家知道白话文学不是这三四年来几个人凭空捏造出来的;我要大家知道白话文学是有历史的,是有很长又很光荣的历史的。我要人人都知道国语文学乃是一千几百年历史进化的产儿。国语文学若没这一千几百年的历史,若不是历史进化的结果,这几年来的运动决不会有那样的容易,决不能在那么短的时期内变成一种全国的运动,决不能在三五年内引起那么多的人的响应与赞助。现在有些人不明白这个历史的背景,以为文学的运动是这几年来某人某人提倡的功效,这是大错的。我们要知道,一千八百年前的时候,就有人用白话做书了;一千年前,就有许多诗人用白话做诗做词了;八九百年前,就有人用白话讲学了;七八百年前,就有人用白话做小说了;六百年前,就有白话的戏曲了;《水浒》,《三国》,《西游》,《金瓶梅》,是三四百年前的作品;《儒林外史》《红楼梦》,是一百四五十年前的作品。我们要知道,这几百年来,中国社会里销行最广,势力最大的书籍,并不是《四书》《五经》,也不是程朱语录,也不是韩柳文章,乃是那些"言之不文,行之最远"的白话小说! 这就是国语文学的历史的背景。这个背景早已造成了,《水浒》《红楼梦》……已经在社会上养成了白话文学的信用了,时机已成熟了,故国语文学的运动者能于短时期中坐收很大的功效。我们今日收的功效,其实大部分全靠那无数白话文人白话诗人替我们种下了种子,造成了空气。我们现在研究这一二千年的白话文学史,正是要我们明白这个历史进化的趋势。我们懂得了这段历史,便可以知道我们现在参加的运动已经有了无数的前辈,无数的先锋了;便可以知道我们现在的责任是要继续那无数开路先锋没有做完的事业,要替他们修残补阙,要替他们发挥光大。

第二,我要大家知道白话文学在中国文学史上占一个什么地位。老实说罢,我要大家都知道白话文学史就是中国文学史的中心部分。中国文学史若去掉了白话文学的进化史,就不成中国文学史了,只可叫做"古文传统史"罢了。前天有个学生来问我道:"西洋每一个时代有一个时代的文学;一个时代的文学总代表那一个时代的精神。何以我们中国的文学不能代表时代呢? 何以姚鼐的文章和韩愈的文章没有什么时代的差别呢?"我回答道:"你自己错读了文学史,所以你觉得中国文学不代表时代了。其实你看的'文学史',只是'古文传统史'。在那'古文传统史'上,做文的只会模仿韩柳欧苏,做诗的只会模仿李杜苏黄;

　　一代模仿一代，人人只想做'肖子肖孙'，自然不能代表时代的变迁了。你要想寻那可以代表时代的文学，千万不要去寻那'肖子'的文学家，你应该去寻那'不肖子'的文学！你要晓得，当吴汝纶、马其昶、林纾正在努力做方苞姚鼐的'肖子'的时候，有个李伯元也正在做《官场现形记》，有个刘鹗也正在做《老残游记》，有个吴趼人也正在做《二十年目睹之怪现状》。你要寻清末的时代文学的代表，还是寻吴汝纶呢？还是寻吴趼人呢？你要晓得，当方苞、姚鼐正在努力做韩愈欧阳修的'肖子'的时候，有个吴敬梓也正在做《儒林外史》，有个曹雪芹也正在做《红楼梦》。那个雍正乾隆时代的代表文学，究竟是《望溪文集》与《惜抱轩文集》呢？还是《儒林外史》与《红楼梦》呢？再回头一两百年，当明朝李梦阳、何景明极力模仿秦汉，唐顺之、归有光极力恢复唐宋的时候，《水浒传》也出来了，《金瓶梅》也出来了。你想，还是拿那假古董的古文来代表时代呢？还是拿《水浒传》与《金瓶梅》来代表时代呢？——这样倒数上去，明朝的传奇，元朝的杂剧与小曲，宋朝的词，都是如此。中国文学史上何尝没有代表时代的文学？但我们不该向那'古文传统史'里去寻，应该向那旁行斜出的'不肖'文学里去寻。因为不肖古人，所以能代表当世！"我们现在讲白话文学史，正是要讲明这一大串不肯替古人做'肖子'的文学家的文学，正是要讲明中国文学史上这一大段最热闹，最富于创造性，最可以代表时代的文学史。"古文传统史"乃是模仿的文学史，乃是死文学的历史；我们讲的白话文学史乃是创造的文学史，乃是活文学的历史。因此，我说：国语文学的进化，在中国近代文学史上，是最重要的中心部分。换句话说,这一千多年中国文学史是古文文学的末路史,是白话文学的发达史。

＊　＊　＊　＊　＊

有人说:"照你那样说,白话文学既是历史进化的自然趋势,那么,白话文学迟早总会成立的,——也可以说白话文学当《水浒》《红楼梦》风行的时候,早已成立了,——又何必要我们来做国语文学的运动呢?何不听其自然呢?岂不更省事吗?"

这又错了。历史进化有两种:一种是完全自然的演化;一种是顺着自然的趋势,加上人力的督促。前者可叫做演进,后者可叫做革命。演进是无意识的,很迟缓的,很不经济的,难保不退化的。有时候,自然的演进到了一个时期,有少数人出来,认清了这个自然的趋势,再加上一种有意的鼓吹,加上人工的促进,使这个自然进化的趋势赶快实现;时间可以缩短十年百年,成效可以增加十倍百倍。因为时间忽然缩短了,因为成效忽然增加了,故表面上看去很像一个革命。其实革命不过是人力在那自然演进的缓步徐行的历程上,有意的加上了一鞭。白话文学的历史也是如此。那自然演进的趋势是很明了的;有眼珠的都应该看得出。但是这一千多年以来,《元曲》出来了,又渐渐的退回去,变成贵族的昆曲;《水浒传》与《西游记》出来了,人们仍旧做他们的骈文古文;《儒林外史》与《红楼梦》出来了,人们仍旧做他们的骈文古文! 甚至于《官场现形记》与《二十年目睹之怪现状》出来了,人们还仍旧做他们的骈文古文! 为什么呢? 因为这一千多年的白话文学史,只有自然的演进,没有有意的革命;没有人明明白白的喊道:"你瞧! 这是活文学,那是死文学;这是真文学,那是假文学!"因为没有这种有意的鼓吹。故有眼珠的和没眼珠的一样,都看不出那自然进化的方向。这几年来的"文学革命",所以当得起"革命"二字,正因为这是一种有意的主张,是一种人力的促进。《新青年》的贡献只在他在那缓步徐行的文学演进的历程上,猛力加上了一鞭。这一鞭就把人们的眼珠子打出火来了。从前他们可以不睬《水浒传》,可以不睬《红楼梦》;现在他们可不能不睬《新青年》了。这一睬可不得了了。因为那一千多年的哑子,从此以后,便都大吹大擂的做有意的鼓吹了。因为是有意的人力促进,故白话文学的运动能在这十年之中收获一千多年收不到的成绩。假使十年前我们不加上这一鞭,迟早总有人出来加上这一鞭的;也许十年之后,也许五十年之后,这个革命总免不掉的。但是这十年或五十年的宝贵光阴岂不要白白的糟塌了吗?

故一千多年的白话文学种下了近年文学革命的种子;近年的文学革命不过是给一段长历史作一个小结束:从此以后,中国文学永永脱离了盲目的自然演化的老路,走上了有意的创作的新路了。

第一编　唐以前 |

第一章　古文是何时死的？

我们研究古代文字,可以推知当战国的时候中国的文体已不能与语体一致了。战国时,各地方言很不统一。孟轲说:

有楚大夫于此,欲其子之齐语也,则使齐人傅诸? 使楚人傅诸?

曰,使齐人傅之。

曰,一齐人傅之,众楚人咻之,虽日挞而求其齐也,不可得矣。引而置之庄岳之间数年,虽日挞而求其楚,亦不可得矣。

《孟子》书中又提及"南蛮鴃舌之人",也是指楚人。

又《韩非子》"郑人谓玉未理者璞,周人谓鼠未腊者璞",可见当时的各地方言很不同。方言不同而当时文字上的交通甚繁甚密,可见文字与语言已不能不分开了。

战国时文体与语体已分开,故秦始皇统一中国时,有"同文书"的必要。《史记》记始皇事大屡提及"同书文字"（《琅琊石刻》），"同文书"（《李斯传》）"车同轨，书同文字"（《始皇本纪》）。后人往往以为秦同文书不过是字体上的改变。但我们看当时的时势，看李斯的政治思想，可以知道当日"书同文"必不止于字体上的改变，必是想用一种文字作为统一的文字；因为要做到这一步，故字体的变简也是一种必要。

《史记》描写人物时，往往保留一两句方言，例如汉高祖与陈涉的乡人所说。《史记》引用古文，也往往改作当时的文字。当时疆域日广，方言自然也更多。我们翻开扬雄的《方言》，便可想见当日方言的差异。例如《方言》的第三节云：

> 娥，嬴，好也。秦曰娥，宋魏之间谓之嬴；秦晋之间，凡好而轻者，谓之娥。自关而东，河济之间谓之媌，或谓之姣。赵魏燕代之间曰姝，或曰娃。自关而西，秦晋之故都曰妍。好，其通语也。

"通语"二字屡见于方言全书中。通语即是当时比较最普通的话。最可注意的是第十二节：

> 敦，丰，厖，夰，幠，般，嘏，奕，戎，京，奘，将，大也。凡物之大貌曰丰。厖，深之大也。东齐海岱之间曰夰，或曰幠。宋鲁陈卫之间谓之嘏，或曰戎。秦晋之间，凡人之大谓之奘，或谓之壮。燕之北鄙，齐楚之郊，或曰京，或曰将，皆古今语也，初别国不相往来之言也。今或同；而

旧书雅记故俗,语不失其方,而后人不知,故为之作释也。

此可见一统之后,有许多方言上的怪僻之点渐渐被淘汰了,故曰"今或同"。但这种语言上的统一,究竟只限于一小部分,故扬雄当汉成帝时常常拿着一管笔,四尺布去寻"天下上计孝廉,及内郡卫卒会者",访问他们各地的异语,做成十五卷《方言》。

当时的方言既如此不统一,"国语统一"自然是做不到的。故当时的政府只能用"文言"来做全国交通的媒介。汉武帝时,公孙弘做丞相,奏曰:

……臣谨案诏书律令下者,明天人分际,通古今之谊,文章尔雅,训辞深厚,恩施甚美。小吏浅闻,弗能究宣,无以明布谕下。(《史记》《汉书》"儒林传"参用。)

这可见当时不但小百姓看不懂那"文章尔雅"的诏书律令,就是那班小官也不懂得。这可见古文在那时候已成了一种死文字了。因此,政府不得不想出一种政策,叫各郡县挑选可以造就的少年人,送到京师,读书一年,毕业之后,补"文学掌故"缺。(也见《儒林传》)又把这些"文学掌故"放到外任去做郡国的"卒史"与"属"。当时太学,武帝时只有博士弟子五十人,昭帝加至百人,宣帝加至二百人,元帝加至千人,成帝加至三千人。凡能通一经的,都可免去徭役,又可做官。做官资格是"先用诵多者"。这样的提倡，自然把古文的知识传播到各地了。从此以后，政府都只消照样提倡，各地方的人若想做官，自然是不能不读古书，自然不能不做那"文章尔雅"的古文。

这个方法——后来时时加上修改，总名叫做科举，——真是保存古文的绝妙方法。皇帝只消下一个命令，定一种科举的标准，四方的人自然会开学堂，自然会把子弟送去读古书，做科举的文章。政府可以不费一个钱的学校经费，就可以使全国少年人的心思精力都归到这一条路上去。汉武帝到现在，足足的二千年，古体文的势力也就保存了足足的二千年。元朝把科举停了近八十年，白话的文学就蓬蓬勃勃的兴起来了；科举回来了，古文的势力也回来了，直到现在，科举废了十几年了，国语文学的运动方才起来。科举若不废止，国语的运动决不能这样容易胜利。这是我从二千年的历史里得来的一个保存古文的秘诀。

科举的政策把古文保存了二千年。这固然是国语文学的大不幸。但我们平心而论，这件事也未尝没有绝大好处。中国的民族自从秦汉以来，土地渐渐扩大，吸收了无数的民族。中国的文明在北方征服了匈奴，鲜卑，拓跋，羌人，契丹，女真，蒙古，满洲，在南方征服了无数小民族，从江浙直到湖广，从湖广直到云贵。这个开化的事业，不但遍于中国本部，还推广到高丽，日本，安南等国。这个极伟大开化事业，足足费了两千年。在这两千年之中，中国民族拿来开化这些民族的材料，只是中国的古文明。而传播这个古文明的工具，在当日不能不靠古文。故我们可以说，古文不但作了二千年中国民族教育自己子孙的工具，还做了二千年中国民族教育无数亚洲民族的工具。

　　这件事业的伟大,在世界史上没有别的比例。只有希腊罗马的古文化,靠着拉丁文做教育的工具,费了一千年的工夫,开化北欧的无数野蛮民族:只有这一件事可以说是有同等的伟大。这两件事——中国古文明开化亚东,与欧洲古文明开化欧洲,——是世界史上两件无比的大事。但是有一个大不同之点。欧洲各民族从中古时代爬出来的时候,虽然还用拉丁文做公用的文字,但是不久意大利就有国语的文学了,不久法国英国西班牙德国也有国语的文学了,不久北欧东欧各国也都有国语的文学了。拉丁文从此"作古"了。何以中国古文的势力能支持二千年之久? 何以中国的国语文学到今日方才成为有意的运动呢?

　　我想,这个问题有两个答案。第一,欧洲各种新民族从那开化时代爬出来的时候,那神圣罗马帝国早已支不住了,早已无有能力统一全欧了,故欧洲分为许多独立小国,故各国的国语文学能自由发展。但中国自从汉以后,分裂的时候很短,统一的时间极长,故没有一种方言能有采用作国语的机会。第二,欧洲人不曾发明科举的政策。况且没有统一的帝国,统一的科举政策也不能实行。拉丁文没有科举的维持,故死的早。中国的古文有科举的维持,故能保存二千年的权威。

　　中国自元朝统一南北之后,六百多年,不再分裂;况且科举的制度自明太祖以来,五百多年,不曾停止。在这个绝对的权威之下,应该不会有国语文学发生了。做白话文学的人,不但不能拿白话文来应考求功名,有时还不敢叫人知道他曾做过白话的作品。故《水浒》、《金瓶梅》

等书的作者至今无人知道。白话文学既不能求实利，又不能得虚名，而那无数的白话文学作家只因为实在忍不住那文学的冲动，只因为实在瞧不起那不中用的古文，宁可牺牲功名富贵，宁可牺牲一时的荣誉，勤勤恳恳的替中国创作了许多的国语文学作品。政府的权力，科第的引诱，文人的毁誉，都压不住这一点国语文学的冲动。这不是国语文学史上最纯洁，最光荣的一段历史吗？

还有一层，中国的统一帝国与科举制度维持了二千年的古文势力，使国语的文学迟至今日方能正式成立，这件事于国语本身的进化也有一种间接的好影响。因为国语经过二千年的自由进化，不曾受文人学者的干涉，不曾受太早熟的写定与规定，故国语的文法越变越简易，越变越方便，就成了一种全世界最简易最有理的文法。（参看《胡适文存》卷三《国语文法概论》）古人说，"大器晚成"，我不能不拿这四个字来恭贺我们的国语了！

第二章　白话文学的背景

因为公孙弘的一篇奏章(引见上章)证明了古文在汉武帝时已死了，所以我们记载白话文学的历史也就可以从这个时代讲起。其实古代的文学如《诗经》里的许多民歌也都是当时的白话文学。不过《诗经》到了汉朝已成了古文学了，故我们只好把他撇开。俗语说的好："一部廿四史，从何处说起!"我们不能不有一个起点，而汉朝恰当古文学的死耗初次发觉的时期，恰好做我们的起点。

汉高祖本是一个无赖子弟，乘着乱世的机会，建立帝国，做了皇帝。他的亲戚子弟，故人功臣，都是从民间来的。开国功臣之中，除了张良等极少数旧家子弟之外，有的是屠狗的，有的是衙门里当差的，有的是在人胯下爬过来的。这个朝廷是一群无赖的朝廷，刘邦便是无赖的头儿，《史记》说：

沛公不喜儒。诸客冠儒冠来者，沛公辄解其冠，溺其中。与人言，常大骂。

这里活画出一副无赖相。《史记》又说,天下平定之后,

> 群臣饮,争功,醉或妄呼,拔剑击柱。

这又是一群无赖的写生。在这一个朝廷之下,民间文学应该可以发达。高祖十二年(前195):

> 上还归过沛,留置酒沛宫,悉召故人父老。子弟佐酒,发沛中儿,得百二十人,教之歌。酒酣,上击筑,自歌曰:
> 大风起兮云飞扬。
> 威加海内兮归故乡。
> 安得猛士兮守四方。
> 令儿皆和习之。上乃起舞,慷慨伤怀,泣数行下。(《高祖本纪》)

这虽是皇帝做下的歌,却是道地的平民文学。

后来高祖的妻妾吃醋,吕后把戚姬囚在永巷里,剪去她的头发,穿着赭衣,做舂米的苦工。戚姬想念她的儿子赵王如意,一面舂,一面唱歌道:

子为王,母为虏,

终日春薄暮,

常与死为伍。

相离三千里,

当谁使告汝!(《汉书》卷九十七上)

这也是当日的白话文学。

后来吕后擅权,诸吕用事,朱虚侯刘章替他们刘家抱不平。有一天,他伺候吕后饮宴,太后派他监酒;酒酣之后,他起来歌舞。唱一只《耕田歌》:

深耕,概种,

立苗欲疏。

非其种者,

锄而去之。

这也是一首白话的无韵诗。

这些例子都可以表示当时应该有白话文学的产生。但当时白话文学有两种阻力:一是帝国初统一,方言太多,故政府不能不提倡古文作为教育的工具,作为官书的语言。一是一班文人因白话没有标准,不能不模仿古文辞;故当时文人的诗赋都是模仿古文的。风气既成,一时不容易改革。到了武帝的时候，许多文学的清客，或在朝廷，或在诸王封邑，大家竞争作仿古的辞赋，古文学更时髦了。后来王莽的时代，处处托古改制，所以事事更要模仿古人，诏书法令与辞赋诗歌便都成了假古董，但求像《尚书》《周颂》，而不问人能懂不能懂了。

我们且引一两首汉朝的《郊祀歌》，使读者知道当时那些仿古的庙堂文学是个什么样子：

后皇嘉坛，立玄黄服。物发冀州，兆蒙祉福。沈沈四塞，遐狄合处。经营万亿，咸遂厥宇。(《汉郊祀歌》)

天地并况，惟予有慕。爰熙紫坛，思求厥路。恭承禋祀，缊豫为粉。黼绣周张，承神至尊。(同上)

但庙堂的文学终压不住田野的文学；贵族的文学终打不死平民的文学。司马迁的外孙杨恽曾说过当日的民间文学的环境：

……田家作苦；岁时伏腊；烹羊炰羔；斗酒自劳。家本秦也，能为秦声。妇，赵女也，雅善鼓瑟。奴婢歌者数人。酒后耳热，仰天拊缶而呼乌乌。其歌曰：

田彼南山，芜秽不治。

种一顷豆，落而为萁。

人生行乐耳！须富贵何时！

是日也，拂衣而喜，奋袖低印，顿足起舞。……

这里面写的环境，是和那庙堂文学不相宜的。这种环境里产生的文学自然是民间的白话文学。那无数的小百姓的喜怒悲欢，决不是那《子虚》、《上林》的文体达得出的。他们到了"酒后耳热，仰天拊缶"，"拂衣而喜"，"顿足起舞"的时候，自然会有白话文学出来。还有痴男怨女的欢肠热泪，征夫弃妇的生离死别，刀兵苛政的痛苦煎熬，都是产生平民文学的爷娘。庙堂的文学可以取功名富贵，但达不出小百姓的悲欢哀怨：不但不能引出小百姓的一滴眼泪，竟不能引起普通人的开口一笑。因此，庙堂的文学尽管时髦，尽管胜利，终究没有"生气"，终究没有"人的意味"。二千年的文学史上，所以能有一点生气，所以能有一点人味，全靠有那无数小百姓和那无数小百姓的代表的平民文学在那里打一点底子。

从此以后，中国的文学便分出了两条路子：一条是那模仿的，沿袭的，没有生气的古文文学，一条是那自然的，活泼泼的，表现人生的白话文学。向来的文学史只认得那前一条路，不承认那后一条路。我们现在讲的是活文学史，是白话文学史，正是那后一条路。

第三章　汉朝的民歌

　　一切新文学的来源都在民间。民间的小儿女，村夫农妇，痴男怨女，歌童舞妓，弹唱的，说书的，都是文学上的新形式与新风格的创造者。这是文学史的通例，古今中外都逃不出这条通例。

　　《国风》来自民间，《楚辞》里的《九歌》来自民间。汉魏六朝的乐府歌辞也来自民间。以后的词是起于歌妓舞女的，元曲也是起于歌妓舞女的。弹词起于街上的唱鼓词的，小说起于街上说书讲史的人——中国三千年的文学史上，那一样新文学不是从民间来的?

　　汉朝的文人正在仿古做辞赋的时候，四方的平民很不管那些皇帝的清客们做的什么假古董，他们只要唱他们自己懂得的歌曲。例如汉文帝待他的小兄弟淮南王长太忍了一点，民间就造出一只歌道：

　　一尺布，尚可缝。

　　一斗米，尚可舂。

兄弟二人不相容。

又如武帝时,卫子夫做了皇后,她的兄弟卫青的威权可以压倒一国,民间也造作歌谣道:

生男无喜,
生女无怒,
独不见卫子夫霸天下?

这种民歌便是文学的渊泉。武帝时有个歌舞的子弟李延年得宠于武帝,有一天,他在皇帝面前起舞,唱了这一只很美的歌:

北方有佳人,
绝世而独立,
一顾倾人城,
再顾倾人国。——
宁不知倾城与倾国?
佳人难再得!

李延年兄妹都是歌舞伎的一流;《汉书》卷九十三云,李延年身及父母兄弟皆故倡也。)他们的歌曲正是民间的文学。

汉代民间的歌曲很有许多被保存的。故《晋书·乐志》说：

凡乐章古辞，今之存者，并汉世街陌谣讴。《江南可采莲》，《乌生十五子》，《白头吟》之属也。

今举《江南可采莲》为例：

江南可采莲，莲叶何田田！鱼戏莲叶间。

鱼戏莲叶东，

鱼戏莲叶西，

鱼戏莲叶南，

鱼戏莲叶北。

这种民歌只取音节和美好听，不必有什么深远的意义。这首采莲歌，很像《周南》里的《芣苢》，正是这一类的民歌。

有一些古歌辞是有很可动人的内容的。例如《战城南》一篇：

战城南，死郭北，野死不葬乌可食。

为我谓乌："且为客豪，野死谅不葬，腐肉安能去子逃？"

水深激激，蒲苇冥冥。枭骑战斗死，驽马徘徊鸣。

梁筑室，何以南？何以北？禾黍不获君何食？愿为忠臣安可得？

思子良臣。良臣诚可思！朝行出攻，暮不夜归！

这种反抗战争的抗议，是很有价值的民歌。同样的还有《十五从军征》一篇：

十五从军征，八十始得归，道逢乡里人，"家中有阿谁？""遥望是君家，松柏冢累累；兔从狗窦入，雉从梁上飞。中庭生旅谷，井上生旅葵。"——烹谷接作饭，采葵持作羹。羹饭一时熟，不知贻阿谁。出门东向望，泪落沾我衣。

汉代的平民文学之中，艳歌也不少。例如《有所思》一篇：

有所思，乃在大海南。何用问遗君？双珠玳瑁簪，用玉绍缭之。闻君有他心，拉杂摧烧之。摧烧之！当风扬其灰！从今以往，勿复相思！相思与君绝。鸡鸣犬吠，兄嫂当知之。妃呼豨，（妃呼豨大概是有音无义的感叹词。）秋风肃肃晨风飔，东方须臾高知之。

又如《艳歌行》：

翩翩堂前燕，冬藏夏来见。兄弟两三人，流荡在他县。故衣谁当补？新衣谁当绽？赖得贤主人，览取为吾绽。夫婿（主人是女主人；夫婿是她的丈夫)从门来,斜柯西北眄。(丁福保说:"斜柯"是古语。当为欹侧之意。梁简文帝《遥望》诗"散诞垂红帔,斜柯插玉簪"。)"语卿且勿眄,水清石自见。"——石见何累累! 远行不如归。

这两首诗都保存着民歌的形式,如前一首的"妃呼豨",如后一首的开头十个字,都可证他们是真正民间文学。

艳诗之中,《陌上桑》要算是无上上品。这首诗可分做三段:第一段写罗敷出去采桑,接着写她的美丽:

日出东南隅,照我秦氏楼。秦氏有好女,自名为罗敷,罗敷善蚕桑,采桑城南隅。青丝为笼系,桂枝为笼钩。头上倭堕髻,耳中明月珠;缃绮为下裙,紫绮为上襦。行者见罗敷,下担捋髭须。少年见罗敷,脱帽著帩头。耕者忘其犁,锄者忘其锄;来归相怨怒,但坐观罗敷。

这种天真烂漫的写法,真是民歌的独到之处。后来许多文人模仿此诗,只能模仿前十二句,终不能模仿后八句。第二段写一位过路的官人要调戏罗敷,她作谢绝的回答:

使君从南来,五马立踟蹰。使君遣吏往,问是谁家姝。"秦氏有好女,自名为罗敷。""罗敷年几何?""二十尚不足,十五颇有余。"使君谢罗敷:"宁可共载不?"罗敷前致辞:"使君一何愚! 使君自有妇,罗敷自有夫。"

末段完全描写她的丈夫：

> 东方千余骑，夫婿居上头。何用识夫婿？白马从骊驹，青丝系马尾，黄金络马头；腰中鹿卢剑，可值千万余。十五府小史，二十朝大夫，三十侍中郎，四十专城居。为人洁白皙，鬑鬑颇有须。盈盈公府步，冉冉府中趋。坐中数千人，皆言夫婿殊。

"坐中数千人，都说俺的夫婿特别漂亮，"——这也是天真烂漫的民歌写法，决不是主持名教的道学先生们想得出的结尾法。

古歌辞中还有许多写社会风俗与家庭痛苦的。如《陇西行》写西北的妇女当家：

> 天上何所有？历历种白榆。桂树夹道生，青龙对道隅。凤皇鸣啾啾，一母将九雏。顾视世间人，为乐甚独殊。
>
> 好妇出迎客，颜色正敷愉，伸腰再拜跪，问客平安不。请客北堂上，座客毡氍毹。清白各异尊，酒上正华疏。(此句不易懂得)酌酒持与客，客言主人持，却略再拜跪，然后持一杯。谈笑未及竟，左顾勅中厨。促令办粗饭，慎莫使稽留。废礼送客出，盈盈府中趋。送客亦不远，足不过门枢。取妇得如此，齐姜亦不如。健妇持门户，胜一大丈夫。

首八句也是民歌的形式。古人说《诗三百篇》有"兴"的一体，就是这一种无意义的起头话。

《东门行》写一个不得意的白发小官僚和他的贤德的妻子：

> 出东门，不顾归。来入门，怅欲悲，盎中无斗米储，还视架上无悬衣。拔剑出门去，舍中儿母牵衣啼："他家但愿富贵，贱妾与君共铺糜。"
>
> 上用仓浪天，故下当用此黄口儿！（仓浪是青色。黄口儿是小孩子。）今非咄行，吾去为迟。——白发时下难久居！

在这种写社会情形的平民文学之中，最动人的自然要算《孤儿行》了。《孤儿行》的全文如下：

> 孤儿生。孤子遇生，命独当苦。父母在时，乘坚车，驾驷马。父母已去，兄嫂令我行贾，南到九江，东到齐与鲁。腊月来归，不敢自言苦。头多虮虱，面目多尘。大兄言办饭，大嫂言视马。上高堂，行取殿下堂，孤儿泪下如雨。使我朝行汲，暮得水来归，手为错，足下无菲，怆怆履霜，中多蒺藜。拔断蒺藜，肠肉中怆欲悲。泪下渫渫，清涕累累。冬无复襦，夏无单衣。居生不乐，不如早去，下从地下黄泉。
>
> 春气动，草萌芽。三月桑蚕，六月收瓜。将是瓜车，来到还家。瓜车反覆，助我者少，啗瓜者多。"愿还我蒂！兄与嫂严，独且急归，当兴校计。"

乱曰：里中一何诜诜！愿欲寄尺书，将与地下父母，兄嫂难与久居。

这种悲哀的作品。真实的情感充分流露在朴素的文字之中，故是上品的文学。

从文学的技术上说，我最爱《上山采蘼芜》一篇：

上山采蘼芜，下山逢故夫。长跪问故夫，"新人复何如？""新人虽言好，未若故人姝。颜色类相似，手爪不相如。新人从门入，故人从阁去。新人工织缣，故人工织素，织缣日一匹，织素五丈余，将缣来比素，新人不如故。"

这里只有八十个字，却已能写出一家夫妇三个人的性格与历史，写的是那弃妇从山上下来遇着故夫时几分钟的谈话，然而那三个人的历史与那一个家庭的情形，尤其是那无心肝的丈夫沾沾计较锱铢的心理，都充分写出来了。

* * * * *

以上略举向来相传的汉代民歌，可以证明当日在士大夫的贵族文学之外还有不少的民间文学。我们现在距离汉朝太远了，保存的材料又太少，没有法子可以考见当时民间文学产生的详细状况。但从这些民歌里，我们可以看出一些活的问题，真的哀怨，真的情感，自然地产出这些活的文学。小孩睡在睡篮里哭,母亲要编只儿歌哄他睡着;大孩子在地上吵,母亲要说个故事哄他不吵;小儿女要唱山歌,农夫要唱曲子;痴男怨女要歌唱他们的恋爱,孤儿弃妇要叙述他们的痛苦;征夫离妇要声诉他们的离情别恨;舞女要舞曲,歌伎要新歌——这些人大都是不识字的平民,他们不能等候二十年先去学了古文再来唱歌说故事。所以他们只真率地唱了他们的歌;真率地说了他们的故事。这是一切平民文学的起点。散文的故事不容易流传,故很少被保存的。韵文的歌曲却越传越远;你改一句,他改一句;你添一个花头,他翻一个花样,越传越有趣了,越传越好听了。遂有人传写下来,遂有人收到"乐府"里去。

"乐府"即是后世所谓"教坊"。《汉书》卷二十二说:

〔武帝〕乃立乐府,采诗夜诵,有赵代秦楚之讴。以李延年为协律都尉。多举司马相如等造为诗赋,略论律吕,以合八音之调,作十九章之歌。

又卷九十三云:

李延年,中山人;身及父母兄弟皆故倡也。延年坐法腐刑(受阉割之刑),给事狗监中。女弟得幸于上,号李夫人。……延年善歌,为新变声。是时上方兴天地诸祠,欲造乐,令司马相如等作诗颂。延年辄承意弦歌所造诗,为之新声曲。

又卷九十七上说李夫人死后,武帝思念她,令方士少翁把她的鬼招来；那晚上,仿佛有鬼来,却不能近看她。武帝更想念她,为作诗曰：

是邪？非邪？

立而望之。

偏何姗姗其来迟？

"令乐府诸音家弦歌之。"总看这几段记载,乐府即是唐以后所谓教坊,那是毫无疑义的。李延年的全家都是倡；延年自己是阉割了的倡工,在狗监里当差。司马相如也不是什么上等人,他不但曾"著犊鼻裈,与佣保杂作,"在他的太太开的酒店里洗碗盏；他的进身也是靠他的同乡狗监杨得意推荐的。(《汉书》卷五十七上)这一班狗监的朋友组织的"乐府"便成了一个俗乐的机关,民歌的保存所。

《汉书》卷二十二又说：

是时(成帝时)郑声尤甚。黄门名倡丙疆景武之属富显于世。贵戚五侯定陵富平外戚之家淫侈过度,至与人主争女乐。哀帝自为定陶王时疾之,又性不好音,及即位,下诏曰,"……郑卫之声兴则淫僻之化兴,而欲黎庶敦朴,家给,犹浊其源而求其清流,岂不难哉？……其罢乐府官。郊祭乐及古兵法武乐在经非郑卫之乐者,条奏,别属他官。"

因根淫声而遂废"乐府",可见乐府是俗乐的中心。当时丞相孔光奏覆,把"乐府"中八百二十九人之中,裁去了四百四十一人!《汉书》记此事,接着说:

> 然百姓渐渍日久,又不制雅乐有以相变,豪富吏民湛沔自若。

这可见当时俗乐民歌的势力之大。"乐府"这种制度在文学史上很有关系。第一,民间歌曲因此得了写定的机会。第二,民间的文学因此有机会同文人接触,文人从此不能不受民歌的影响。第三,文人感觉民歌的可爱,有时因为音乐的关系不能不把民歌更改添减,使他协律;有时因为文学上的冲动,文人忍不住要模仿民歌,因此他们的作品便也往往带着"平民化"的趋势,因此便添了不少的白话或近于白话的诗歌。这三种关系,自汉至唐,继续存在。故民间的乐歌收在乐府的,叫做"乐府";而文人模仿民歌做的乐歌,也叫做"乐府";而后来文人模仿古乐府作的不能入乐的诗歌,也叫做"乐府"或"新乐府"。

从汉到唐的白话韵文可以叫做"乐府"时期。乐府是平民文学的征集所,保存馆。这些平民的歌曲层出不穷地供给了无数新花样,新形式,新体裁;引起了当代的文人的新兴趣,使他们不能不爱玩,不能不佩服,不能不模仿。汉以后的韵文的文学所以能保存得一点生气,一点新生命,全靠有民间的歌曲时时供给活的体裁和新的风趣。

第四章　汉朝的散文

　　无论在那一国的文学史上，散文的发达总在韵文之后，散文的平民文学发达总在韵文的平民文学之后。这里面的理由很容易明白。韵文是抒情的，歌唱的，所以小百姓的歌哭哀怨都从这里面发泄出来，所以民间的韵文发达的最早。然而韵文却又是不大关实用的，所以容易被无聊的清客文丐拿去巴结帝王卿相，拿去歌功颂德，献媚奉承；所以韵文又最容易贵族化，最容易变成无内容的装饰品与奢侈品。因此，没有一个时代不发生平民的韵文文学，然而僵化而贵族化的辞赋诗歌也最容易产生。

　　散文却不然。散文最初的用处不是抒情的，乃是实用的。记事，达意，说理，都是实际的用途。这几种用途却都和一般老百姓没有多大的直接关系。老百姓自然要说白话，却用不着白话的散文。他爱哼只把曲子，爱唱只把山歌，但告示有人读给他听，乡约有人讲给他听，家信可以托人写，状子可以托人做，所以散文简直和他没多大关系。因此，民间的散文起来最迟；在中国因为文字不易书写，又不易记忆，故民间散文文学的起来比别国更迟。然而散文究竟因为是实用的，所以不能不受实际需要上的天然限制。无论是记事，是说理，总不能不教人懂得。故孔子说，"辞，达而已矣。"故无论什么时代，应用的散文虽然不起于民间，总不会离民间的语言太远。故历代的诏令，告示，家信，诉讼的状子与口供，多有用白话做的。只有复古的风气太深的时代，或作伪的习惯太盛的时代，浮华的习气埋没了实用的需要，才有诘屈聱牙的诰敕诏令，骈四俪六的书启通电呵！

汉朝的散文承接战国的遗风，本是一种平实朴素的文体。这种文体在达意说理的方面大体近于《论语》《孟子》，及先秦的"子"书；在记事的方面大体近于《左传》《国语》《战国策》等书。前一类如贾谊的文章与《淮南子》，后一类如《史记》与《汉书》。这种文体虽然不是当时民间的语体，却是文从字顺的，很近于语体的自然文法，很少不自然的字句。所以这种散文很可以白话化，很可以充分采用当日民间的活语言进去。《史记》和《汉书》的记事文章便是这样的。《史记·项羽本纪》记项羽要活烹刘邦的父亲，刘邦回答道：

吾与若俱受命怀王，约为兄弟。吾翁即若翁。必欲烹而翁，则幸分我一杯羹。

《汉书》改作：

吾翁即汝翁。必欲烹乃翁,幸分我一杯羹。

这话颇像今日淮扬一带人说话,大概司马迁记的是当时的白话。又如《史记·陈涉世家》记陈涉的种田朋友听说陈涉做了"王",赶去看他,陈涉请他进宫去,他看见殿屋帷帐,喊道:

伙颐!涉之为王沉沉者!(者字古音如睹)

《汉书》改作:

伙!涉之为王沉沉者!

这话也像现在江南人说话,("伙颐"是惊羡的口气。"者"略如苏州话的"笃"字尾。)一定是道地的白话。又如《史记·周昌传》里写一个口吃的周昌谏高祖道:

臣口不能言,然臣期——期知其不可。陛下欲废太子,臣期——期不奉诏。

这也是有意描摹实地说话的样子。又如《汉书·东方朔传》所记也多是白话的,如东方朔对武帝说:

朱儒长三尺余,俸一囊,粟钱二百四十。臣朔长九尺余,亦俸一囊粟,钱二百四十。朱儒饱欲死,臣朔饥欲死。臣言可用,幸异其礼。不可用,罢之,无令索长安米。

《史记》的《魏其武安侯传》里也很多白话的记载。如说灌夫行酒:

次至临汝侯灌贤,贤方与程不识耳语,又不避席。夫无所发怒,乃骂贤曰:"平生毁程不识不直一钱,今日长者为寿,乃效女曹儿呫嗫耳语!"蚡(丞相田蚡)谓夫曰:"程李(李广)俱东西宫卫尉,今众辱程将军,仲孺(灌夫)独不为李将军地乎?"

夫曰:"今日斩头穴胸,何知程李!"

这种记载所以流传二千年,至今还有人爱读,正因为当日史家肯老实描写人物的精神口气,写的有声有色,带有小说风味。《史记》的《魏其武安侯传》、《汉书》的《外戚传》都是这样的。后世文人不明此理,只觉得这几篇文章好,而不知道他们的好处并不在古色古香,乃在他们的白话化呵。

《汉书》的《外戚传》(卷九十七下)里有司隶解光奏弹赵飞燕姊妹的长文,其中引有审问宫婢宦官的口供,可算是当日的白话。我们引其中关于中宫史曹宫的一案的供词如下:

元延元年中(西历前一二)，宫语房(宫婢道房)曰："陛下幸宫。"后数月，晓(曹宫之母曹晓)入殿中，见宫腹大，问宫，宫曰："御幸有身。"其十月中，宫乳(产也)掖庭牛官令舍，有婢六人。中黄门田客持诏记，盛绿绨方底，封御史中丞印，予武(掖庭狱籍武)曰："取牛官令舍妇人新产儿，婢六人，尽置暴室狱。毋问儿男女[及]谁儿也。"

武迎置狱。宫曰："善藏我儿胞(胞衣)；丞知是何等儿也？"

后三日，客(田客)持诏记与武，问"儿死未？手书对牍背。"武即书对："儿见在，未死。"

有顷，客出曰："上与昭仪(赵飞燕之妹)大怒，奈何不杀？"

武叩头啼曰："不杀儿，自知当死，杀之亦死。"即因客奏封事曰："陛下未有继嗣。子无贵贱。惟留意。"

奏入，客复持诏记予武曰："今夜漏上五刻，持儿与舜(黄门王舜)会东交掖门。"武因问客："陛下得武书，意何如？"曰："愍也。"

武以儿付舜。舜受诏，内(纳)儿殿中，为择乳母，告善养儿，且有赏，毋令漏泄。舜择弃(宫婢张弃)为乳母。时儿生八九日。

后三日，客复持诏记，封如前，予武。中有封小绿箧，记曰："告武以箧中物予狱中妇人。武自临饮之。"(临饮是监视她吃药。)

武发箧，中有裹药二枚赫蹏(薄小纸叫做赫蹏。)书曰："告伟能努力饮此药，不可复入。汝自知之。"

伟能即宫。宫读书已，曰，"果也欲姊弟擅天下！我儿，男也，额上有壮发，类孝元皇帝。今儿安在，危杀之矣！奈何令长信(太后居长信宫)

得闻之?"

　　宫饮药死。后宫婢六人……自缪死。武皆表奏状。

　　弃所养儿,十一日,宫长李南以诏书取儿去,不知所置。

这是证人的口供,大概是当日的白话,或近于当日的白话。

　　汉宣帝时,有个专做古董文学的西蜀文人王褒,是皇帝的一个清客。他年轻在蜀时,却也曾做过白话的文学。他有一篇《僮约》,是一张买奴券,是一篇很滑稽的白话文学,这一篇文字很可以使我们知道当日长江上流的白话是什么样子,所以我们抄在下面:(此篇有各种本子,最好是《续古文苑》本,故我依此本。)

　　蜀郡王子渊以事到湔,止寡妇杨惠舍。惠有夫时奴,名便了。子渊倩奴行酤酒,便了拽大杖上夫冢巅曰:"大夫买便了时,但要守家,不要为他人男子酤酒。"子渊大怒曰:"奴宁欲卖耶?"惠曰:"奴大忤人,人无欲者。"子渊即决买券云云。奴复曰:"欲使皆上券;不上券,便了不能为也。"子渊曰:"诺。"

这是《僮约》的序,可以表示当时的白话散文。下文是《僮约》,即是王褒同便了订的买奴的条件:

　　"神爵三年(前59)正月十五日,资中男子王子渊从成都安志里女子杨惠买亡夫时户下髯奴便了,决贾万五千。奴当从百役使,不得有二言:晨起早扫,食了洗涤;居当穿白缚帻,裁盂凿斗;……织履作粗,黏雀张乌,结网捕鱼,缴雁弹凫,登山射鹿,入水捕龟。……舍中有客,提壶行酤,汲水作铺,涤杯整案,园中拔蒜,断苏切脯。……已而盖藏,关门塞窦;喂猪纵犬,勿与邻里争斗。奴但当饭豆饮水,不得嗜酒。欲饮美酒,唯得染唇渍口,不得倾盂覆斗。不得辰出夜入,交关伴偶。舍后有树,当裁作船,上至江州下到湔;……往来都洛,当为妇女求脂泽,贩于小市,归都担枲;转出旁蹉,牵犬贩鹅,武都买茶,杨氏担荷(杨氏,池名,出荷)。……持斧入山,断辕裁辕;若有余残,当作俎儿木屐雁盘。……日暮欲归,当送乾薪两三束。……奴老力索,种莞织席;事讫休息,当舂一石。夜半无事,浣衣当白。……奴不得有奸私,事事当关白。奴不听教,当笞一百。"

读券文适讫,词穷诈索,仡仡叩头,两手自搏,目泪下落,鼻涕长一尺。"审如王大夫言,不如早归黄土陌,丘蚓钻额。早知当尔,为王大夫酤酒,真不敢作恶。"

这虽是有韵之文,却很可使我们知道当日民间说的话是什么样子。我们因此可以知道《孤儿行》等民歌确可以代表当日的白话韵文,又可以知道《史记》、《汉书》的记载里有许多话和民间的白话很相接近。

＊　　＊　　＊　　＊　　＊

王褒在蜀时,还肯做这种"目泪下落,鼻涕长一尺"的白话文学。后

来他被益州刺史举荐到长安,宣帝叫他做个"待诏"的清客。《汉书·王褒传》记此事,最可以使我们明白那班文学待诏们过的生活:

> 上令褒与张子侨等并待诏,数从褒等放猎,所幸宫馆,辄为歌颂,第其高下,以差赐帛。
>
> 议者多以为淫靡不急。上曰:"'不有博弈者乎?为之犹贤乎已。'(孔子的话)辞赋大者与古诗同义,小者辩丽可喜。譬如女工有绮縠,音乐有郑卫,今世俗犹皆以此娱悦耳目。辞赋比之,尚有仁义讽谕鸟兽草木多闻之观,贤于倡优博弈远矣。"(卷六十四下)

原来辞赋只不过是比倡优博弈高一等的玩意儿! 皇帝养这班清客,叫他们专做这种文学的玩意儿,"以此娱悦耳目"。文学成了少数清客阶级的专门玩意儿,目的只图被皇帝"第其高下,以差赐帛",所以离开平民生活越远,所以渐渐僵化了,变死了。这种僵化,先起于歌颂辞赋,后来才侵入应用的散文里。风气既成了之后,那班清客学士们一摇笔便是陈言烂调子,赶也赶不开;譬如八股先生做了一世的八股时文,你请他写张卖驴券,或写封家信,他也只能抓耳摇头,哼他的仁在堂调子!(路德有仁在堂八股文,为近世最风行的时文大家。)

试举汉代的应用散文作例。汉初的诏令都是很朴实的,例如那最有名的汉文帝遗诏(前157):

朕闻之：盖天下万物之萌生，靡不有死。死者，天地之理，物之自然，奚可甚哀？当今之世，咸嘉生而恶死，厚葬以破业，重服以伤生，吾甚不取。

且朕既不德，无以佐百姓，今崩，又使重服久临(临是到场举哀)，以罹寒暑之数；哀人父子，伤长老之志；损其饮食，绝鬼神之祭祀，以重吾不德，谓天下何？……

其令天下吏民：令到，出临三日，皆释服；无禁取妇嫁女、祠祀、饮酒食肉，……经带无过三寸，无布车及兵器，无发民哭临宫殿中，……服，大红十五日，小红十四日，纤七日，释服。

他不在令中者，皆以此令比类从事。布告天下，使明知朕意！(《汉书》卷四)

这是很近于白话的。直到昭宣之间，诏令还是这样的。如昭帝始元二年(前85)诏：

往年灾害多，今年蚕麦伤。所赈贷种食，勿收责，毋令民出今年田租。(《汉书》卷七)

又元凤二年(前79)诏：

朕闵百姓未赡，前年减漕三百万石，颇省乘舆马及苑马以补边郡三

辅传马。其令郡国毋敛今年马口钱。三辅太常郡,得以叔粟(豆粟)当赋。(同上)

这竟是说话了。

用浮华的辞藻来作应用的散文,这似乎是起于司马相如的《难蜀父老书》与《封禅遗札》。这种狗监的文人做了皇帝的清客,又做了大官,总得要打起官腔,做起人家不懂的古文,才算是架子十足。《封禅札》说的更是荒诞无根的妖言,若写作朴实的散文,便不成话了;所以不能不用一种假古董的文体来掩饰那浅薄昏乱的内容。《封禅札》中的

群生之类,沾濡浸润,协气横流,武节焱逝,迩陜游原,迥阔泳末,首恶郁没,暗昧昭晰,昆虫闿怿,回首面内。

便成了两千年来做"虚辞滥说"的绝好模范,绝好法门。

后来王莽一派人有意"托古改制",想借古人的招牌来做一点社会政治的改革,所以处处模仿古代,连应用的文字也变成假古董了。如始建国元年(9)王莽策群司诏云:

岁星司肃,东岳太师典致时雨;青炜登平,考景以晷。荧惑司恕,南岳太傅典致时奥;赤炜颂平,考声以律。太白司艾,西岳太师典致时阳;白炜象平,考量以铨。辰星司谋,北岳国将典致时寒;玄炜和平,考星以

漏。……

又地皇元年(420)下书曰:

乃壬午晡时有烈风雷雨折木之变,予甚弁焉,予甚栗焉,予甚恐焉。伏念一旬,迷乃解矣。……

又同年下书曰:

深惟吉昌莫良于今年。予乃卜波水之北,郎池之南,惟玉食。予又卜金水之南,明堂之西,亦惟玉食。予将亲筑焉。

这种假古董的恶劣散文也在后代发生了不小的恶影响。应用的散文从汉初的朴素说话变到这种恶劣的假古董,可谓遭一大劫。

＊　　＊　　＊　　＊　　＊

到了一世纪下半,出了一个伟大的思想家王充(生于27年,死年约100年)。他不但是一个第一流的哲学家,他在文学史上也该占一个地位。他恨一班俗人趋附权势,忘恩负义,故作了《讥俗节义》十二篇。他又哀怜人君不懂政治的原理,故作了一部《政务》。他又恨当时的"伪书俗文多不实诚","虚妄之言胜真美",故作了一部《论衡》。不幸他的《讥俗节义》与《政务》都失传了,只剩下一部《论衡》。《论衡》的末篇是他自

己的传记,叫做《自纪篇》。从这《自纪篇》里我们知道他的《讥俗节义》是用白话做的。他说:

> 闲居作《讥俗节义》十二篇,冀俗人观书而自觉,故直露其文,集以俗言。

"集以俗言"大概就是"杂以俗言"不全是白话,不过夹杂着一些俗话罢了。《讥俗》之书虽不可见了,但我们可以推想那部书和《论衡》的文体大致相同。何以见得呢?因为王充曾说当时有人批评他道:

> 《讥俗》之书欲悟俗人,故形露其指,为分别之文。《论衡》之书何为复然?

这可见《讥俗》与《论衡》文体相同,又可见《论衡》在当时是一种近于通俗语言的浅文。

王充是主张通俗文学的第一人。他自己说:

> 《论衡》者,论之平也。

"论衡"只是一种公平评判的论文,他又说:

《论衡》之造也，起[于]众书并失实，虚妄之言胜真美也。故虚妄之语不黜则华文不见息。华文放流则实事不见。故《论衡》者，所以铨轻重之言，立真伪之平，非苟调文饰辞为奇伟之观也。(《对作篇》)

他著书的目的只是：

冀悟迷惑之心，使知虚实之分。实虚之分定而后华伪之文灭。华伪之文灭则纯诚之化日以孳矣。(同上)

他因为深恨那"华伪之文"，故他采用那朴实通俗的语言。他主张一切著述议论的文字都应该看作实用的文字，都应该用明显的语言来做。他说：

上书奏记陈列便宜，皆欲辅政。今作书者，犹[上]书奏记，说发胸臆，文作手中，其实一也。(同上)

他主张这种著述都应该以明白显露为主。他说：

口则务在明言，笔则务在露文。高士之文雅；言无不可晓，指无不可睹。观读之者，晓然若盲之开目，聆然若聋之通耳。(《自纪》，下同)

又说：

> 夫文犹语也。或浅露分别，或深迂优雅，孰为辩者？故口言以明志。(口字或是曰字之误)言恐灭遗，故著之文字。文字与言同趋，何为犹当隐闭指意？……夫口论以分明为公，笔辩以荄露为通，吏文以昭察为良。深覆典雅，指意难睹，唯赋颂耳。经传之文，贤圣之语，古今言殊，四方谈异也。当言事时，非务难知使指闭隐也。后人不晓世相离远，此名曰《语异》，不名曰《材鸿》。(鸿，大也)浅文读之难晓，名曰"不巧"，不名曰"知明"。

这真是历史的眼光。文字与语言同类，说话要人懂得，为什么作文章要人不懂呢？推原其故，都是为了一种盲目的仿古心理。却不知道古人的经传所以难懂，只是因为"古今言殊，四方谈异"，并不是当初便有意作难懂的文章叫后人去猜谜呵！故古人的文字难懂只可叫做"语异"，今人的文字有意叫人不懂，只可叫做"不巧"，不巧便是笨蠢了。所以王充痛快地说：

> 其文可晓，故其事可思。如深鸿优雅，须师乃学，投之于地，何叹之有！

王充真是一个有意主张白话的人，因为只有白话的文章可以不"须师乃学"。

王充论文章的结论是两种极有价值的公式：

夫笔著者,欲其易晓而难为,不贵难知而易造。口论务解分而可听,不务深迂而难睹。孟子相贤以眸子明了者,察文以义可晓。

王充的主张真是救文弊的妙药。他的影响似乎也不小。东汉三国的时代出了不少的议论文章,如崔寔的《政论》,仲长统的《昌言》之类。虽不能全依王充的主张,却也都是明白晓畅的文章。直到后来骈偶的文章和浮华空泛的词藻完全占据了一切庙堂文字与碑版文字,方才有骈偶的议论文章出来。重要的著作如刘勰的《文心雕龙》,如刘知幾的《史通》,皆免不了浮华的文学的恶影响。我们总看中古时期的散文的文学,不能不对于王充表示特别的敬礼了。

第五章　汉末魏晋的文学

　　汉朝的韵文有两条来路：一条路是模仿古人的辞赋，一条路是自然流露的民歌。前一条路是死的，僵化了的，无可救药的。那富于革命思想的王充也只能说：

深覆典雅，指意难睹，唯赋颂耳。

这条路不属于我们现在讨论的范围，表过不提。如今且说那些自然产生的民歌，流传在民间，采集在"乐府"，他们的魔力是无法抵抗的，他们的影响是无法躲避的。所以这无数的民歌在几百年的时期内竟规定了中古诗歌的形式体裁。无论是五言诗，七言诗，或长短不定的诗，都可以说是从那些民间歌辞里出来的。

　　旧说相传汉武帝时的枚乘、李陵、苏武等做了一些五言诗。这种传说，大概不可靠。李陵苏武的故事流传在民间，引起了许多传说，近年敦煌发见的古写本中也有李陵答苏武书（现藏巴黎国立图书馆），文字鄙陋可笑，其中竟用了孙权的典故！大概现存的苏李赠答诗文同出于这一类的传说故事，虽雅俗有不同，都是不可靠的。枚乘的诗也不可靠。枚乘的诗九首，见于徐陵的《玉台新咏》；其中八首收入萧统的文选，都在"无名氏"的古诗十九首之中。萧统还不敢说是谁人作的；徐陵生于萧统之后，却敢武断是枚乘的诗，这不是很可疑的吗？

大概西汉只有民歌；那时的文人也许有受了民间文学的影响而作诗歌的，但风气未开，这种作品只是"俗文学"，《汉书·礼乐志》哀帝废乐府诏所谓"郑声"，《王褒传》宣帝所谓"郑卫"，是也。

到了东汉中叶以后，民间文学的影响已深入了，已普遍了，方才有上流文人出来公然仿效乐府歌辞，造作歌诗。文学史上遂开一个新局面。

这个新局面起于二世纪的晚年，汉灵帝（168—189）与献帝（190—220）的时代。灵帝时有个名士赵壹，恃才倨傲，受人的排挤，屡次得罪，几乎丧了生命。他作了一篇《疾邪赋》，赋中有歌两首，其一云：

> 河清不可俟，人命不可延。顺风激靡草，富贵者称贤。文籍虽满腹，不如一囊钱。伊优北堂上，肮脏倚门边。

这虽不是好诗，但古赋中夹着这种白话歌辞，很可以看时代风气的转移了。

　　这个时代(灵帝献帝时代)是个大乱的时代。政治的昏乱到了极端。清流的士大夫都被那"党锢"之祸一网打尽。(党锢起于 166 年,至 184 年始解)外边是鲜卑连年寇边,里面是黄巾的大乱。中央的权力渐渐瓦解,成了一个州牧割据的局面。许多的小割据区域渐渐被并吞征服,后来只剩下中部的曹操,西南的刘备,东南的孙权,遂成了三国分立的局面。直到晋武帝平了孙吴(280),方才暂时有近二十年的统一。

　　这个纷乱时代,却是文学史上的一个很灿烂的时代。这时代的领袖人物是曹操。曹操在政治上的雄才大略,当时无人比得上他。他却又是一个天才很高的文学家。他在那"挟天子以令诸侯"的地位,自己又爱才如命,故能招集许多文人,造成一个提倡文学的中心。他的儿子曹丕曹植也都是天才的文学家,故曹操死后这个文学运动还能继续下去。这个时期在文学史上叫做"建安(196—220)正始(240—249)时期"。

　　这个以曹氏父子为中心的文学运动,他的主要事业在于制作乐府歌辞,在于文人用古乐府的旧曲改作新词。《晋书·乐志》说:

　　汉自东京大乱,绝无金石之乐;乐章亡绝,不可复知。及魏武(曹操)平荆州,获汉雅乐郎河南杜夔能识旧法,以为军谋祭酒,使创定雅乐。……

又说:

巴渝舞曲有《矛渝本歌曲》、《安弩本歌曲》、《安台本歌曲》、《行辞本歌曲》，总四篇，其辞既古，莫能晓其句度。魏初，乃使军谋祭酒王粲改创其辞。粲问巴渝帅李管和玉歌曲意，试使歌，听之，以考校歌曲而为之改为《矛渝新福曲歌》、《弩渝新福曲歌》、《安台新福曲歌》、《行辞新福曲歌》，以述魏德。

又引曹植《鼙舞诗序》云：

故汉灵帝西园鼓吹有李坚者能鼙舞。遭世荒乱，坚播越关西，随将军段煨。先帝(曹操)闻其旧伎，下书召坚。坚年逾七十，中间废而不为，又古曲甚多谬误，异代之文未必相袭，故依前曲作新声五篇。

"依前曲，作新声"即是后世的依谱填词。《乐志》又说：

汉时有短箫铙歌之乐。其曲有《朱鹭》、《思悲翁》、《艾如张》、《上之回》、《雍离》、《战城南》……等曲，列于鼓吹，多序战阵之事。及魏受命，改其十二曲，使缪袭为词，述以功德代汉。改《朱鹭》为《楚之平》，言魏也，改《艾如张》为《获吕布》，言曹公东围临淮，擒吕布也。……

这都是"依前曲，作新声"的事业。这种事业并不限于当时的音乐专家；王粲缪袭曹植都只是文人。曹操自己也做了许多乐府歌辞。我们看曹操,曹丕,曹植,阮瑀,王粲诸人做的许多乐府歌辞,不能不承认这是文学史上的一个新时代。以前的文人把做辞赋看作主要事业,从此以后的诗人把做诗看作主要事业了。以前的文人从仿做古赋颂里得着文学的训练,从此以后的诗人要从仿做乐府歌辞里得着文学的训练了。

＊　　＊　　＊　　＊　　＊

曹操做的乐府歌辞,最著名的自然是那篇《短歌行》。我们摘抄几节:

> 对酒当歌! 人生几何? 譬如朝露,去日苦多。
>
> 慨当以慷,忧思难忘。何以解忧? 惟有杜康(传说杜康作酒。)……
>
> 明明如月,何时可掇? 忧从中来,不可断绝。
>
> 越陌度阡,枉用相存。(存是探问)契阔谈宴,心念旧恩。
>
> 月明星稀,乌鹊南飞。绕树三匝,何枝可依? ……

他的《步出东西门行》,我们也选第四章的两段:

> 神龟虽寿,犹有竟时。腾蛇乘雾,终为土灰。
>
> 老骥伏枥,志在千里。烈士暮年,壮心不已。……

这种四言诗,用来作乐府歌辞,颇含有复古的意味。后来晋初荀勖造晋歌全用四言(见《晋书·乐志》),大概也是这个意思。但《三百篇》以后,四言诗的时期已过去了。汉朝的四言诗没有一篇可读的。建安时期内,曹操的大才也不能使四言诗复活。与曹操同时的有个哲学家仲长统(死于220年),有两篇《述志诗》,可算是汉朝一代的四言杰作:

飞鸟遗迹,蝉蜕亡壳,腾蛇弃鳞,神龙丧角。至人能变,达士拔俗。乘云无辔,骋风无足。垂露成帏,张霄成幄。(霄是日傍之气。)沆瀣(音亢械,露气也)当餐,九阳代烛。恒星艳珠,朝霞润玉。六合之内,恣心所欲。人事可遗,何为局促?

大道虽夷,见几者寡。任意无非,适物无可。古来繚绕,委曲如琐。百虑何为?至要在我。寄愁天上,埋忧地下。叛散五经,灭弃风雅。百家杂碎,请用从火。抗志山栖,游心海左。元气为舟,微风为柁。翱翔太清,纵意容冶。

但四言诗终久是过去的了。以后便都是五言诗与七言诗的时代。

曹丕(死于226年)的乐府歌辞比曹操的更接近民歌的精神了,如《上留田行》:

居世一何不同? ——上留田。

富人食稻与粱, ——上留田。

贫子食糟与糠, ——上留田。

贫贱亦何伤? ——上留田。

禄命悬在苍天，——上留田。

今尔叹息，将欲谁怨？——上留田。

这竟是纯粹的民歌。又如《临高台》：

临台行高高以轩，下有水清且寒，中有黄鹄往且翻。……

鹄欲南游，雌不能随。我欲躬衔汝，口噤不能开。欲负之，毛衣摧
颓。五里一顾，六里徘徊。

这也是绝好的民歌。他又有《燕歌行》两篇，我们选一篇：

秋风萧瑟天气凉，草木摇落露为霜。群燕辞归雁南翔。念君客游
多思肠，慊慊思归恋故乡。君何淹留寄他方？贱妾茕茕守空房，忧来思
君不可忘，不觉泪下沾衣裳。援琴鸣弦发清商，短歌微吟不能长。明月
皎皎照我床。星汉西流夜未央。牵牛织女遥相望，尔独何辜限河梁！

这虽是依旧曲作的新辞，这里面已显出文人阶级的气味了。文人仿作
民歌，一定免不了两种结果：一方面是文学的民众化，一方面是民歌的
文人化。试看曹丕自己作的《杂诗》：

西北有浮云，亭亭如车盖。惜哉时不遇，适与飘风会，吹我东南行，

行行至吴会。吴会非家乡,安得久留滞? 弃置勿复陈,客子常畏人。

前面的一首可以表示民歌的文人化,这一首可以表示文人作品的民众化。

曹丕的兄弟曹植(字子建,死于 232 年)是当时最伟大的诗人。现今所存他的诗集里,他作的乐府歌辞要占全集的一半以上。大概他同曹丕俱负盛名,曹丕做了皇帝,他颇受猜忌,经过不少的忧患,故他的诗歌往往依托乐府旧曲,借题发泄他的忧思,从此以后,乐府遂更成了高等文人的文学体裁,地位更抬高了。

曹植的诗,我们也举几首作例。先引他的《野田黄雀行》:

高树多悲风,海水扬其波。利剑不在掌,结友何须多? 不见篱间雀,见鹞自投罗? 罗家见雀喜,少年见雀悲。拔剑捎罗网,黄雀得飞飞。飞飞摩苍天,来下谢少年。

这种爱自由,思解放的心理,是曹植的诗的一个中心意境。这种心理有时表现为歌颂功名的思想。如《白马篇》云:

白马饰金羁,连翩西北驰。借问谁家子,幽并游侠儿。少小去乡邑,扬声沙漠垂。……弃身锋刃端,性命安可怀,父母且不顾,何言子与妻? 名在壮士籍,不得中顾私。捐躯赴国难,视死忽如归。

又如《名都篇》：

　　名都多妖女，京洛出少年。宝剑直千金，被服丽且鲜。斗鸡东郊道，走马长楸间。驰骋未及半，双兔过我前。揽弓捷鸣镝，长驱上南山。左挽因右发，一纵两禽连。余巧未及展，仰手接飞鸢。观者咸称善，众工归我妍。归来宴平乐，美酒斗十千。脍鲤臇胎鰕，炮鳖炙熊蹯。鸣俦啸匹侣，列坐竟长筵。连翩击鞠壤，巧捷惟万端。白日西南驰，光景不可攀。云散还城邑，清晨复来还。

同样爱自由的意境有时又表现为羡慕神仙的思想，故曹植有许多游仙诗，如《苦思行》、《远游篇》，都是好例。他的晚年更不得意，很受他哥哥的政府的压迫。名为封藩而王，其实是远徙软禁。（看《三国志》卷十九）他后来在愁苦之中，发病而死，只有四十一岁。他有《瑟调歌辞》，用飞蓬自喻，哀楚动人：

　　吁嗟此转蓬，居世何独然？长去本根逝，夙夜无休闲。东西经七陌，南北越九阡，卒遇回风起，吹我入云间。自谓终天路，忽然下沉泉。惊飙接我出，故归彼中田。当南而更北，谓东而反西，宕宕当何依，忽亡而复存。飘飘风八泽，连翩历五山，流转无恒处，谁知吾苦艰？愿为中林草，秋随野火燔。糜灭岂不痛？愿与根荄连。

与曹氏父子同时的文人：如陈琳、王粲、阮瑀、繁钦等，都受了这个乐府运动的影响。陈琳有《饮马长城窟行》，写边祸之惨：

饮马长城窟，水寒伤马骨。往谓长城吏：慎勿稽留太原卒。官作自有程，举筑谐汝声。男儿宁当格斗死，何能怫郁筑长城？

长城何连连，连连三千里。边城多健少，内舍多寡妇。作书与内舍："便嫁莫留住。善事新姑嫜，时时念我故夫子。"报书与边地："君今出语一何鄙！身在祸难中，何为稽留他家子？生男慎莫举！生女哺用脯！君独不见长城下，死人骸骨相撑拄？结发行事君，慊慊心意关。明知边地苦，贱妾何能久自全？"

王粲(死于 217 年)《七哀诗》的第一首也是这种社会问题诗：

西京乱无象，豺虎方遘患。复弃中国去，委身适荆蛮。亲戚对我悲，朋友相追攀，出门无所见，白骨蔽平原。路有饥妇人，抱子弃草间，顾闻号泣声，挥涕独不远。"未知身死处，何能两相完？"驱马弃之去，不忍听此言。南登霸陵岸，回首望长安。悟彼泉下人，喟然伤心肝。

同时的阮瑀(死于 212 年)作的《驾出北郭门行》，也是一篇社会问题的诗：

驾至北郭门，马樊不肯驰。下车步踟蹰，仰折枯杨枝，顾闻丘林中，嗷嗷有悲啼。借问啼者谁,何为乃如斯?亲母舍我没,后母憎孤儿。饥寒无衣食,举动鞭捶施。骨消肌肉尽,体若枯树皮。藏我空屋中,父还不能知。上冢察故处,存亡永别离。亲母何可见?泪下声正嘶。弃我于此间,穷厄岂有赀?传告后代人,以此为明规。

这虽是笨拙的白话诗,却很可表示《孤儿行》一类的古歌辞的影响。

繁钦(死于 218 年)有《定情诗》,中有一段:

我既媚君姿,君亦悦我颜。何以致拳拳?绾臂双金环。何以致殷勤?约指一双银。何以致区区?耳中双明珠,何以致叩叩?香囊系肘后。何以致契阔?绕腕双条脱。……

这虽然也是笨拙浅薄的铺叙,然而古乐府《有所思》的影响也是很明显的。一百年前,当汉顺帝阳嘉年间(132—135),张衡作了一篇《四愁诗》,也很像是《有所思》的影响。《四愁诗》共四章,我们选二章作例:

我所思兮在太山,欲往从之梁甫艰,侧身东望涕沾翰。美人赠我金错刀。何以报之英琼瑶。路远莫致倚逍遥。何为怀忧心烦劳?(一)

我所思兮在汉阳,欲往从之陇坂长,侧身西望涕沾裳。美人赠我貂襜褕。何以报之明月珠。路远莫致倚踟蹰。何为怀忧心烦纡?(二)

《有所思》已引在第三章,今再抄于此,以供比较:

> 有所思,乃在大海南。何用问遗君?双珠玳瑁簪,用玉绍缭之。闻君有他心,拉杂摧烧之。摧烧之! 当风扬其灰! 从今以往,勿复相思!……

我们把这诗与张衡、繁钦的诗比较着看,再用晋朝傅玄的《拟四愁诗》(丁福保编的《全晋诗》,卷二,页十六)来合看,便可以明白文学的民众化与民歌的文人化的两种趋势的意义了。

＊　　＊　　＊　　＊　　＊

当时确有一种民众化的文学趋势,那是无可疑的。当时的文人如应璩兄弟几乎可以叫作白话诗人。《文心雕龙》说应瑒有《文论》,此篇现已失传了,我们不知他对于文学有什么主张,但他的《斗鸡诗》(丁福保《全三国诗》卷三,页十四)却是很近白话的。应璩(死于252年)作《百一诗》,大概取扬雄"劝百而讽一"的话的意思。史家说他的诗"虽颇谐,然多切时要"。旧说又说,他作《百一诗》,讥切时事,"遍以示在事者,皆怪愕,以为应焚弃之"。今世所传《百一诗》已非全文,故不见当日应焚弃的话,但见一些道德常识的箴言,文辞甚浅近通俗,颇似后世的《太公家教》和《治家格言》一类的作品。所谓"其言颇谐",当是说他的诗体浅俚,近于俳谐。例如今存他的诗有云:

细微可不慎？隄溃自蚁穴。膝理早从事，安复劳铖石？……

又有云：

子弟可不慎？慎在选师友。师友必长德，中才可进诱。……

这都是通俗格言的体裁，不能算作诗。其中勉强像诗的，如：

前者隳官去，有人适我闾。田家无所有，酌醴焚枯鱼。问我何功德，三入承明庐。……避席跪自陈，贱子实空虚。宋人遇周客，惭愧靡所如。

只有一首《三叟》，可算是一首白话的说理诗：

古有行道人，陌上见三叟，年各百余岁，相与锄禾莠。住车问三叟：何以得此寿？上叟前致辞：内中妪貌丑。中叟前致辞：量腹节所受。下叟前致辞：夜卧不覆首。要哉三叟言，所以能长久。

但这种"通俗化"的趋势终久抵不住那"文人化"的趋势；乐府民歌的影响固然存在，但辞赋的旧势力也还不小，当时文人初作乐府歌辞，工具未曾用熟，只能用诗体来达一种简单的情感与简单的思想。稍稍复杂的意境,这种新体裁还不够应用。所以曹魏的文人遇有较深沉的意境,仍不能不用旧辞赋体。如曹植的《洛神赋》,便是好例。这有点像后世文人学作教坊舞女的歌词,五代宋初的词只能说儿女缠绵的话,直到苏轼以后,方才能用词体来谈禅说理,论史论人,无所不可。这其间的时间先后,确是个工具生熟的问题:这个解释虽是很浅,却近于事实。

五言诗体,起于汉代的无名诗人,经过建安时代许多诗人的提倡,到了阮籍方才正式成立。阮籍(死于263年)是第一个用全力做五言诗的人;诗的体裁到他方才正式成立,诗的范围到他方才扩充到无所不包的地位。

阮籍是崇信自然主义的一个思想家。生在那个魏晋交替的时代,他眼见司马氏祖孙三代专擅政权,欺陵曹氏,压迫名流,他不能救济,只好纵酒放恣。史家说司马昭想替他的儿子司马炎(即晋武帝)娶阮籍的女儿,他没有法子,只得天天喝酒,接连烂醉了六十日,使司马昭没有机会开口。他崇拜自由,而时势不许他自由;他鄙弃那虚伪的礼法,而"礼法之士,疾之若仇"。所以他把一腔的心事都发泄在酒和诗两件事上。他有《咏怀诗》八十余首,他是一个文人,当时说话又不便太明显,故他的诗虽然抬高了五言诗的身分,虽然明白建立了五言诗的地位,同时却也增加了五言诗"文人化"的程度。

我们选录《咏怀》诗中的几首:

鸿鹄相随飞,飞飞适荒裔。双翩临长风,须臾万里逝。朝餐琅玕实,夕宿丹山际。抗身青云中,网罗孰能制?岂与乡曲士,携手共言誓?

昔闻东陵瓜,近在青门外。(秦时东陵侯邵平在秦亡后沦落为平民,在长安青门外种瓜,瓜美,人称为东陵瓜。)连畛距阡陌,子母相钩带。五色耀朝日,嘉宾四面会。膏火自煎熬,多财为患害。布衣可终身,宠禄岂足赖?

昔年十四五,志尚好书诗。被褐怀珠玉,颜闵相与期。开轩临四野,登高望所思。丘墓蔽山冈,万代同一时。千秋万岁后,荣名安所之?乃悟羡门子,噭噭令自嗤。(羡门是古传说的仙人。)

独坐空堂上,谁可与欢者?出门临永路,不见行车马。登高望九州,悠悠分旷野。孤鸟西北飞,离兽东南下。日暮思亲友,晤言用自写。

人言愿延年,延年欲焉之?黄鹄呼子安,千秋未可期。独坐山岩中,恻怆怀所思。王子一何好,猗靡相携持。悦怿犹今辰,计校在一时。置此明朝事,日夕将见欺。

驾言发魏都,南向望吹台。箫管有遗音,梁王安在哉?战士食糟糠,贤士处蒿莱。歌舞曲未终,秦兵已复来。夹林非吾有,朱宫生尘埃。军败华阳下,身竟为土灰。

第六章　故事诗的起来

　　故事诗(Epic)在中国起来的很迟,这是世界文学史上一个很少见的现象。要解释这个现象,却也不容易。我想,也许是中国古代民族的文学确是仅有风谣与祀神歌,而没有长篇的故事诗,也许是古代本有故事诗,而因为文字的困难,不曾有记录,故不得流传于后代;所流传的仅有短篇的抒情诗。这二说之中,我却倾向于前一说。《三百篇》中如《大雅》之《生民》,如《商颂》之《玄鸟》,都是很可以作故事诗的题目,然而终于没有故事诗出来。可见古代的中国民族是一种朴实而不富于想象力的民族。他们生在温带与寒带之间,天然的供给远没有南方民族的丰厚,他们须要时时对天然奋斗,不能像热带民族那样懒洋洋地睡在棕榈树下白日见鬼,白昼做梦。所以《三百篇》里竟没有神话的遗迹。所有的一点点神话如《生民》《玄鸟》的"感生"故事,其中的人物不过是祖宗与上帝而已。(《商颂》作于周时,《玄鸟》的神话似是受了姜嫄故事的影响以后仿作的。)所以我们很可以说中国古代民族没有故事诗,仅有简单的祀神歌与风谣而已。

后来中国文化的疆域渐渐扩大了,南方民族的文学渐渐变成了中国文学的一部分。试把《周南》《召南》的诗和《楚辞》比较,我们便可以看出汝汉之间的文学和湘沅之间的文学大不相同,便可以看出疆域越往南,文学越带有神话的分子与想象的能力。我们看《离骚》里的许多神的名字——羲和、望舒等——便可以知道南方民族曾有不少的神话。至于这些神话是否取故事诗的形式,这一层我们却无从考证了。

中国统一之后,南方的文学——赋体——成了中国贵族文学的正统的体裁。赋体本可以用作铺叙故事的长诗,但赋体北迁之后,免不了北方民族的朴实风气的制裁,终究“庙堂化”了。起初还有南方文人的《子虚赋》、《大人赋》,表示一点想象的意境,然而终不免要“曲终奏雅”,归到讽谏的路上去。后来的《两京》、《三都》,简直是杂货店的有韵仿单,不成文学了。至于大多数的小赋,自《鹏鸟赋》以至于《别赋》、《恨赋》,竟都走了抒情诗与讽谕诗的路子,离故事诗更远了。

但小百姓是爱听故事又爱说故事的。他们不赋两京,不赋三都。他们有时歌唱恋情,有时发泄苦痛,但平时最爱说故事。《孤儿行》写一个孤儿的故事,《上山采蘼芜》写一家夫妇的故事,也许还算不得纯粹的故事诗,也许只算是叙事的(Narrative)讽谕诗。但《日出东南隅》一类的诗,从头到尾只描写一个美貌的女子的故事,全力贯注在说故事,纯然是一篇故事诗了。

绅士阶级的文人受了长久的抒情诗的训练,终于跳不出传统的势力,故只能做有断制,有剪裁的叙事诗:虽然也叙述故事,而主旨在于议论或抒情,并不在于敷说故事的本身。注意之点不在于说故事,故终不能产生故事诗。

故事诗的精神全在于说故事:只要怎样把故事说的津津有味,娓娓动听,不管故事的内容与教训。这种条件是当日的文人阶级所不能承认的。所以纯粹故事诗的产生不在文人阶级而在于爱听故事又爱说故事的民间。"田家作苦,岁时伏腊,烹羊炰羔,斗酒自劳,……酒后耳热,仰天拊缶而歌乌乌",这才是说故事的环境,这才是弹唱故事诗的环境,这才是产生故事诗的环境。

＊　　　＊　　　＊　　　＊　　　＊

如今且先说文人作品里故事诗的趋势。

蔡邕(死于192年)的女儿蔡琰(文姬)有才学,先嫁给卫氏,夫死无子,回到父家居住。父死之后,正值乱世,蔡琰于兴平年间(约195)被胡骑掳去,在南匈奴十二年,生了两个儿子。曹操怜念蔡邕无嗣,遂派人用金璧把她赎回中国,重嫁给陈留的董祀。她归国后,感伤乱离,作《悲愤》诗二篇,叙她的悲哀的遭际。一篇是用赋体作的,一篇是用五言诗体作的,大概她创作长篇的写实的叙事诗,(《离骚》不是写实的自述,只用香草美人等等譬喻,使人得一点概略而已。)故试用旧辞赋体,又试用新五言诗体,要试验那一种体裁适用。

蔡琰的五言的《悲愤》诗如下:

汉季失权柄，董卓乱天常，志欲图篡弑，先害诸贤良；逼迫迁旧邦，拥主以自强。海内兴义师，欲共讨不祥。卓众来东下，金甲耀日光。平土人脆弱，来兵皆胡羌。猎野围城邑，所向悉破亡。

斩截无孑遗，尸骸相撑拒。马边悬男头，马后载妇女。长驱入西关，迥路险且阻；还顾邈冥冥，肝脾为烂腐。所略有万计，不得令屯聚。或有骨肉俱，欲言不敢语。失意几微间，辄言"毙降虏！要当以亭刃，我曹不活汝！"

岂复惜性命？不堪其詈骂。或便加捶杖，毒痛参并下。旦则号泣行，夜则悲吟坐。欲死不能得，欲生无一可。彼苍者何辜，乃遭此厄祸！

边荒与华异，人俗少义理。处所多霜雪，胡风春夏起：翩翩吹我衣，肃肃入我耳。感时念父母，哀叹无穷已。

有客从外来，闻之常欢喜；迎问其消息，辄复非乡里。邂逅徼时愿，骨肉来迎己。已得自解免，当复弃儿子。天属缀人心，念别无会期。存亡永乖隔，不忍与之辞。儿前抱我颈，问"母欲何之？人言母当去，岂复有还时？阿母常仁恻，今何更不慈？我尚未成人，奈何不顾思？"见此崩五内，恍惚生狂痴。号泣手抚摩，当发复回疑。

兼有同时辈，相送告离别，慕我独得归，哀叫声摧裂。马为立踟蹰，车为不转辙，观者皆歔欷，行路亦呜咽。

去去割情恋，遄征日遐迈。悠悠三千里，何时复交会？念我出腹子，胸臆为摧败。

既至家人尽，又复无中外。城郭为山林，庭宇生荆艾。白骨不知谁，从横莫覆盖。出门无人声，豺狼号且吠。茕茕对孤景，怛咤糜肝肺。
登高远眺望：魂神忽飞逝，奄若寿命尽。旁人相宽大，为复强视息，虽
生何聊赖？托命于新人，竭心自勖厉！流离成鄙贱，常恐复捐废。人生
几何时？怀忧终年岁。

这是很朴实的叙述。中间"儿前抱我颈"一段竟是很动人的白话
诗。大概蔡琰也曾受乐府歌辞的影响。蔡琰另用赋体作的那篇《悲
愤》，也只有写临行抛弃儿子的一段最好：

家既迎兮当归宁。临长路兮捐所生。儿呼母兮啼失声。我掩耳兮
不忍听。

追持我兮走茕茕。顿复起兮毁颜形。还顾之兮破人情。心怛绝兮
死复生。

这便远不如五言诗的自然了。（世传的《胡笳十八拍》，大概是很晚出的伪
作，事实是根据《悲愤》诗，文字很像唐人的作品。如云"杀气朝朝冲塞门，胡风夜
夜吹边月"，似不是唐以前的作品。）

蔡琰的赎还大约在建安十二三年(207—208)。《悲愤》诗凡一百零
八句，五百四十字，也算得一首很长的叙事诗了。

魏黄初年间(约225)，左延年以新声被宠。他似是一个民间新声的
作家。他作的歌辞中有一篇《秦女休行》，也是一篇记事，而宗旨全在说

故事,虽然篇幅简短,颇有故事诗的意味。《秦女休行》如下:

步出上西门,遥望秦氏庐。秦氏有好女,自名为女休。休年十四五,为宗行报仇。左执白杨刃,右据宛鲁矛。仇家便东南,仆僵秦女休。(此十字不可读,疑有错误。)女休西上山,上山四五里,关吏呵问女休。女休前置词:平生为燕王妇,于今为诏狱囚;平生衣参差,当今无领襦。明知杀人当死,兄言快快,弟言无道忧。(这九个字也有点不可解。)女休坚词:为宗报仇死不疑。杀人都市中,徼我都市西。丞卿罗列东向坐,女休凄凄曳榰前。两徒夹我持,刀刃五尺余。刀未下,朣胧击鼓赦书下。

此后数十年中,诗人傅玄(死于 270 年左右)也作了一篇《秦女休行》,也可以表示这时代的叙事韵文的趋势。傅玄是一个刚直的谏臣,史家说他能使"贵游慑伏,台阁生风"。(看《晋书》四十七他的传。)所以他对于秦女休的故事有特别的热诚。他的《秦女休行》,我试为分行写在下面:

庞氏有烈妇,义声驰雍凉。("庞氏",一本作"秦氏"。)

父母家有重怨,仇人暴且强。

虽有男兄弟,志弱不能当。

烈女念此痛,丹心为寸伤。

外若无意者,内潜思无方。

白日入都市,怨家如平常。

匿剑藏白刃，一奋寻身僵。

身首为之异处，伏尸列肆旁。

肉与土合成泥，洒血溅飞梁。

猛气上干云霓，仇党失守为披攘。

一市称烈义，观者收泪并慨慷。

百男何当益，不如一女良。

烈女直造县门，云"父不幸遭祸殃。

今仇身以(已)分裂，虽死情益扬。

杀人当伏辜，义不苟活藏旧章。"

县令解印绶，"令我伤心不忍听。"

刑部垂头塞耳，"令我吏举不能成。"

烈著希代之绩，义立无穷之名。

夫家同受其祚，子子孙孙咸享其荣。

今我作歌咏高风，激扬壮发悲且清。

这两篇似是同一件故事，然而数十年之间，这件故事已经过许多演变了。被关吏呵问的，变成到县门自首了；丞卿罗列讯问，变成县令解印绶了；临刑刀未下时遇赦的，变成"烈著希代之绩，义立无穷之名"了。

依此看来，我们可以推想当日有一种秦女休的故事流行在民间。这个故事的民间流行本大概是故事诗。左延年与傅玄所作《秦女休行》的材料都是大致根据于这种民间的传说的。这种传说——故事诗——

流传在民间，东添一句，西改一句，"母题"（Motif）虽未大变，而情节已大变了。左延年所采的是这个故事的前期状态；傅玄所采的已是他的后期状态了，已是"义声驰雍凉"以后的民间改本了。流传越久，枝叶添的越多，描写的越细碎。故傅玄写烈女杀仇人与自首两点比左延年详细的多。

建安泰始之间（200—270），有蔡琰的长篇自纪诗，有左延年与傅玄记秦女休故事的诗。此外定还有不少的故事诗流传于民间。例如乐府有《秋胡行》，本辞虽不传了，然可证当日有秋胡的故事诗；又有《淮南王篇》，本辞也没有了，然可证当日有淮南王成仙的故事诗。故事诗的趋势已传染到少数文人了。故事诗的时期已到了，故事诗的杰作要出来了。

＊　　＊　　＊　　＊　　＊

我们现在可以讨论古代民间最伟大的故事诗《孔雀东南飞》了。此诗凡三百五十三句，一千七百六十五个字。此诗初次出现是在徐陵编纂的《玉台新咏》里，编者有序云：

> 汉末建安中（196—220），庐江府小吏焦仲卿妻刘氏为仲卿母所遣，自誓不嫁。其家迫之，乃投水而死。仲卿闻之，亦自缢于庭树。时人伤之，为诗云尔。

全诗如下：

　　孔雀东南飞,五里一裴回。——"十三能织素,十四学裁衣,十五弹箜篌,十六诵诗书,十七为君妇,心中常苦悲。君既为府吏,守节情不移;贱妾留空房,相见常日稀。鸡鸣入机织,夜夜不得息。三日断五匹,大人故嫌迟。非为织作迟,君家妇难为。妾不堪驱使,徒留无所施。便可白公姥,及时相遣归。"

　　府吏得闻之,堂上启阿母:"儿已薄禄相,幸复得此妇,结发同枕席,黄泉共为友,共事二三年,始尔未为久。女行无偏斜,何意致不厚?"阿母谓府吏"何乃太区区? 此妇无礼节,举动自专由,吾意久怀忿,汝岂得自由;东家有贤女,自名秦罗敷。可怜体无比,阿母为汝求。便可速遣之! 遣之慎莫留!"

　　府吏长跪告:"伏惟启阿母,今若遣此妇,终老不复取。"阿母得闻之,椎床便大怒:"小子无所畏! 何敢助妇语! 吾已失恩义,会不相从许。"

　　府吏默无声,再拜还入户,举言谓新妇,哽咽不能语。"我自不驱卿,逼迫有阿母! 卿但暂还家,吾今且报府;不久当归还,还必相迎取。以此下心意,慎勿违我语!"

　　新妇谓府吏:"勿复重纷纭。往昔初阳岁,谢家来贵门,奉事循公姥,进止敢自专? 昼夜勤作息,伶俜萦苦辛。谓言无罪过,供养卒大恩。仍更被驱遣,何言复来还? 妾有绣腰襦,葳蕤自生光;红罗复斗帐,四角垂香囊;箱帘六七十,绿碧青丝绳;物物各自异,种种在其中。人贱物亦鄙,不足迎后人,留待作遗施,于今无会因! 时时为安慰,久久莫相忘!"

鸡鸣外欲曙,新妇起严妆,著我绣夹裙,事事四五通;足下蹑丝履,头上玳瑁光;腰若流纨素,耳著明月珰;指如削葱根,口如含珠丹;纤纤作细步,精妙世无双。上堂拜阿母,母听去不止。"昔作女儿时,生小出野里,本自无教训,兼愧贵家子。受母钱帛多,不堪母驱使。今日还家去,念母劳家里。"却与小姑别,泪落连珠子。"新妇初来时,小姑始扶床;今日被驱遣,小姑如我长,勤心养公姥,好自相扶将。初七及下九,嬉戏莫相忘!"出门登车去,涕落百余行。

府吏马在前,新妇车在后,隐隐何甸甸,俱会大道口。下马入车中,低头共耳语:"誓不相隔卿,且暂还家去。吾今且赴府,不久当还归,誓天不相负!"新妇谓府吏:"感君区区怀。君既若见录,不久望君来。君当作盘石,妾当作蒲苇;蒲苇纫如丝,盘石无转移。我有亲父兄,性行暴如雷,恐不任我意,逆以煎我怀。"举手长劳劳,二情同依依。

入门上家堂,进退无颜仪。阿母大拊掌:"不图子自归! 十三教汝织,十四能裁衣,十五弹箜篌,十六知礼仪,十七遣汝嫁,谓言无誓违。(丁福保说,"誓违"疑是"愆违"之讹。愆古愆字。《诗》"不愆于仪",《礼·缁衣篇》引作愆。)汝今何罪过,不迎而自归?""兰芝惭阿母,儿实无罪过。"阿母大悲摧。

还家十余日,县令遣媒来,云:"有第三郎,窈窕世无双,年始十八九,便言多令才。"阿母谓阿女:"汝可去应之。"阿女含泪答:"兰芝初还时,府吏见丁宁,结誓不别离;今日违情义,恐此事非奇;自可断来信,徐徐更谓之。"阿母白媒人:"贫贱有此女,始适还家门,不堪吏人妇,岂合令郎君？幸可广问讯,不得便相许。"

　　媒人去数日,寻遣丞请还,说:"有兰家女,承籍有宦官。(这九字不可解,疑有脱误。)云:'有第五郎,娇逸未有婚,遣丞为媒人,主簿通言语,直说太守家,有此令郎君。既欲结大义,故遣来贵门。'"阿母谢媒人:"女子先有誓,老姥岂敢言。"

　　乃兄得闻之。怅然心中烦,举言谓阿妹:"作计何不量!先嫁得府吏,后嫁得郎君,否泰如天地,足以荣自身。不嫁义郎体,其往欲何云?"兰芝仰头答:"理实如兄言。谢家事夫婿,中道还兄门,处分适兄意,那得自任专?虽与府吏要,渠会永无缘。登即相许和,便可作婚姻。"

　　媒人下床去,诺诺复尔尔,还部白府君:"下官奉使命,言谈大有缘。"府君得闻之,心中大欢喜,视历复开书:便利此月内,六合正相应,良吉三十日。"今已二十七,卿可去成婚。"交语速装束,络绎如浮云。

　　青雀白鹄舫,四角龙子幡,婀娜随风转;金车玉作轮,踯躅青骢马,流苏金缕鞍;赍钱三百万,皆用青丝穿;杂彩三百匹,交广市鲑珍;从人四五百,郁郁登郡门。

　　阿母谓阿女:"适得府君书,明日来迎汝,何不作衣裳?莫令事不举。"阿女默无声,手巾掩口啼。泪落便如泻。移我琉璃榻,出置前窗下。左手持刀尺,右手持绫罗;朝成绣夹裙,晚成单罗衫;晻晻日欲暝,愁思出门啼。

　　府吏闻此变,因求假暂归。未至二三里,摧藏马悲哀。新妇识马声,蹑履相逢迎,怅然遥相望,知是故人来。举手拍马鞍,嗟叹使心伤。

"自君别我后，人事不可量。果不如先愿，又非君所详。我有亲父母，逼迫兼弟兄，以我应他人，君还何所望?"府吏谓新妇："贺君得高迁! 盘石方且厚，可以卒千年;蒲苇一时纫，便作旦夕间。卿当日胜贵，吾独向黄泉。"新妇谓府吏："何意出此言! 同是被逼迫，君尔妾亦然。黄泉下相见，勿违今日言。"执手分道去，各各还家门。生人作死别，恨恨那可论? 念与世间辞，千万不复全。

府吏还家去，上堂拜阿母："今日大风寒，寒风摧树木，严霜结庭兰。儿今且冥冥，令母在后单。故作不良计，勿复怨鬼神。命如南山石，四体康且直。"阿母得闻之，零泪应声落："汝是大家子，仕宦于台阁，慎勿为妇死，贵贱情何薄? 东家有贤女，窈窕艳城郭，阿母为汝求，便复在旦夕。"

府吏再拜还，长叹空房中，作计乃尔立;转头向户里，渐见愁煎迫。——其日牛马嘶，新妇入青庐。奄奄黄昏后，寂寂人定初。"我命绝今日，魂去尸长留。"揽裙脱丝履，举身赴青池。——府吏闻此事，心知长别离，徘徊庭树下，自挂东南枝。

两家求合葬，合葬华山傍;东西植松柏，左右种梧桐，枝枝相覆盖，叶叶相交通。中有双飞鸟，自名为鸳鸯，仰头相向鸣，夜夜达五更。行人驻足听，寡妇起傍徨。多谢后世人，戒之慎勿忘。

* * * * *

《孔雀东南飞》是什么时代的作品呢?

向来都认此诗为汉末的作品,《玉台新咏》把此诗列在繁钦曹丕之间。近人丁福保把此诗收入《全汉诗》,谢无量作《中国大文学史》(第三编第八章第五节)也说是"大抵建安时人所为耳"。这都由于深信原序中"时人伤之,为诗云尔"一句话。(我在本书初稿里,也把此诗列在汉代。)至近年始有人怀疑此说。梁启超先生说:

> 像《孔雀东南飞》和《木兰诗》一类的作品,都起于六朝,前此却无有。(见他的"印度与中国文化之亲属关系"讲演,引见陆侃如《孔雀东南飞考证》。)

他疑心这一类的作品是受了《佛本行赞》一类的佛教文学的影响以后的作品。他说他对这问题,别有考证。他的考证虽然没有发表,我们却不妨先略讨论这个问题。陆侃如先生也信此说,他说:

> 假使没有宝云(《佛本行经》译者)与无谶(《佛所行赞》译者)的介绍,《孔雀东南飞》也许到现在还未出世呢,更不用说汉代了。(《孔雀东南飞》考证,《国学月报》第三期。)

我对佛教文学在中国文学上发生的绝大影响,是充分承认的。但我不能信《孔雀东南飞》是受了《佛本行赞》一类的书的影响以后的作品。我以为《孔雀东南飞》之作是在佛教盛行于中国以前。

第一,《孔雀东南飞》全文没有一点佛教思想的影响的痕迹。这是很可注意的。凡一种外来的宗教的输入,他的几个基本教义的流行必定远在他的文学形式发生影响之前。这是我们可以用一切宗教史和文化史来证明的。即如眼前一百年中,轮船火车煤油电灯以至摩托车无线电都来了,然而文人阶级受西洋文学的影响却还是最近一二十年的事,至于民间的文学竟可说是至今还丝毫不曾受着西洋文学的影响。你去分析《狸猫换太子》、《济公活佛》等等俗戏,可寻得出一分一毫的西洋文学的影响吗? ——《孔雀东南飞》写的是一件生离死别的大悲剧,如果真是作于佛教盛行以后,至少应该有"来生","轮回","往生"一类的希望。(如白居易《长恨歌》便有"在天愿为比翼鸟,在地愿为连理枝"、"但教心似金钿坚,天上人间会相见"的话。如元稹的《悼亡诗》便有"他生缘会更难期"、"也曾因梦送钱财"的话。)然而此诗写焦仲卿夫妇的离别只说:

"卿当日胜贵,吾独向黄泉。"

"黄泉下相见,勿违今日言。"

"生人作死别,恨恨那可论! 念与世间辞,千万不复全。"

"我命绝今日,魂去尸长留。……府吏闻此事,心知长别离。"

写焦仲卿别他的母亲,也只说:

"儿今且冥冥,令母在后单。故作不良计,勿复怨鬼神。"

这都是中国旧宗教里的见解,完全没有佛教的痕迹。一千七八百字的悲剧的诗里丝毫没有佛教的影子,我们如何能说他的形式体裁是佛教文学的产儿呢?

第二,《佛本行赞》、《普曜经》等等长篇故事译出之后,并不曾发生多大的影响。梁启超先生说:

> 《佛本行赞》译成华文以后也是风靡一时,六朝名士几于人人共读。

这是毫无根据的话。这一类的故事诗,文字俚俗,辞意烦复,和"六朝名士"的文学风尚相去最远。六朝名士所能了解欣赏的,乃是道安慧远支通僧肇一流的玄理,决不能欣赏这种几万言的俗文长篇记事。《法华经》与《维摩诘经》一类的名译也不能不待至第六世纪以后方才风行。这都是由于思想习惯的不同,与文学风尚的不同,都是不可勉强的。所以我们综观六朝的文学,只看见惠休宝月一班和尚的名士化,而不看见六朝名士的和尚化。所以梁陆诸君重视《佛本行经》一类佛典的文学影响,是想象之谈,怕不足信罢?

　　＊　　　＊　　　＊　　　＊　　　＊

陆侃如先生举出几条证据来证明《孔雀东南飞》是六朝作品。我们现在要讨论这些证据是否充分。

本篇末段有"合葬华山傍"的话,所以陆先生起了一个疑问,何以庐江的焦氏夫妇要葬到西岳华山呢?因此他便连想到乐府里《华山畿》二十五篇。《乐府诗集》引《古今乐录》云：

> 《华山畿》者，宋少帝时《懊恼》一曲，亦变曲也。少帝时，南徐一士子从华山畿往云阳。见客舍有女子，年十八九，悦之；无因，遂感心疾。母问其故，具以启母。母为至华山寻访，见女，具以闻；感之，因脱蔽膝，令母密置其席下，卧之当已。少日，果差。忽举席见蔽膝而抱持，遂吞食而死。气欲绝，谓母曰："葬时，车载从华山度。"母从其意。比至女门，牛不肯前，打拍不动。女曰，"且待须史！"妆点沐浴，既而出，歌曰：
>
> 　　华山畿！
>
> 　　君既为侬死，
>
> 　　独活为谁施！
>
> 　　欢若见怜时，
>
> 　　棺木为侬开！
>
> 棺应声开，女透入棺；家人叩打，无如之何。乃合葬，呼曰"神女冢"。

陆先生从这篇序里得着一个大胆的结论。他说：

> 这件哀怨的故事，在五六世纪时是很普遍的，故发生了二十五篇的民歌。华山畿的神女冢也许变成殉情者的葬地的公名，故《孔雀东南飞》的作者叙述仲卿夫妇合葬时，便用了一个眼前的典故，遂使千余年

后的读者们索解无从。但这一点便明明白白的指示我们说,《孔雀东南飞》是作于华山畿以后的。

陆先生的结论是很可疑的。《孔雀东南飞》的夫妇,陆先生断定他们不会葬在西岳华山。难道南徐士子的棺材却可以从西岳华山经过吗? 南徐州治在现今的丹徒县,云阳在现今的丹阳县。华山大概即是丹阳之南的花山,今属高淳县。云阳可以有华山,何以见得庐江不能有华山呢? 两处的华山大概都是本地的小地名,与西岳华山全无关系,两华山彼此也可以完全没有关系。故根据华山畿的神话来证明《孔雀东南飞》的年代,怕不可能罢?

陆先生又指出本篇"新妇入青庐"的话,说,据段成式《酉阳杂俎》卷一,"青庐"是"北朝结婚时的特别名词"。但他所引《酉阳杂俎》一条所谓"礼异",似指下文"夫家领百余人……挟车俱呼"以及"妇家亲宾妇女……以杖打壻,至有大委顿者"的奇异风俗而言。"青布幔为屋,在门内外,谓之青庐",不过如今日北方喜事人家的"搭棚",没有什么特别之处。况且陆先生自己又引《北史》卷八说北齐幼主:

> 御马则藉以毡罽,食物有十余种;将合牝牡,则设青庐,具牢馔而亲观之。

这也不过如今人的搭棚看戏。这种布棚也叫做"青庐",可见"青庐"未必是"北朝结婚时的特别名词"了。

陆先生又用"四角龙子幡",说说这是南朝的风尚,这是很不相干的证据,因为陆先生所举的材料都不能证实"龙子幡"为以前所无。况且"青庐"若是北朝异俗,"龙子幡"又是南朝风尚,那么,在那南北分隔的五六世纪,何以南朝风尚与北朝异礼会同时出现于一篇诗里呢?

所以我想,梁启超先生从佛教文学的影响上推想此诗作于六朝,陆侃如先生根据"华山"、"青庐"、"龙子幡"等,推定此诗作于宋少帝(423—424)与徐陵(死于583年)之间,这些主张大概都不能成立。

* * * * *

我以为《孔雀东南飞》的创作大概去那个故事本身的年代不远,大概在建安以后不远,约当三世纪的中叶。但我深信这篇故事诗流传在民间,经过三百多年之久(230—550)方才收在《玉台新咏》里,方才有最后的写定,其间自然经过了无数民众的减增修削,添上了不少的"本地风光"(如"青庐""龙子幡"之类),吸收了不少的无名诗人的天才与风格,终于变成一篇不朽的杰作。

"孔雀东南飞,五里一裴回。"——这自然是民歌的"起头"。当时大概有"孔雀东南飞"的古乐曲调子。曹丕的《临高台》末段云:

鹄欲南游,雌不能随。

我欲躬衔汝,口噤不能开。

欲负之,毛衣摧颓。

五里一顾，六里徘徊。
·　·　·　·　·　·　·　·

这岂但是首句与末句的文字上的偶合吗？这里譬喻的是男子不能庇护
他心爱的妇人，欲言而口噤不能开，欲负他同逃而无力，只能哀鸣瞻顾
而已。这大概就是当日民间的《孔雀东南飞》(或《黄鹄东南飞》?)曲词
的本文的一部分。民间的歌者，因为感觉这首古歌辞的寓意恰合焦仲
卿的故事的情节，故用他来做"起头"。久而久之，这段起头曲遂被缩短
·　·　·　·　·　·　·　·　·　·　·　·　·　·　·　·　·　·
到十个字了。然而这十个字的"起头"却给我们留下了此诗创作时代的
·　·　·
一点点暗示。

　　曹丕死于 226 年，他也是建安时代的一个大诗人，正当焦仲卿故事
产生的时代。所以我们假定此诗之初作去此时大概不远。

　　若这故事产生于三世纪之初，而此诗作于五六世纪(如梁陆诸先生
所说)，那么，当那个没有刻板印书的时代，当那个长期纷乱割据的时代，
这个故事怎样流传到二三百年后的诗人手里呢？所以我们直截假定故
事发生之后不久民间就有《孔雀东南飞》的故事诗起来，一直流传演变，
直到《玉台新咏》的写定。

　　自然，我这个说法也有大疑难。但梁先生与陆先生举出的几点都
不是疑难。例如他们说：这一类的作品都起于六朝，前此却无有。依
我们的研究，汉魏之间有蔡琰的《悲愤》，有左、傅的《秦女休》，故事诗已
到了文人阶级了，那能断定民间没有这一类的作品呢？至于陆先生说
此诗"描写服饰及叙述谈话都非常详尽，为古代诗歌里所没有的"，此说

也不成问题。描写服饰莫如《日出东南隅》与辛延年的《羽林郎》；叙述谈话莫如《日出东南隅》与《孤儿行》。这是谁也不能否认的。

我的大疑难是：如果《孔雀东南飞》作于三世纪，何以魏晋宋齐的文学批评家——从曹丕的《典论》以至于刘勰的《文心雕龙》及钟嵘的《诗品》——都不提起这一篇杰作呢？这岂非此诗晚出的铁证吗？

其实这也不难解释，《孔雀东南飞》在当日实在是一篇白话的长篇民歌，质朴之中，夹着不少土气。至今还显出不少的鄙俚字句，因为太质朴了，不容易得当时文人的欣赏。魏晋以下，文人阶级的文学渐渐趋向形式的方面，字面要绮丽，声律要讲究，对偶要工整。汉魏民歌带来的一点新生命，渐渐又干枯了。文学又走上僵死的路上去了。到了齐梁之际，隶事（用典）之风盛行，声律之论更密，文人的心力转到"平头、上尾、蜂腰、鹤膝"种种把戏上去，正统文学的生气枯尽了。作文学批评的人受了时代的影响，故很少能赏识民间的俗歌的。钟嵘作《诗品》（嵘死于502年左右），评论百二十二人的诗，竟不提及乐府歌辞。他分诗人为三品：陆机、潘岳、谢灵运都在上品，而陶潜、鲍照都在中品，可以想见他的文学赏鉴力了。他们对于陶潜、鲍照还不能赏识，何况《孔雀东南飞》那样朴实俚俗的白话诗呢？东汉的乐府歌辞要等到建安时代方才得着曹氏父子的提倡。魏晋南北朝的乐府歌辞要等到陈隋之际方才得着充分的赏识。故《孔雀东南飞》不见称于刘勰、钟嵘，不见收于《文选》，直到六世纪下半徐陵编《玉台新咏》始被采录，并不算是很可怪诧的事。

　　　　＊　　　＊　　　＊　　　＊　　　＊

　　这一章印成之后，我又检得曹丕的"鹄欲南游，雌不能随，……五里一顾，十里徘徊"一章果然是删改民间歌辞的，本辞也载在《玉台新咏》里，其辞云：

　　飞来双白鹄，乃从西北来，十十将五五，罗列行不齐。忽然卒疲病，不能飞相随。五里一反顾，六里一徘徊。吾欲衔汝去，口噤不能开。吾将负汝去，羽毛日摧颓。乐哉新相知，忧来生别离。峙嵯顾群侣，泪落纵横垂。今日乐相乐，延年万岁期。

此诗又收在《乐府诗集》里，其辞颇有异同，我们也抄在这里：

　　飞来双白鹄，乃从西北来。十十五五，罗列行行。妻卒被病，行不能相随。五里一反顾，六里一徘徊。吾欲衔汝去，口噤不能开。吾欲负汝去，毛羽何摧颓！乐哉新相知，忧来生别离。峙嵯顾群侣，泪下不自知。念与君别离，气结不能言。各各重自爱，远道归还难。妾当守空房，闭门下重关。若生当相见，亡者会黄泉。今日乐相乐，延年万岁期。

这是汉朝乐府的瑟调歌，曹丕采取此歌的大意，改为长短句，作为新乐府《临高台》的一部分。而本辞仍旧流传在民间，"双白鹄"已讹成"孔雀"了，但"东南飞"仍保存"从西北来"的原意。曹丕原诗前段有"中有黄鹄往且翻"，"白鹄"也已变成了"黄鹄"。民间歌辞靠口唱相传，字句的讹错是免不了的，但"母题"（Motif）依旧保留不变。故从汉乐府到郭茂倩，这歌辞虽有许多改动，而"母题"始终不变。这个"母题"恰合焦仲卿夫妇的故事，故编《孔雀东南飞》的民间诗人遂用这一只歌作引子。最初的引子必不止这十个字，大概至少像这个样子：

> 孔雀东南飞，五里一徘徊。吾欲衔汝去，口噤不能开。吾欲负汝去，毛羽何摧颓！……

流传日久，这段开篇因为是当日人人知道的曲子，遂被缩短只剩开头两句了。又久而久之，这只古歌虽然还存在乐府里，而在民间却被那篇更伟大的长故事诗吞没了。故徐陵选《孔雀东南飞》全诗时，开篇的一段也只有这十个字。一千多年以来，这十个字遂成不可解的疑案。然而这十个字的保存究竟给我们留下了一点时代的暗示，使我们知道《焦仲卿妻》的故事诗的创作大概在《双白鹄》的古歌还流传在民间但已讹成《孔雀东南飞》的时候；其时代自然在建安之后，但去焦仲卿故事发生之时必不很远。

第七章　南北新民族的文学

　　汉朝统一了四百年,到第三世纪就分裂成三国。魏在北方,算是古文明的继产人。蜀在西方,开化了西部南部的蛮族,在文化史上也占一个地位。最重要的,吴在南方,是楚亡以后,江南江东第一次成独立的国家;吴国疆土的开拓,文化的提高与传播,都极重要;因为吴国的发展就是替后来东晋宋齐梁陈预备下了一个退步的地方,就是替中国文化预备下了一块避难的所在。

　　司马氏统一中国,不到二三十年,北中国便发生大乱了。北方杂居的各种新民族——匈奴、鲜卑、羯、氐、羌——一时并起,割据北中国,是为五胡十六国的时代。中国文化幸亏有东南一角作退步,中原大族多南迁,勉强保存一线的文明,不致被这一次大扰乱完全毁去。

　　北方大乱了一百多年,后来鲜卑民族中的拓跋氏起来,逐渐打平了北方诸国,北方才渐渐的有点治安。是为北魏,又称北朝。南方东晋以后虽有朝代的变更,但始终不曾有种族上与文化的大变动。东晋以后直到隋朝平陈,是为南朝。

这个南北分立的时期,有二百年之久;加上以前的五胡十六国时代,加上三国分立的时代,足足有四百年的分裂。这个分裂的时期,是中国文化史上一个最重要的时期。这是中国文明的第一座难关。中国文明虽遭一次大挫折,久而久之,居然能得最后的胜利。东南一角的保存,自不消说了,北方的新民族后来也渐渐的受不住中国文明的魔力,都被同化了。北魏一代,后来完全采用中国的文化,不但禁胡语,废胡服,改汉姓,娶汉女,还要立学校,正礼乐,行古礼。到了拓跋氏的末年,一班复古的学者得势,竟处处用《周礼》,模仿三代以上的文体,竟比南朝的中国文化更带着古董色彩了。中国文化已经征服了北方的新民族,故到第六世纪北方的隋朝统一南北时,不但有了政治的统一,文化上也容易统一了。

这个割据分裂时代的民间文学,自然是南北新民族的文学。江南新民族本有的吴语文学,到此时代,方才渐渐出现。南方民族的文学的特别色彩是恋爱,是缠绵宛转的恋爱。北方的新民族多带着尚武好勇的性质,故北方的民间文学自然也带着这种气概。不幸北方新民族的平民文学传下来的太少了,真是可惜。有些明明是北朝文学,又被后人误编入南朝文学里去了;例如《企喻歌》、《慕容垂歌》、《陇头歌》、《折杨柳歌》、《木兰》,皆有人名或地名可以证明是北方文学,现在多被收入"《梁横吹曲辞》"里去了。我们现在把它们提出来,便容易看出北方的平民文学的特别色彩是英雄,是慷慨洒落的英雄。

*　　*　　*　　*　　*

我们先看南方新民族的儿女文学。《大子夜歌》云：

> 歌谣数百种，《子夜》最可怜。慷慨吐清音，明转出天然。

这不但是《子夜歌》的总评，也可算是南方儿女文学的总引子。《晋书·
乐志》云：

> 吴歌杂曲，并出江东。东晋以来，稍有增广。

又云：

> 《子夜歌》者，女子名子夜造此声。

《子夜歌》几百首，决不是一人所作，大概都是民间所流传。我们选几首
作例：

> 宿昔不梳头，绿发被两肩。婉伸郎膝上，何处不可怜？
> 自从别欢来，奁器了不开。头乱不敢理，粉拂生黄衣。
> 朝思出前门，暮思还后渚。语笑向谁道，腹中阴忆汝。
> 揽枕北窗卧，郎来就侬嬉。喜时多唐突，相怜能几时！

揽枕未结带,约眉出前窗。罗裳易飘扬,小开骂春风。

夜长不得眠,转侧听更鼓。无故欢相逢,使侬肝肠苦。

年少当及时,蹉跎日就老。若不信侬语,但看霜下草。

夜长不得眠,明月何灼灼!想闻欢唤声,虚应空中诺。

春林花多媚,春鸟意多哀。春风复多情,吹我罗裳开。(以下《子夜春歌》)

梅花落已尽,柳花随风散。叹我当春年,无人相要唤。

反覆华簟上,屏帐了不施。郎君未可前,待我整容仪。(《子夜夏歌》)

自从别欢来,何日不相思?常恐秋叶零,无复连条时。(《子夜秋歌》)

涂涩无人行,冒寒往相觅。若不信侬时,但看雪上迹。(以下《子夜冬歌》)

寒鸟依高树,枯林鸣悲风。为欢憔悴尽,那得好颜容?

《子夜歌》之外,还有《华山畿》几十首,《懊侬歌》几十首,《读曲歌》近百首,还有散曲无数。有许多很艳的,如《乌夜啼》云:

可怜乌白鸟,强言知天曙。无故三更啼,欢子冒暗去。

如《碧玉歌》云:

碧玉破瓜时，郎为情颠倒。感郎不羞郎，回身就郎抱。

如《读曲歌》云：

打杀长鸣鸡，弹去乌白鸟。愿得连冥不复曙，一年都一晓。

如《华山畿》云：

奈何许！天下人何限！慊慊只为汝。

不能久长离。中夜忆欢时，抱被空中啼。

啼着曙，泪落枕将浮，身沈被流去。

相送劳劳渚。长江不应满，是侬泪成许。

又如《读曲歌》云：

忆欢不能食。徘徊三路间。因风寄消息。

觅欢敢唤名，念欢不唤字。连唤欢复欢，两誓不相弃。

折杨柳。百鸟园林啼，道欢不离口。

百花鲜。谁能怀春日，独入罗帐眠？

遁发不可料，憔悴为谁睹？欲知相忆时，但看裙带缓几许。

这种儿女艳歌之中,也有几首的文学技术是很高明的。如上文引的"奈何许"一首是何等经济的剪裁;"折杨柳"一首也有很好的技术。《懊侬歌》中的一首云:

> 懊恼奈何许!夜闻家中论,不得侬与汝。

《华山畿》里也有同样的一首:

> 未敢便相许。夜闻侬家论,不持侬与汝。

这诗用寥寥的十五个字写出一件悲剧的恋爱,真是可爱的技术。这种十三字或十五字的小诗,比五言二十字的绝句体还更经济。绝句往往须有"凑句",远不如这种十三字与十五字的短歌体,可以随宜长短。

*   *   *   *   *

我想以上举的例,可以代表南朝的儿女文学了。现在且看北方民族的英雄文学。我们所有的材料之中,最可以代表真正北方文学的是鲜卑民族的《敕勒歌》。这歌本是鲜卑语,译成汉文的。歌辞是:

> 敕勒川,阴山下,天似穹庐,笼盖四野。天苍苍,野茫茫,风吹草低见牛羊。

"风吹草低见牛羊"七个字，真是神来之笔，何等朴素！何等真实！《乐府广题》说，北齐高欢攻宇文泰，兵士死去十分之四五，高欢愤怒发病。宇文泰下令道："高欢鼠子，亲犯玉壁。剑弩一发，元凶自毙。"高欢知道了，只好扶病起坐。他把部下诸贵人都招集拢来，叫斛律金唱《敕勒》，高欢自和之，以安人心。我们读这故事，可以想见这篇歌在当日真可代表鲜卑民族的生活。

我们再举《企喻歌》来做例：

男儿欲作健，结伴不须多。鹞子经天飞，群雀两向波。

放马大泽中，草好马著膘。牌子铁裲裆，钑𨫼鸂尾条。

前行看后行，齐著铁裲裆。前头看后头，齐著铁钑𨫼。

这是北方尚武民族的军歌了。再看《琅琊王》歌：

新买五尺刀，悬著中梁柱。一日三摩娑，剧于十五女。

又看《折杨柳歌辞》：

遥看孟津河，杨柳郁婆娑。我是虏家儿，不解汉儿歌。

健儿须快马，快马须健儿。跋跋黄尘下，然后别雄雌。

这种雄壮的歌调,与南朝的儿女文学比较起来,自然天地悬隔,怪不得北方新民族要说"我是虏家儿,不解汉儿歌"了!

北方新民族写痛苦的心境,也只有悲壮,没有愁苦。如《陇头歌》:

> 陇头流水,流离山下。念吾一身,飘然旷野。
> 朝发欣城,暮宿陇头。寒不能语,舌卷入喉。
> 陇头流水,鸣声幽咽。遥望秦川,心肠断绝。

北方平民文学写儿女的心事,也有一种朴实爽快的神气,不像江南女儿那样扭扭捏捏的。我们看《折杨柳枝歌》:

> 门前一株枣,岁岁不知老。阿婆不嫁女,那得孙儿抱?
> 敕敕何力力,女子临窗织。不闻机杼声,唯闻女叹息。
> 问女何所思,问女何所忆。阿婆许嫁女,今年无消息。

这种天真烂缦的神气,确是鲜卑民族文学的特色。

当四世纪初年(东晋太宁元年,323),刘曜同西州氐羌的首领陈安作战,陈安败走,刘曜差将军平先、丘中伯带了劲骑去追他。陈安只带了十几骑在路上格战。他左手奋七尺大刀,右手执丈八蛇矛;敌人离近则他的刀矛齐发,往往杀伤五六人。敌远了,他就用弓箭左右驰射而走。追来的平先也是一员健将,勇捷如飞,与陈安搏战三合,夺了他的丈八蛇矛。那时天黑了，又遇大雨，陈安丢了马匹，爬山岭，躲在溪涧里。次日天晴，追兵跟着他们的脚迹，追着陈安，把他杀了。陈安平日很得人心，他死后，陇上民间为作《陇上歌》。其辞云：

陇上健儿曰陈安，躯干虽小腹中宽，爱养将士同心肝。骢聪骏马铁锻鞍，七尺大刀配齐镶，丈八蛇矛左右盘。十荡十决无当前。

百骑俱出如云浮，追者千万骑悠悠。战始三交失蛇矛，十骑俱荡九骑留。弃我骢聪攀岩幽。天非降雨迫者休。

阿呵呜呼奈子何！呜呼阿呵奈子何！（纪事用《晋书》一百三，歌辞用《赵书》。）

这也是北方民族的英雄文学。这种故事诗体也可以同上章所说互相印证。傅玄的年代与刘曜、陈安相去很近。傅玄的《秦女休行》有"义声驰雍凉"的话，大概秦女休的故事诗也起于西北方，也许是北方民族的故事。

故事诗也有南北的区别。《日出东南隅》似是南方的故事诗，《秦女休》便是北方杀人报仇的女英雄歌了。《孔雀东南飞》是南方的故事诗，《木兰辞》便是北方代父从军的女英雄歌了。

北方的平民文学的最大杰作是《木兰辞》，我们先抄此诗全文，分段写如下：

唧唧复唧唧，木兰当户织。不闻机杼声，惟闻女叹息。问女何所思，问女何所忆。"女亦无所思，女亦无所忆。昨夜见军帖，可汗大点兵，军书十二卷，卷卷有耶名。阿耶无大儿，木兰无长兄，愿为市鞍马，从此替耶征。"

东市买骏马，西市买鞍鞯，南市买辔头，北市买长鞭。旦辞耶娘去，暮宿黄河边，不闻耶娘唤女声，但闻黄河流水声溅溅。旦辞黄河去，暮宿黑山头；不闻耶娘唤女声，但闻燕山胡骑声啾啾。

万里赴戎机，关山度若飞。朔气传金柝，寒光照铁衣。将军百战死，壮士十年归。

归来见天子，天子坐明堂，策勋十二转，赏赐百千强。可汗问所欲，"木兰不用尚书郎，愿借明驼千里足，送儿还故乡。"

耶娘闻女来，出郭相扶将。阿姊闻妹来，当户理红妆。小弟闻姊来，磨刀霍霍向猪羊。开我东阁门，坐我西间床。脱我战时袍，着我旧时裳。当窗理云鬓，对镜贴花黄。出门看火伴，火伴始惊惶："同行十二年，不知木兰是女郎。"

雄兔脚扑朔，雌兔眼迷离。两兔傍地走，安能辨我是雄雌？

我要请读者注意此诗起首"唧唧复唧唧，木兰当户织，不闻机杼声，惟闻女叹息。问女何所思，问女何所忆"六句与上文引的《折杨柳枝歌》中间"敕敕何力力"六句差不多完全相同。这不但可见此诗是民间的作品，并且还可以推知此诗创作的年代大概和《折杨柳枝歌》相去不远。

这种故事诗流传在民间,经过多少演变,后来引起了文人的注意,不免有改削润色的地方。如中间"朔气传金柝,寒光照铁衣"便不像民间的作风,大概是文人改作的。也许原文的中间有描写木兰的战功的一长段或几长段,文人嫌它拖沓,删去这一段,仅仅把"万里赴戎机,关山度若飞"两句总写木兰的跋涉;把"将军百战死,壮士十年归"两句总写她的战功;而文人手痒,忍不住又夹入这一联的词藻。

北方文学之中,只有一篇贵族文学可以算是白话文学。这一篇是北魏胡太后为她的情人杨华做的《杨白花》。胡太后爱上了杨华,逼迫他做了她的情人,杨华怕祸,逃归南朝。太后想念他,作了这歌,使宫人连臂蹋足同唱。歌辞是:

阳春二三月,杨柳齐作花。春风一夜入闺闼,杨花飘荡落南家。含情出户脚无力,拾得杨花泪沾忆。秋去春还双燕子,愿衔杨花入窠里!

这已是北方民族被中国文明软化后的文学了。

第八章　唐以前三百年中的文学趋势

　　汉魏之际,文学受了民歌的影响,得着不少新的生机,故能开一个新局面。但文学虽然免不了民众化,而一点点民众文学的力量究竟抵不住传统文学的权威。故建安正始以后,文人的作品仍旧渐渐回到古文学的老路上去。

　　我们在第四章里已略述散文受了辞赋的影响逐渐倾向骈俪的体裁。这个"辞赋化"与"骈俪化"的倾向到了魏晋以下更明显了,更急进了。六朝的文学可说是一切文体都受了辞赋的笼罩,都"骈俪化"了。议论文也成了辞赋体,纪叙文(除了少数史家)也用了骈俪文,抒情诗也用骈偶,纪事与发议论的诗也用骈偶,甚至于描写风景也用骈偶。故这个时代可说是一切韵文与散文的骈偶化的时代。

　　我们试举西晋文坛领袖陆机(死于 303 年)的作品为例。陆机作《文赋》,是一篇论文学原理的文字,这个题目便该用散文作的,他却通篇用赋体。其中一段云:

……其始也，皆收视反听，耽思傍讯，精骛八极，心游万仞。其致也，情曈昽而弥鲜，物昭晰而互进；倾群言之沥液，漱六艺之芳润；浮天渊以安流，濯下泉而潜浸。于是沈辞怫悦，若游鱼衔钩而出重渊之深，浮藻连翩，若翰鸟婴缴而坠层云之峻。收百世之阙文，采千载之遗韵。谢朝华于已披，启夕秀于未振。观古今之须臾，抚四海于一瞬。……

这种文章，读起来很顺口，也很顺耳，只是读者不能确定作者究竟说的是什么东西。但当时的风尚如此，议论的文章往往作赋体；即使不作赋体，如葛洪的《抱朴子》，如刘勰的《文心雕龙》，如钟嵘的《诗品》，也都带着许多的骈文偶句。

在记事文的方面，几个重要史家如陈寿范晔之流还能保持司马迁班固的散文遗风。但史料的来源多靠传记碑志，而这个时代的碑传文字多充分地骈偶化了，事迹被词藻所隐蔽，读者至多只能猜想其大概，既不能正确，又不能详细，文体之坏，莫过于此了。

在韵文的方面，骈偶化的趋势也很明显。大家如陆机竟有这样恶劣的诗句：

逝矣经天日，悲哉带地川！（《长歌行》）

遒矣垂天景，壮哉奋地雷！（《折杨柳》）

本来说话里也未尝不可有对偶的句子，故古民歌里也有"新人工织缣，故人工织素;织缣日一匹,织素五丈余"的话,那便是自然的对偶句子。现代民歌里也有"上床要人背,下床要人驮",那也是自然的对偶。但说话做文做诗若专作对偶的句子,或专在对仗的工整上做工夫,那就是走了魔道了。

陆机同时的诗人左思是个有思想的诗人,故他的诗虽然也带点骈偶,却不讨人厌,如他的《咏史》八首之一云:

郁郁涧底松,离离山上苗。以彼径寸茎,荫此百尺条。世胄蹑高位,英俊沈下僚。地势使之然,由来非一朝。金张藉旧业,七叶珥汉貂。冯公岂不伟,白首不见招。(金张是汉时的外戚。冯公指冯唐。)

左思有《娇女诗》,却是用白话做的。首段云:

吾家有娇女,皎皎颇白皙。小字为纨素,口齿自清历。鬓发覆广额,双耳似连璧。明朝弄梳台,黛眉类扫迹。浓朱衍丹唇,黄吻烂漫赤。……

中间一段云:

驰骛翔园林,果下皆生摘。红葩缀紫带,萍实骤抵掷。贪花风雨中,肿(瞬)忽数百适。……

结语云:

任其孺子意,羞受长者责。瞥闻当与杖,掩泪俱向壁。(诗中写两个
女儿,纨素与蕙芳,故说"俱向壁"。)

又同时诗人程晓,是傅玄的朋友,也曾有一首白话诗,题为《嘲
热客》:

平生三伏时,道路无行车。闭门避暑卧,出入不相过。今世褦襶
子,触热到人家。主人闻客来,颦蹙"奈此何"!谓当起行去,安坐正跘
跨。所说无一急,唅啥一何多?疲瘵向之久,甫问"君极那"?摇扇髀中
痛,流汗正滂沱。莫谓为小事,亦是一大瑕。传戒诸高明,热行宜见呵。

大概当时并不是没有白话诗,应璩、左思、程晓都可以为证。但当
日的文人受辞赋的影响太大了,太久了,总不肯承认白话诗的地位。后
世所传的魏晋时人的几首白话诗都不过是嘲笑之作,游戏之笔,如后人
的"打油诗"。作正经郑重的诗歌是必须摆起《周颂·大雅》架子的,如
陆机《赠弟诗》:

於穆予宗,禀精东岳,诞育祖考,造我南国。南国克靖,实繇洪绩。
维帝念功,载繁其锡。……

其次，至少也必须打着骈偶的调子，如张协的《杂诗》：

> 大火流坤维，白日驰西陆。浮阳映翠林，回飚扇绿竹。飞雨洒朝兰，轻露栖丛菊。龙蛰暄气凝，天高万物肃。弱条不重结，芳蕤岂再馥？人生瀛海内，忽如鸟过目。川上之叹逝，前修以自勖。

十四行之中，十行全是对仗！

钟嵘说：

> 永嘉时(307—313)，贵黄老，稍尚虚谈。于是篇什，理过其辞，淡乎寡味。爰及江表(西晋亡于316年，元帝在江南建国，是为东晋)，微波尚传。孙绰，许询，桓、庾诸公诗皆平典似《道德论》(魏时何晏作《道德论》)。建安风力尽矣。

许询的诗今不传了。(丁福保《全晋诗》只收他的四句诗。)桓温、庾亮的诗也不传于后。日本残存的唐朝编纂的《文馆词林》卷一百五十七(董康影印本)载有孙绰的诗四首，很可以表示这时代的玄理诗的趋势。如他《赠温峤诗》的第一段云：

> 大朴无像，钻之者鲜。玄风虽存，微言靡演。邈矣哲人，测深钩缅。谁谓道辽，得之无远。

如《答许询》的第一段云：

> 仰观大造，俯览时物。机过患生，吉凶相拂。智以利昏，识由情屈。野有寒枯，朝有炎郁。失则震惊，得必充诎。

又如《赠谢安》的第一段云：

> 缅哉冥古，邈矣上皇。夷明太素，结纽灵纲。不有其一，二理曷彰？幽源散流，玄风吐芳。芳扇则歇，流引则远。朴以雕残，实由英蕭。（蕭字原作前。从丁福保校改。）

大概这个时代的玄理诗不免都走上了抽象的玄谈的一路，并且还要勉力学古简，故结果竟不成诗，只成了一些谈玄的歌诀。

只有一个郭璞（死于322年）颇能打破这种抽象的说理，改用具体的写法。他的四言诗也不免犯了抽象的毛病，如他的《与王使君》的末段云：

> 靡竭匪浚，靡颒匪隆。持贵以降，挹满以冲。……（他的四言诗也保存在《文馆词林》卷一五七里。）

但他的五言的《游仙诗》便不同了。《游仙》的第二首云：

青溪千余仞,中有一道士。云生梁栋间,风出窗户里。借问此何谁,云是鬼谷子。翘迹企颍阳(指许由),临河思洗耳。"阊阖"(秋风为阊阖风)西南来,潜波涣鳞起。灵妃顾我笑,粲然启玉齿。蹇修时不存,要之将谁使?

第四首云:

六龙安可顿? 运流有代谢。时变感人思,已秋复愿夏。淮海变微禽,吾生独不化。虽欲腾丹溪,云螭非我驾。愧无鲁阳德,回日向三舍。临川哀逝年,抚心独悲吒。

第三首云:

翡翠戏兰苕,容色更相鲜。绿萝结高林,蒙笼盖一山。中有冥寂士,静啸抚清弦。放情凌霄外,嚼蕊挹飞泉。赤松临上游,驾鸿乘紫烟。左把浮丘袖,右拍洪崖肩。借问蜉蝣辈,安知龟鹤年?

这些诗里固然也谈玄说理,却不是抽象的写法。钟嵘《诗品》说郭璞"始变永嘉平淡之体,故为中兴第一"。刘勰也说,"景纯(郭璞字景纯)艳逸,足冠中兴"。所谓"平淡",只是太抽象的说理;所谓"艳逸",只是化抽象的为具体的。本来说理之作宜用散文。两汉以下,多用赋体。用诗体来说理，本不容易。应璩、孙绰的失败，都由于不能用具体的写法。凡用诗体来说理，意思越抽象，写法越应该具体。仲长统的《述志》诗与郭璞的《游仙》诗所以比较可读，都只因为他们能运用一些鲜明艳逸的具体象征来达出一两个抽象的理想。左思的《咏史》也颇能如此。

＊　　＊　　＊　　＊　　＊

　　两晋的文学大体只是一班文匠诗匠的文学。除去左思、郭璞少数人之外，所谓"三张、二陆、两潘"（张载与弟协、亢；陆机与弟云；潘岳与侄尼），都只是文匠诗匠而已。

　　然而东晋晚年却出了一个大诗人陶潜（本名渊明，字元亮，死于427年）。陶潜是自然主义的哲学的绝好代表者。他的一生只行得"自然"两个字。他自己作了一篇《五柳先生传》，替自己写照：

　　先生不知何许人，不详姓字；宅边有五柳树，因以为号焉。闲静少言，不慕荣利。好读书，不求甚解；每有会意，欣然忘食。性嗜酒，而家贫不能恒得。亲旧知其如此，或置酒招之，造饮必尽，期在必醉；既醉而退，曾不吝情。环堵萧然，不蔽风日，短褐穿结，箪瓢屡空，——晏如也。常著文章自娱，颇示己志。忘怀得失，以此自终。

　　陶潜的诗在六朝文学史上可算得一大革命。他把建安以后一切辞赋化、骈偶化、古典化的恶习气都扫除的干干净净。他生在民间，做了几次小官，仍旧回到民间。史家说他归家以后"未尝有所造诣，所之唯至田舍及庐山游观而已"。(《晋书》九十四)他的环境是产生平民文学的环境;而他的学问思想却又能提高他的作品的意境。故他的意境是哲学家的意境,而他的言语却是民间的言语。他的哲学又是他实地经验过来的,平生实行的自然主义,并不像孙绰、支遁一班人只供挥麈清谈的口头玄理。所以他尽管做田家语,而处处有高远的意境;尽管做哲理诗,而不失为平民的诗人。钟嵘《诗品》说他:

> 其原出于应璩,又协左思风力。文体省净,殆无长语。笃意真古,辞兴婉惬。每观其文,想其人德。至如"欢言酌春酒","日暮天无云",风华清靡,岂直为田家语耶? 古今隐逸诗人之宗也。

钟嵘虽然把陶潜列在中品,但这几句话却是十分推崇他。他说陶诗出于应璩、左思,也有一点道理。应璩是做白话谐诗的(说见第五章),左思也做过白话的谐诗。陶潜的白话诗,如《责子》,如《挽歌》,也是诙谐的诗,故钟嵘说他出于应璩。其实陶潜的诗只是他的天才与环境的结果,同那"拙朴类措大语"的应璩未必有什么渊源的关系。不过我们从历史的大趋势看来,从民间的俗谣到有意做"谐"诗的应璩、左思、程晓等,从"拙朴"的《百一诗》到"天然去雕饰"的陶诗,——这种趋势不能说是完全偶然的。他们很清楚地指点出中国文学史的一个自然的趋势,就是白话文学的冲动。这种冲动是压不住的。做《圣主得贤臣颂》的王褒竟会做白话的《僮约》,做《三都赋》的左思竟会做白话的《娇女诗》,在那诗体骈偶化的风气最盛的时代里竟会跳出一个白话诗人陶潜：这都足以证明那白话文学的生机是谁也不能长久压抑下去的。

我们选陶潜的白话诗若干首附在下面：

归田园居　二首

少无适俗韵,性本爱丘山。误落尘网中,一去三十年。羁鸟恋旧林,池鱼思故渊。开荒南野际,守拙归园田。方宅十余亩,草屋八九间。榆柳荫后园,桃李罗堂前。暧暧远人村,依依墟里烟。狗吠深巷中,鸡鸣桑树巅。户庭无尘杂,虚室有余闲。久在樊笼里,复得返自然。

(二)

种豆南山下,草盛豆苗稀。晨兴理荒秽,带月荷锄归。道狭草木长,夕露沾我衣。衣沾不足惜,但使愿无违。

庚戌岁九月中于西田获早稻

人生归有事,衣食固其端。孰是都不营,而以求自安? 开春理常业,岁功聊可观。晨出肆微勤,日入负禾还。山中饶霜露,风气亦先寒。田家岂不苦? 弗获辞此难。四体诚乃疲,庶无异患干。盥濯息檐下,斗酒散劬颜。遥遥沮溺心,千载乃相关。但愿长如此,躬耕非所叹。

饮酒　三首

道丧向千载,人人惜其情,有酒不肯饮,但顾世间名。所以贵我身,岂不在一生? 一生复能几? 倏如流电惊。鼎鼎百年内,持此欲何成?

（二）

结庐在人境，而无车马喧。问君何能尔，心远地自偏。采菊东篱下，悠然见南山。山气日夕佳，飞鸟相与还。此中有真意，欲辨已忘言。

（三）

故人赏我趣，挈壶相与至。班荆坐松下，数斟已复醉。父老杂乱言，觞酌失行次。不觉知有我，安知物为贵？悠悠迷所留，酒中有深味。

拟　古

日暮天无云，春风扇微和。佳人美清夜，达曙酣且歌。歌竟长叹息，持此感人多。皎皎云间月，灼灼叶中华。岂无一时好？不久当如何？

读《山海经》

孟夏草木长，绕屋树扶疏。众鸟欣有托，吾亦爱吾庐。既耕亦已种，时还读我书。穷巷隔深辙，颇回故人车。欢然酌春酒，摘我园中蔬。微雨从东来，好风与之俱。泛览周王传，流观《山海图》。俯仰终宇宙，不乐复何如？

责　子

白发被两鬓，肌肤不复实。虽有五男儿，总不好纸笔。阿舒已十六，懒惰故无匹。阿宣行志学，而不爱文术。雍端年十三，不识六与七。通子垂九龄，但觅梨与栗。——天运苟如此，且进杯中物。

挽歌辞

有生必有死，早终非命促。昨暮同为人，今旦在鬼录。魂气散何之? 枯形寄空木。娇儿索父啼,良友抚我哭。得失不复知,是非安能觉? 千秋万岁后,谁知荣与辱? 但恨在世时,饮酒不得足。

           *   *   *   *   *

  刘宋一代(420—478)号称文学盛世。但向来所谓元嘉(文帝年号,424—453)文学的代表者谢灵运与颜延之实在不很高明。颜延之是一个庸才,他的诗毫无诗意;鲍照说他的诗像"铺锦列绣,亦雕缋满眼",钟嵘说他"喜用古事,弥见拘束",都是很不错的批评。谢灵运是一个佛教徒,喜欢游玩山水,故他的诗开"山水"的一派。刘勰说:

  宋初文咏,庄老告退而山水方滋。俪采百字之偶,争价一句之奇。情必极貌以写物,辞必穷力而追新。

但他受辞赋的影响太深了,用骈偶的句子来描写山水,故他的成绩并不算好。我们只选一首比较最好的诗——《石壁精舍还湖中作》:

  昏旦变气候,山水含清晖。清晖能娱人,游子憺忘归。出谷日尚早,入舟阳已违。林壑敛暝色,云霞收夕霏。芰荷迭映蔚,蒲稗相因依。披拂趋南径,愉悦偃东扉。虑澹物自轻,意惬理无违。寄言摄生客,试用此道推。

此诗全是骈偶,而"出谷"一联与"披拂"一联都是恶劣的句子。其实"山水"一派应该以陶潜为开山祖师。谢灵运有意做山水诗,却只能把自然界的景物硬裁割成骈俪的对子,远不如陶潜真能欣赏自然的美:"此中有真意,欲辨已忘言。"这才是"自然诗人"(Nature-poets)的大师。后来最著名的自然诗人如王维、孟浩然、陆游、范成大、杨万里等,都出于陶,而不出于谢。

当时的最大诗人不是谢与颜,乃是鲍照。鲍照是一个有绝高天才的人;他二十岁时作《行路难》十八首,才气纵横,上无古人,下开百代。他的成就应该很大。可惜他生在那个纤弱的时代,矮人队里不容长人出头,他终于不能不压抑他的天才,不能不委屈迁就当时文学界的风尚。史家说那时宋文帝方以文章自高,颇多忌,故鲍照的作品不敢尽其才。钟嵘也说,"嗟其才秀人微,故取湮当代。"钟嵘又引羊曜璠的话,说颜延之"忌鲍之文,故立休鲍之论"。休是惠休,本是和尚,文帝叫他还俗,复姓汤。颜延之瞧不起惠休的诗,说"惠休制作,委巷中歌谣耳"。颜延之这样轻视惠休,却又把鲍照比他,可见鲍照在当日受一班传统文人的妒忌与排挤。钟嵘也说他"贵尚巧似,不避危仄,颇伤清雅之调。故言险俗者,多以附照"。鲍照的天才不但"取湮当代",到了身后,还蒙"险俗"的批评。

其实"险"只是说他才气放逸,"俗"只是说他不避白话,近于"委巷中歌谣"。古代民歌在建安正始时期已发生了一点影响,只为辞赋的权威太大,曹氏父子兄弟多不能充分地民歌化。鲍照受乐府民歌的影响最大,故他的少年作品多显出模仿乐府歌行的痕迹,他模仿乐府歌辞竟能"巧似",故当时的文人嫌他"颇伤清雅",说他"险俗"。直到三百年后,乐府民歌的影响已充分地感觉到了,才有李白、杜甫一班人出来发扬光大鲍照开辟的风气。杜甫说"俊逸鲍参军"。三百年的光景,"险俗"竟变成了"俊逸"了!这可见鲍照是个开风气的先锋;他在当时不受人的赏识,这正是他的伟大之处。

鲍照的诗:

代《结客少年场行》

骢马金络头,锦带佩吴钩。失意杯酒间,白刃起相仇。追兵一旦至,负剑远行游。去乡三十载,复得还旧丘。升高临四关,表里望皇州。九衢平若水,双阙似云浮。扶官罗将相,夹道列王侯。日中市朝满,车马若川流。击钟陈鼎食,方驾自求索。今我独何为,坎壈怀百忧?

拟《行路难》 十八首之五

奉君金卮之美酒,玳瑁玉匣之雕琴,七采芙蓉之羽帐,九华葡萄之锦衾。红颜零落岁将暮,寒花宛转时欲沉。愿君裁悲且减思,听我抵节《行路吟》。不见柏梁铜雀上,宁闻古时清吹音?

(二)

璇闺玉墀上椒阁,文窗绮户垂绣幕。中有一人字金兰,被服纤罗蕴芳藿。春燕差池风散梅,开帷对影弄禽爵。(禽爵只是禽雀。丁福保说当作金爵,谓金爵钗也。似未为当。)含歌揽泪不能言,人生几时得为乐?宁作野中之双凫,不愿云间之别鹤!

(三)

泻水置平地,各自东西南北流。人生亦有命,安能行叹复坐愁?酌酒以自宽,举杯断绝歌《路难》。心非木石岂无感?吞声踯躅不能言。

(四)

对案不能食,拔剑击柱长叹息:"丈夫生世会几时?安能蹀躞垂羽翼?"弃置罢官去,还家自休息。朝出与亲辞,暮还在亲侧。弄儿床前戏,看妇机中织。自古圣贤尽贫贱,何况我辈孤且直!

(五)

愁思忽而至,跨马出北门,举头四顾望,但见松柏园。荆棘郁蹲蹲,中有一鸟名杜鹃,言是古时蜀帝魂,声音哀苦鸣不息,羽毛憔悴似人髡,飞走树间啄虫蚁,岂忆往日天子尊?念此死生变化非常理,中心恻怆不能言。

代《淮南王》

朱城九门门九开。愿逐明月入君怀。入君怀,结君佩,怨君恨君恃君爱。筑城思坚剑思利,同盛同衰莫相弃。

代《雉朝飞》

雉朝飞,振羽翼,专场挟雌恃强力。媒已惊,翳又逼,蒿间潜毂卢矢直。刎绣颈,碎锦臆,绝命君前无怨色。握君手,执杯酒,意气相倾死何有!

鲍照的诗里很有许多白话诗,如《行路难》末篇的"但愿樽中九酝满,莫惜床头百个钱"之类。所以同时的人把他比惠休。惠休的诗传世甚少,但颜延之说他的诗是"委巷中歌谣",可见他的诗必是白话的或近于白话的。我们抄他的《白纻歌》一首:

少年窈窕舞君前,容华艳艳将欲然。为君娇凝复迁延,流目送笑不敢前。长袖拂面心自煎,愿君流光及盛年。

这很不像和尚家说的话。在惠休之后,有个和尚宝月,却是一个白话诗人。我们抄他的诗三首:

估客乐

郎作十里行,侬作九里送。拔侬头上钗,与郎资路用。

(二)

有信数寄书,无信心相忆。莫作瓶落井,一去无消息。

(三)

大艑珂峨头,何处发扬州?借问艑上郎,见侬所欢不?

*　　*　　*　　*　　*

钟嵘评论元嘉以后文人趋向用典的风气云:

夫属词比事乃为通谈。若乃经国文符,应资博古;撰德驳奏,宜穷往烈。至乎吟咏情性,亦何贵于用事。"思君如流水"既是即目;"高台多悲风"亦惟所见;"清晨登陇首"羌无故实;"明月照积雪"讵出经史?观古今胜语多非补假,皆由直寻。颜延之、谢庄尤为繁密,于时化之。故大明泰始(宋武帝、明帝年号,457—471)中,文章殆同书抄。近任昉、王元长(王融)等词不贵奇,竞须新事;尔来作者寖以成俗,遂乃句无虚语,语无虚字,拘挛补衲,蠹文已甚。

他又评论齐梁之间注重声律的风气道:

古曰诗颂,皆被之金竹,故非调五音无以谐会。……三祖(魏武帝、文帝、明帝)之词,文或不工,而韵入歌唱,此重音韵之义也。与世之言宫商异矣。今既不被管弦,亦何取于声律耶?齐有王元长者……创其首,谢朓、沈约扬其波。三贤咸贵公子孙,幼有文辩?于是士流景慕,务为精密,襞积细微,专相陵架,故使文多拘忌,伤其真美。余谓文制本须讽读,不可蹇碍;但令清浊通流,口吻调利,斯为足矣。至平上去入,则余病未能;蜂腰鹤膝,间里已具。(末四字不可解。)

《南齐书·陆厥传》也说:

永明(483—493)末,盛为文章。吴兴沈约、张郡谢朓、琅琊王融以气类相推毂。河南周颙善识声韵。为文皆用宫商,以平上去入为四声,以此制韵。有"平头","上尾","蜂腰","鹤膝"。五字之中,音韵悉异,两句之中,角徵不同,不可增减。世呼为"永明体"。

沈约在《宋书·谢灵运传》里说:

五色相宣,八音协畅,由乎玄黄律吕各适物宜。欲使宫羽相变,低昂舛节,若前有浮声,则后须切响。一简之内,音韵尽殊;两句之中,轻重悉异。妙达此旨,始可言文。

这是永明文学的重要主张。文学到此地步,可算是遭一大劫。史家说:

宋明帝博好文章,……每有祯祥及游幸宴集,辄陈诗展义,且以命朝臣。其戎士武夫则请托不暇,困于课限,或买以应诏焉。于是天下向风,人自藻饰,雕虫之艺盛于时矣。

皇帝提倡于上,王融、沈约、谢朓一班人鼓吹于下,于是文学遂成了极端的机械化。试举沈约的一首《早发定山》诗做个例:

夙龄爱远壑,晚莅见奇山。标峰彩虹外,置岭白云间。倾壁忽斜竖,绝顶复孤圆。归流海漫漫,出浦水溅溅。野棠开未落,山樱发欲然。忘归属兰杜,怀禄寄芳荃。眷言采三秀,徘徊望九仙。

这种作品只算得文匠变把戏,算不得文学。但沈约、王融的声律论却在文学史上发生了不少恶影响。后来所谓律诗只是遵守这种格律的诗。骈偶之文也因此而更趋向严格的机械化。我们要知道文化史上自有这种怪事。往往古人走错了一条路,后人也会将错就错,推波助澜,继续走那条错路。譬如缠小脚本是一件最丑恶又最不人道的事,然而居然有人模仿,有人提倡,到一千年之久。骈文与律诗正是同等的怪现状。

      *   *   *   *   *

但文学的新时代快到了。萧梁(520—554)一代很有几个文学批评家,他们对于当时文学上的几种机械化的趋势颇能表示反对的批评。钟嵘的议论已引在上文了。萧纲(简文帝)为太子时,曾有与弟湘东王绎书,评论文学界的流弊,略云:

比闻京师文体懦钝殊常,竞学浮疏,争为阐缓,……既殊比兴,正背风骚。……未闻吟咏情性,反拟《内则》之篇,操笔写志,更摹《酒诰》之作;"迟迟春日"翻学《归藏》,"湛湛江水"遂同《大传》。吾既拙于为文,不敢轻有揭扰。但以当世之作,历方古之才人,……观其遣辞用心,了不相似。若以今文为是,则古文为非;若昔贤可称,则今体宜弃。……

梁时又有史家裴子野著有《雕虫论》，讥评当日的文学家，说他们：

> 其兴浮，其志弱，巧而不要，隐而不深。……荀卿有言，"乱世之征，文章匿而采"。斯岂近之乎？

"巧而不要，隐而不深"，这八个字可以抹倒六朝时代绝大部分的文学。

最可怪的是那主张声律论最有力的沈约也有"文章三易"之论！他说：

> 文章当从三易：易见事，一也；易识字，二也；易读诵，三也。（见《颜氏家训》）

沈约这话在当时也许别有所指："易见事"也许即是邢子才所谓"用事不使人觉"；"易读诵"也许指他的声律论。但沈约居然有这种议论，可见风气快要转变了。

这五六百年中的乐府民歌到了这个时候应该要发生影响了。我们看萧梁一代（502—554）几个帝王仿作的乐府，便可以感觉文学史的新趋势了。萧衍（武帝）的乐府里显出江南儿女艳歌的大影响。如他的《子夜歌》：

> 恃爱如欲进，含羞未肯前。朱口发艳歌，玉指弄娇弦。
>
> 阶上香入怀，庭中草照眼。春心一如此，情来不可限。

如他的《欢闻歌》：

> 艳艳金楼女，心如玉池莲。持底报郎思？俱期游梵天。（"底"是
> "什么"）

这都是模仿民间艳歌之作。

他的儿子萧纲（简文帝）也做了不少的乐府歌辞。如《生别离》：

> 别离四弦声，相思双笛引。一去十三年，复无好音信。

如《春江曲》：

> 客行只念路，相争度京口。谁知堤上人，拭泪空摇手？

如《乌栖曲》：

> 浮云似帐月如钩。那能夜夜南陌头！宜城酝酒今行熟，莫惜停鞍
> 暂栖宿。
> 青牛丹毂七香车，可怜今夜宿娼家。高树乌欲栖，罗帏翠帐向
> 君低。

如《江南弄》中的两首：

江南曲

枝中木上春并归。长杨扫地桃花飞。清风吹人光照衣。光照衣，
景将夕。掷黄金，留上客。

龙笛曲

金门玉堂临水居，一唱一笑千万余。游子去还愿莫疏。愿莫疏，意
何极？双鸳鸯，两相忆。

在这些诗里，我们很可以看出民歌的大影响了。

这样仿作民歌的风气至少有好几种结果：第一是对于民歌的欣
赏。试看梁乐府歌辞之多，便是绝好证据。又如徐陵在梁陈之间编《玉
台新咏》，收入民间歌辞很多。我们拿《玉台新咏》来比较那早几十年的
《文选》，就可以看出当日文人对于民歌的新欣赏了。《文选》不曾收《孔
雀东南飞》，而《玉台新咏》竟把这首长诗完全采入，这又可见民歌欣赏
力的进步了。第二是诗体的民歌化的趋势。宋齐梁陈的诗人的"小
诗"，如《自君之出矣》一类，大概都是模仿民间的短歌的。梁以后，此体
更盛行，遂开后来五言绝句的体裁。如萧纲的小诗：

愁闺照镜

别来憔悴久，他人怪颜色。只有匣中镜，还持自相识。

如何逊的小诗：

为人妾怨

燕戏还檐际，花飞落枕前。寸心君不见，拭泪坐调弦。

秋闺怨

闺阁行人断，房栊月影斜。谁能北窗下，独对后园花？

如江洪的小诗：

咏美人治妆

上车畏不妍，顾盼更斜转。大恨画眉长，犹言颜色浅。

隐士陶弘景(死于536年)有《答诏问山中何所有》的一首诗：

山中何所有？岭上多白云。只可自怡悦，不堪持赠君。

这竟是一首严格的"绝句"了。

陈叔宝(后主，583—589)是个风流天子。史家说他每引宾客对贵妃等游宴，使诸贵人及女学士与狎客共赋新诗，互相赠答。其中有最艳丽的诗，往往被选作曲词，制成曲调，选几百个美貌的宫女学习歌唱，分班演奏；在这个环境里产出的诗歌应该有民歌化的色彩了。果然后主的诗很有民歌的风味。我们略举几首作例：

三妇艳词

大妇西北楼，中妇南陌头。小妇初妆点，回眉对月钩。可怜还自觉，人看反更羞。（可怜即是可爱，古诗中"怜"字多如此解。）

大妇爱恒偏，中妇意长坚。小妇独娇笑，新来华烛前。新来诚可惑，为许得新怜。

大妇正当垆，中妇裁罗襦。小妇独无事，淇上待吴姝。鸟归花复落，欲去却踟蹰。

《三妇艳词》起于古乐府《长安有狭邪行》，齐梁诗人最喜欢仿作这曲辞，或名《中妇织流黄》，或名《相逢狭路间》，或名《三妇艳诗》，或名《三妇艳》，或名《拟三妇》，诗中"母题"（Motif）大抵相同，先后共计有几十首，陈后主一个人便做了十一首，这又可见仿作民歌的风气了。后主又有：

舞媚娘

春日好风光，寻观向市傍。转身移佩响，牵袖起衣香。

自君之出矣

自君之出矣，房空帷帐轻。思君如昼烛，怀心不见明。

自君之出矣，绿草遍阶生。思君如夜烛，垂泪著鸡鸣。

乌栖曲

合欢襦薰百和香,床中被织两鸳鸯。乌啼汉没天应曙,只持怀抱送君去。

东飞伯劳歌

池侧鸳鸯春日莺,绿珠绛树相逢迎。谁家佳丽过淇上,翠钗绮袖波中漾。雕鞍绣户花恒发,珠帘玉砌移明月。年时二七犹未笄,转顾流盼鬓髻低。风飞蕊落将何故? 可惜可怜空掷度。

*　　*　　*　　*　　*

后主的乐府可算是民歌影响的文学的代表,他同时的诗人阴铿的"律诗"可算是"声律论"产生的文学的成功者。永明时代的声律论出来以后,文人的文学受他不少的影响,骈偶之上又加了一层声律的束缚,文学的生机被他压死了。逃死之法只有抛弃这种枷锁镣铐,充分地向白话民歌的路上走。但这条路是革命的路,只有极少数人敢走的。大多数的文人只能低头下心受那时代风尚的拘禁,吞声忍气地牵就那些拘束自由的枷锁镣铐,且看在那些枷锁镣铐之下能不能寻着一点点范围以内的自由。有天才的人,在工具已用的纯熟以后,也许也能发挥一点天才,产出一点可读的作品。正如踹高跷的小旦也会作回旋舞,八股时文也可作游戏文章。有人说的好:"只是人才出八股,非关八股出人才。"骈文律诗里也出了不少诗人,正是这个道理。声律之论起来之后,近百年中,很少能做好律诗的。沈约、范云自己的作品都不见高明。梁

朝只有何逊做的诗偶然有好句子,如他的《日夕出富阳浦口和朗公》:

　　客心愁日暮,徙倚空望归。山烟涵树色,江水映霞晖。独鹤凌空逝,双凫出浪飞。故乡千余里,兹夕寒无衣。

到了阴铿,遂更像样了。我们抄几首,叫人知道"律诗"成立的时代:

登楼望乡

　　怀土临霞观,思归望石门。瞻云望鸟道,对柳忆家园。寒田获里静,野日烧中昏。信美今何益,伤心自有源。

晚出新亭

　　大江一浩荡,离悲足几重! 潮落犹如盖,云昏不作峰。远戍唯闻鼓,寒山但见松。九十方称半,归途讵有踪?

晚泊五洲

　　客行逢日暮,结缆晚洲中。戍楼因砧险,村路入江穷。水随云度黑,山带日归红。遥怜一柱观,欲轻千里风。

这不是旧日评诗的人所谓"盛唐风格"吗? 其实所谓盛唐律诗只不过是极力模仿何逊、阴铿而得其神似而已! 杜甫说李白的诗道:

　　李侯有佳句,往往似阴铿。

杜甫自己也说：

> 孰知二谢能将事，颇学阴何苦用心。

盛唐律体的玄妙不过尔尔，不过如杜甫说的"恐与齐梁作后尘"而已。

然而五六百年的平民文学，——两汉、三国、南北朝的民间歌辞——陶潜、鲍照的遗风，几百年压不死的白话化与民歌化的趋势，到了七世纪中国统一的时候，都成熟了，应该可以产生一个新鲜的，活泼泼的，光华灿烂的文学新时代了。这个新时代就是唐朝的文学。唐朝的文学的真价值，真生命，不在苦心学阴铿、何逊，也不在什么师法苏李（苏武、李陵），力追建安，而在它能继续这五六百年的白话文学的趋势，充分承认乐府民歌的文学真价值，极力效法这五六百年的平民歌唱和这些平民歌唱所直接间接产生的活文学。

第九章　佛教的翻译文学（上）

两晋南北朝的文人用那骈俪化了的文体来说理，说事，谀墓，赠答，描写风景，——造成一种最虚浮，最不自然，最不正确的文体。他们说理本不求明白，只要"将毋同"便够了；他们记事本不求正确，因为那几朝的事本来是不好正确记载的；他们写景本不求清楚，因为纸上的对仗工整与声律铿锵岂不更可贵吗？他们做文章本不求自然，因为他们做惯了那不自然的文章，反觉得自然的文体为不足贵，正如后世缠小脚的妇人见了天足反要骂"臭蹄子"了。

然而这时候，进来了一些捣乱分子，不容易装进那半通半不通的骈偶文字里去。这些捣乱分子就是佛教的经典。这几百年中，佛教从海陆两面夹攻进中国来。中国古代的一点点朴素简陋的宗教见了这个伟大富丽的宗教，真正是"小巫见大巫"了。几百年之中，上自帝王公卿，学士文人，下至愚夫愚妇，都受这新来宗教的震荡与蛊惑；风气所趋，佛教遂征服了全中国。佛教徒要传教，不能没有翻译的经典；中国人也都想看看这个外来宗教讲的是些什么东西,所以有翻译的事业起来。却不料不翻译也罢了,一动手翻译便越翻越多,越译越不了!那些印度和尚真有点奇怪,摇头一背书,就是两三万偈;摇笔一写,就是几十卷。蜘蛛吐丝,还有完了之时;那些印度圣人绞起脑筋来,既不受空间的限制,又不受时间的限制,谈世界则何止三千大千,谈天则何止三十三层,谈地狱则何止十层十八层,一切都是无边无尽。所以这翻译的事业足足经过一千年之久,也不知究竟翻了几千部,几万卷;现在保存着的,连中国人做的注疏讲述在内,还足足有三千多部,一万五千多卷。(日本刻的《大藏经》与《续藏经》共三千六百七十三部,一万五千六百八十二卷。《大正大藏经》所添还不在内,《大日本佛教全书》一百五十巨册也不在内。)

这样伟大的翻译工作自然不是少数滥调文人所能包办的,也不是那含糊不正确的骈偶文体所能对付的。结果便是给中国文学史上开了无穷新意境,创了不少新文体,添了无数新材料。新材料与新意境是不用说明的。何以有新文体的必要呢?第一因为外国来的新材料装不到那对仗骈偶的滥调里去。第二因为主译的都是外国人,不曾中那骈偶滥调的毒。第三因为最初助译的很多是民间的信徒;后来虽有文人学士奉敕润文,他们的能力有限,故他们的恶影响也有限。第四因为宗教的经典重在传真,重在正确,而不重在辞藻文采;重在读者易解,而不重在古雅。故译经大师多以"不加文饰,令易晓,不失本义"相勉,到了鸠摩罗什以后,译经的文体大定,风气已大开,那班滥调的文人学士更无可如何了。

　　＊　　＊　　＊　　＊　　＊

　　最早的翻译事业起于何时呢？据传说，汉明帝时，摄摩腾译《四十二章经》，同来的竺法兰也译有几种经。汉明求法，本是无根据的神话。佛教入中国当在东汉以前，故明帝永平八年(65)答楚王英诏里用了"浮屠"、"伊蒲塞"、"桑门"三个梵文字，可见其时佛教已很有人知道了。又可见当时大概已有佛教的书籍了。至于当时的佛书是不是摄摩腾等翻的，摄摩腾等人的有无，那都不是我们现在能决定的了。《四十二章经》是一部编纂的书，不是翻译的书，故最古的经录不收此书。它的时代也不容易决定。我们只可以说，第一世纪似乎已有佛教的书，但都不可细考了。

　　第二世纪的译经，以安世高为最重要的译人。《高僧传》说他译的书"义理明析，文字允正，辩而不华，质而不野。凡在读者，皆亹亹而不倦焉"。安世高译经在汉桓帝建和二年(148)至灵帝建宁中(约170)。同时有支谶于光和中平(178—189)之间译出十几部经。《僧传》说他"审得本旨，了不加饰"。同时又有安玄、严佛调、支曜、康巨等，都有译经，《僧传》说他们"理得音正，尽经微旨"；"言直理旨，不加润饰"。

　　以上为二世纪洛阳译的经，虽都是小品文字，而那"不加润饰"的风气却给后世译经事业留下一个好榜样。

　　三世纪的译经事业可分前后两期。三世纪的上半，译经多在南方的建业与武昌。支谦译出四十九种，康僧会译出十几种，维祇难与竺将炎（《僧传》作竺律炎，今从《法句经序》。）合译出《昙钵经》一种，今名《法句

经》。《法句经》有长序,不详作序者姓名,但序中记译经的历史颇可注意:

　　……始者维祇难出自天竺,以黄武三年(224)来适武昌。仆从受此五百偈本,请其同道竺将炎为译。将炎虽善天竺语,未备晓汉;其所传言,或得梵语,或以义出,音近质直。仆初嫌其为词不雅。维祇难曰:"佛言依其义,不用饰;取其法,不以严。("严"是当时白话,意为妆饰。如《佛本行经》第八云:"太子出池,诸女更严。")其传经者,令易晓,勿失厥义,是则为善。"座中咸曰:"老氏称美言不信,信言不美。……今传梵义,实宜径达。"是以自偈受译人口,因顺本旨,不加文饰。译所不解,即阙不传。故有脱失,多不传者。然此虽词朴而旨深,文约而义博。……

我们试引《法句经》的几段作例:

　　若人寿百岁,邪学志不善,不如生一日,精进受正法。

　　若人寿百岁,奉火修异术,不如须臾敬,事戒者福胜。……

　　觉能舍三恶,以药消众毒。健夫度生死,如蛇脱故皮。(《教学品》)

　　事日为明故,事父为恩故,事君以力故,闻故事道人。……

　　研疮无过忧,射箭无过患,是壮莫能拔,唯从多闻除。

　　盲从是得眼,暗者从得烛,示导世间人,如目将无目。(《多闻品》)

　　假令尽寿命,勤事天下神,象马以祠天,不如行一慈。(《慈仁品》)

夫士之生，斧在口中。所以斩身，由其恶言。(《言语品》)

弓工调角，水人调船，巧匠调木，智者调身。

譬如厚石，风不能移，智者意重，毁誉不倾。

譬如深渊，澄静清明，慧人闻道，心净欢然。(《明哲品》)

不怒如地，不动如山，真人无垢，生死世绝。(《罗汉品》)

宁啖烧石，吞饮镕铜，不以无戒，食人信施。(《利养品》)

《法句经》乃是众经的要义，是古代沙门从众经中选出四句六句的偈，分类编纂起来的。因为其中偈语本是众经的精华，故译出之后仍见精采，虽不加雕饰，而自成文学。

这时期里，支谦在南方，康僧铠在北方，同时译出《阿弥陀经》。此经为《净土宗》的主要经典，在思想史上与文学史上都有影响。

三世纪的末期出了一个大译主，敦煌的法护(昙摩罗刹)。法护本是月支人，世居敦煌，幼年出家。他发愤求经，随师至西域，学了许多种外国方言文字，带了许多梵经回来，译成晋文。《僧传》说他：

所获《贤劫》、《正法华》、《光赞》等一百六十五部。孜孜所务，唯以弘通为业，终身写译，劳不告倦。经法所以广流中华者，护之力也。……时有清信士聂承远明解有才，……护公出经，多参正文句。……承远有子道真，亦善梵学。此君父子比辞雅便，无累于古。……安公(道安)云："护公所出，……虽不辩妙婉显，而弘达欣畅，……依慧不文，朴则近本。"

道安的评论还不很公平。岂有弘达雅畅而不辩妙婉显的吗？我最喜欢法护译的《修行道地经》(太康五年〔284〕译成)的《劝意品》中的擎钵大臣的故事；可惜原文太长，摘抄如下，作为三世纪晚年的翻译文学的一个例：

> 昔有一国王，选择一国明智之人以为辅臣。尔时国王设权方便无量之慧，选得一人，聪明博达，其志弘雅，威而不暴，名德具足。王欲试之，故以重罪加于此人；敕告臣吏盛满钵油而使擎之，从北门来，至于南门，去城二十里，园名调戏，令将到彼。设所持油堕一渧者，便级其头，不须启问。
>
> 尔时群臣受王重教，盛满钵油以与其人。其人两手擎之，甚大愁忧，则自念言：其油满器，城里人多，行路车马观者填道，……是器之油擎至七步尚不可谐，况有里数邪？
>
> 此人忧愦，心自怀懅。
>
> 其人心念：吾今定死，无复有疑也。设能擎钵使油不堕，到彼园所，尔乃活耳。当作专计：若见是非而不转移，唯念油钵，志不在余，然后度耳。
>
> 于是其人安步徐行。时诸臣兵及观众人无数百千，随而视之，如云兴起，围绕太山。……众人皆言，观此人衣形体举动定是死囚。斯之消息乃至其家；父母宗族皆共闻之，悉奔走来，到彼子所，号哭悲哀。其人专心，不顾二亲兄弟妻子及诸亲属；心在油钵，无他之念。

时一国人普来集会，观者扰攘，唤呼震动，驰至相逐，躄地复起，转相登蹑，间不相容。其人心端，不见众庶。

观者复言，有女人来，端正姝好，威仪光颜一国无双；如月盛满，星中独明；色如莲华，行于御道。……尔时其人一心擎钵，志不动转，亦不察观。

观者皆言，宁使今日见此女颜，终身不恨，胜于久存而不睹者也。彼时其人虽闻此语，专精擎钵，不听其言。

当尔之时，有大醉象，放逸奔走，入于御道，……舌赤如血，其腹委地，口唇如垂；行步纵横，无所省录，人血涂体，独游无难，进退自在犹若国王，遥视如山；暴鸣哮吼，譬如雷声；而擎其鼻，瞋恚忿怒。……恐怖观者，令其驰散；破坏兵众，诸众奔逝。……

尔时街道市里坐肆诸买卖者，皆懅，收物，盖藏闭门，畏坏屋舍，人悉避走。

又杀象师，无有制御，瞋或转甚，踏杀道中象马，牛羊，猪犊之属；碎诸车乘，星散狼籍。

或有人见，怀振恐怖，不敢动摇。或有称怨，呼嗟泪下。或有迷惑，不能觉知；有未着衣，曳之而走；复有迷误，不识东西。或有驰走，如风吹云，不知所至也。……

彼时有人晓化象咒，……即举大声而诵神咒。……尔时彼象闻此正教，即捐自大，降伏其人，便顺本道，还至象厩，不犯众人，无所烧害。

其擎钵人不省象来，亦不觉还。所以者何？专心惧死，无他观念。

尔时观者扰攘驰散,东西走故,城中失火,烧诸宫殿,及众宝舍,楼阁高台现妙巍巍,展转连及。譬如大山,无不见者。烟皆周遍,火尚尽彻。……

火烧城时,诸蜂皆出,放毒啮人。观者得痛,惊怪驰走。男女大小面色变恶,乱头衣解,宝饰脱落;为烟所薰,眼肿泪出。遥见火光,心怀怖懅,不知所凑,展转相呼。父子兄弟妻息奴婢,更相教言,"避火!离水!莫堕泥坑!"

尔时官兵悉来灭火。其人专精,一心擎钵,一渧不堕,不觉失火及与灭时。所以者何? 秉心专意,无他念故。……

尔时其人擎满钵油,至彼园观,一渧不堕。诸臣兵吏悉还王宫,具为王说所更众难,而其人专心擎钵不动,不弃一渧,得至园观。

王闻其言,叹曰"此人难及,人中之雄! ……虽遇众难,其心不移。如是人者,无所不办。……"其王欢喜,立为大臣。……

心坚强者,志能如是,则以指爪坏雪山,以莲华根钻穿金山,以锯断须弥宝山。……有信精进,质直智慧,其心坚强,亦能吹山而使动摇,何况除婬怒痴也! ……

这种描写,不加藻饰,自有文学的意味,在那个文学僵化的时代里自然是新文学了。

✻ ✻ ✻ ✻ ✻

四世纪是北方大乱的时代。然而译经的事业仍旧继续进行。重要的翻译,长安有僧伽跋澄与道安译的《阿毗昙毗婆沙》(383),昙摩难提与竺佛念译的《中阿含》与《增一阿含》(384—385)。《僧传》云:

> 其时也,符坚初败,群锋互起,戎妖纵暴,民从四出,而犹得传译大部,盖由赵正之功。

赵正(诸书作赵整)字文业,是符坚的著作郎,迁黄门侍郎。符坚死后,他出家为僧,改名道整,他曾作俗歌谏符坚云:

> 昔闻孟津河,千里作一曲。此水本自清,是谁搅令浊?

符坚说:"是朕也。"整又歌道:

> 北园有一枣,布叶垂重阴,外虽饶棘刺,内实有赤心。

坚笑说:"将非赵文业耶?"符坚把他同种的氐户分布各镇,而亲信鲜卑人。赵整有一次侍坐,援琴作歌道:

> 阿得脂,阿得脂,博劳旧父是仇绥,尾长翼短不能飞。远徙种人留鲜卑,一旦缓急语阿谁?

符坚不能听，后来终败灭在鲜卑人的手里。赵整出家后，作颂云：

> 我生一何晚，泥洹一何早！归命释迦文，今来投大道。（释迦文即释迦牟尼，文字古音门。）

赵整是提倡译经最有力的人，而他作的歌都是白话俗歌。这似乎不完全是偶然的罢？

＊　＊　＊　＊　＊

四世纪之末，五世纪之初，出了一个译经的大师，鸠摩罗什，翻译的文学到此方才进了成熟的时期。鸠摩罗什是龟兹人。（传说他父亲是天竺人）幼年富于记忆力，遍游罽宾、沙勒、温宿诸国，精通佛教经典。符坚遣吕光西征，破龟兹，得鸠摩罗什，同回中国。时符坚已死，吕光遂据凉州，国号后凉。鸠摩罗什在凉州十八年之久，故通晓中国语言文字。至姚兴征服后凉，始迎他入关，于弘始三年十二月（402）到长安。姚兴待以国师之礼，请他译经。他译的有《大品般若》、《小品金刚般若》、《十住》、《法华》、《维摩诘》、《思益》、《首楞严》、《持世》、《佛藏》、《遗教》、《小无量寿》等经；又有《十诵律》等律；又有《成实》、《中论》、《百论》、《十二门论》等论：凡三百余卷。《僧传》说：

> 什既率多谙诵，无不究尽。转能汉言，音译流便。……初沙门慧叡才识高明，常随什传写。什每为叡论西方辞体，商略同异，云："天竺国

俗甚重文制；其宫商体韵以入弦为善。凡觐国王，必有赞德。见佛之
仪，以歌叹为贵。经中偈颂，皆其式也。但改梵为秦，失其藻蔚，虽得大
意，殊隔文体。有似嚼饭与人，非徒失味，乃令呕哕也。"

他对他自己的译书这样不满意，这正可以表示他是一个有文学欣赏力
的人。他译的书，虽然扫除了浮文藻饰，却仍有文学的意味，这大概是
因为译者的文学天才自然流露，又因他明瞭他"嚼饭与人"的任务，委
曲婉转务求达意，即此一点求真实求明显的诚意便是真文学的根
苗了。

鸠摩罗什译出的经，最重要的是《大品般若》，而最流行又最有文学
影响的却要算《金刚》、《法华》、《维摩诘》三部。其中《维摩诘经》本是一
部小说，富于文学趣味。居士维摩诘有病，释迦佛叫他的弟子去问病。
他的弟子舍利弗、大目犍连、大迦叶、须菩提、富楼那、迦旃延、阿那律、
优波离、罗睺罗、阿难，都一一诉说维摩诘的本领，都不敢去问疾。佛又
叫弥勒菩萨、光严童子、持世菩萨等去，他们也一一诉说维摩诘的本领，
也不敢去。后来只有文殊师利肯去问病。以下写文殊与维摩诘相见时
维摩诘所显的辩才与神通。这一部半小说，半戏剧的作品，译出之后，
在文学界与美术界的影响最大。中国的文人诗人往往引用此书中的典
故，寺庙的壁画往往用此书的故事作题目。后来此书竟被人演为唱文，
成为最大的故事诗：此是后话，另有专篇，我们且摘抄鸠摩罗什原译的
《维摩诘经》一段作例：

　　佛告阿难："汝行诣维摩诘问疾。"阿难白佛言："世尊,我不堪任诣彼问疾,所以者何? 忆念昔时,世尊身有小疾,当用牛乳,我即持钵诣大婆罗门家门下立。时维摩诘来谓我言:'唯,阿难,何为晨朝持钵住此?'我言:'居士,世尊身有小疾,当用牛乳,故来至此。'维摩诘言:'止,止,阿难,莫作是语。如来身者,金刚之体,诸恶已断,众善普会,当有何疾? 当有何恼? 默往,阿难,勿谤如来。莫使异人闻此粗言。无命大威德诸天及他方净土诸来菩萨得闻斯语。阿难,转轮圣王以少福故,尚得无病,岂况如来无量福会,普胜者哉? 行矣,阿难,勿使我等受斯耻也。外道梵志若闻此语,当作是念: 何名为师,自疾不能救,而能救诸疾人? 可密速去,勿使人闻。当知,阿难,诸如来身,即是法身,非思欲身。佛为世尊,过于三界。佛身无漏,诸漏已尽。佛身无为,不堕诸数。如此之身,当有何疾?'时我,世尊,实怀惭愧,得无近佛而谬听耶? 即闻空中声曰:'阿难,如居士言,但为佛出五浊恶世,现行斯法,度脱众生。行矣,阿难,取乳勿惭?'世尊,维摩诘智慧辩才为若此也,是故不任诣彼问疾。"

看这里"唯,阿难,何为晨朝持钵住此?",又"时我,世尊,实怀惭愧"一类的说话神气,可知当时罗什等人用的文体大概很接近当日的白话。

　　《法华经》(《妙法莲华经》)虽不是小说,却是一部富于文学趣味的书。其中有几个寓言,可算是世界文学里最美的寓言,在中国文学上也曾发生不小的影响。我们且引第二品中的"火宅"之喻作个例:

　　尔时佛告舍利弗："我先不言诸佛世尊以种种因缘譬喻言辞方便说法,皆为阿耨多罗三藐三菩提耶?是诸所说,皆为化菩萨故。然,舍利弗,今当复以譬喻更明此义。诸有智者以譬喻得解。

　　"舍利弗,若国邑聚落有大长者,其年衰迈,财富无量,多有田宅及诸僮仆。其家广大,唯有一门。多诸人众,一百、二百,乃至五百人止住其中。堂阁朽故,墙壁隤落,柱根腐败,梁栋倾危。周币俱时倏然火起,焚烧舍宅,长者诸子,若十、二十,或至三十,在此宅中。

　　"长者见是大火从四面起,即大惊怖,而作是念:'我虽能于此所烧之门,安稳得出;而诸子等于火宅内,乐著嬉戏,不觉不知,不惊不怖。火来逼身,苦痛切己,心不厌患,无求出意。'

　　"舍利弗,是长者作是思惟:'我身手有力,当以衣裓,若以几案,从舍出之。'复更思惟:'是舍唯有一门,而复陿小。诸子幼稚未有所识,恋著戏处,或当堕落,为火所烧。我当为说怖畏之事。此舍已烧,宜时疾出,无令为火之所烧害。'

　　"作是念已,如所思惟,具告诸子:'汝等速出!'父虽怜愍,善言诱喻;而诸子等乐著嬉戏,不肯信受,不惊不畏,了无出心。亦复不知何者是火,何者为舍,云何为失。但东西走戏,视父而已。

　　"尔时长者即作是念:'舍已为大火所烧,我及诸子若不时出,必为所焚。我今当设方便,令诸子等得免斯害。'父知诸子先心各有所好种种珍玩奇异之物,情必乐著,而告之言:'汝等所可玩好,希有难得,汝若不取,后必忧悔。如此种种羊车、鹿车、牛车,今在门外,可以游戏。汝

等于此火宅,宜速出来。随汝所欲,皆当与汝.'

"尔时诸子闻父所说珍玩之物,适其愿故,心各勇锐,互相推排,竞共驰走,争出火宅。

"是时长者见诸子等安稳得出,皆于四衢道中,露地而坐,无复障碍,其心泰然,欢喜踊跃。

"时诸子等各白父言:'父先所许玩好之具,羊车、鹿车、牛车,愿时赐与.'

"舍利弗,尔时长者各赐与诸子等一大车。其车高广,众宝庄校,周币栏楯,四面悬铃。又于其上张设幰盖,亦以珍奇杂宝而严饰之。宝绳交络,垂诸华缨。重敷婉筵,安置丹枕。驾以白牛,肤色充洁,形体姝好,有大筋力,行步平正,其疾如风。又多仆从而侍卫之。所以者何?是大长者财富无量,种种诸藏,悉皆充溢,而作是念:'我财物无极,不应以下劣小车与诸子等。今此幼童,皆是吾子,爱无偏党。我有如是七宝大车,其数无量,应当等心各各与之,不宜差别。所以者何? 以我此物周给一国犹尚不匮,何况诸子?'是时诸子各乘大车,得未曾有,非本所望。

"舍利弗,于汝意云何,是长者等与诸子珍宝大车,宁有虚妄不?"

舍利弗言:"不也,世尊。是长者但令诸子得免火难,全其躯命,非为虚妄。何以故? 若全身命,便为已得好玩之具,况复方便,于彼火宅中而拔济之? 世尊,若是长者乃至不与最小一车,犹不虚妄,何以故? 是长者先作是意,我以方便令子得出,以是因缘,无虚妄也。何况长者自知财富无量，欲饶益诸子，等与大车?"

佛告舍利弗："善哉，善哉！如汝所言。舍利弗，如来亦复如是。"……

　　　＊　　＊　　＊　　＊　　＊

印度的文学有一种特别体裁：散文记叙之后，往往用韵文（韵文是有节奏之文，不必一定有韵脚）重说一遍。这韵文的部分叫做"偈"。印度文学自古以来多靠口说相传，这种体裁可以帮助记忆力。但这种体裁输入中国以后，在中国文学上却发生了不小的意外影响。弹词里的说白与唱文夹杂并用，便是从这种印度文学形式得来的。上文引的"火宅"之喻也有韵文的重述，其中文学的趣味比散文部分更丰富。我们把这段"偈"也摘抄在下面作个比较：

譬如长者，有一大宅。其宅久故，而复顿敝，堂舍高危，柱根摧朽，梁栋倾斜，基陛陨毁，墙壁圮坼，泥涂阤落，覆苫乱坠，椽栭差脱，周障屈曲，杂秽充遍。有五百人，止住其中。

鸱枭雕鹫，乌鹊鸠鸽，蚖蛇蝮蝎，蜈蚣蚰蜒，守宫百足，鼬狸鼷鼠，诸恶虫辈，交横驰走。屎尿臭处，不净流溢。蜣蜋诸虫，而集其上。狐狼野干，咀嚼践踏，㘅啮死尸，骨肉狼籍。

由是群狗，竞来搏撮，饥羸慞惶，处处求食，斗诤搪揬，嗥吠。其舍恐怖，变状如是，处处皆有。魑魅魍魉，夜叉恶鬼，食啖人肉。毒虫之属,诸恶禽兽,孚乳产生,各自藏护。

夜叉竞来,争取食之;食之既饱,恶心转炽,斗诤之声,甚可怖畏。鸠槃荼鬼,蹲踞土埵,或时离地,一尺二尺,往返游行,纵逸嬉戏,捉狗两足,扑令失声,以脚加颈,怖狗自乐。

复有诸鬼,其身长大,躶形黑瘦,常住其中,发大恶声,叫呼求食。复有诸鬼,其咽如针;复有诸鬼,首如牛头;或食人肉,或复啖狗,头发蓬乱,残害凶险;饥渴所逼,叫唤驰走。夜叉饿鬼,诸恶鸟兽,饥急四向,窥看窗牖。如是诸难,恐畏无量。

是朽故宅,属于一人。其人近出,未久之间,于后宅舍,忽然火起,四面一时,其焰俱炽。栋梁椽柱,爆声震裂,摧折堕落,墙壁崩倒。诸鬼神等,扬声大叫。雕鹫诸鸟,鸠槃荼等,周慞惶怖,不能自出。恶兽毒虫,藏窜孔穴。毗舍阇鬼,亦住其中,薄福德故,为火所逼,共相残害,饮血啖肉。野干之属,并已前死,诸大恶兽,竞来食啖,臭烟熢㶿,四面充塞。

蜈蚣蚰蜓,毒蛇之类,为火所烧,争走出穴。鸠槃荼鬼,随取而食。又诸饿鬼,头上火然,饥渴热恼,周慞闷走。其宅如是,甚可怖畏。毒害火灾,众难非一。

是时宅主,在门外立,闻有人言:汝诸子等,先因游戏,来入此宅,稚小无知,欢娱乐著。长者闻已,惊入火宅,方宜救济,令无烧害。告喻诸子,说众患难,恶鬼毒虫,灾火蔓延,众苦次第,相续不绝。毒蛇蚖蝮,及诸夜叉,鸠槃荼鬼,野干狐狗,雕鹫鸱枭,百足之属,饥渴恼急,甚可怖畏。此苦难处，况复大火？诸子无知，虽闻父诲，犹故乐著，戏嬉不已。

是时长者，而作是念，诸子如此，益我愁恼。今此舍宅，无一可乐，而诸子等，沉湎嬉戏，不受我教，将为火害。即便思惟，设诸方便，告诸子等：我有种种，珍玩之具，妙宝好车，羊车鹿车，大牛之车，今在门外。汝等出来，吾为汝等，造作此车，随意所乐，可以游戏。诸子闻说，如此诸车，即时竞奔，驰走而出，到于空地，离诸苦难。……

这里描写那老朽的大屋的种种恐怖，和火烧时的种种纷乱，虽然不近情理，却热闹的好玩。后来中国小说每写战争或描摹美貌，往往模仿这形式，也正是因为它热闹的好玩。

*　　*　　*　　*　　*

《高僧传》说：鸠摩罗什死于姚秦弘始十一年(409)，临终与众僧告别曰：

……自以暗昧，谬充传译，凡所出经论三百余卷，唯《十诵》(《十诵律》)一部未及删繁，存其本旨，必无差失。愿凡所宣译，传流后世，咸共弘通。……

他说只有《十诵》一部未及删繁，可见其余的译本都经过他"删繁"的了。后人讥罗什译经颇多删节，殊不知我们正惜他删节的太少。印度人著书最多繁复，正要有识者痛加删节，方才可读。慧远曾说《大智度论》

"文句繁广,初学难寻。乃抄其要文,撰为二十卷"。(《高僧传》六)可惜《大品般若》不曾经罗什自己抄其要文,成一部《纲要》呵。

《高僧传》卷七《僧叡传》里有一段关于鸠摩罗什译经的故事,可以表现他对于译经文体的态度:

> 昔竺法护出《正法华经受决品》云:"天见人,人见天。"什译经至此,乃言曰:"此语与西域义同,但在言过质。"僧叡曰:"将非'人天交接,两得相见'?"什喜曰,"实然。"

这里可以看出罗什反对直译。法护直译的一句虽然不错,但说话确是太质了,读了叫人感觉生硬的很,叫人感觉这是句外国话。僧叡改本便是把这句话改成中国话了。在当日过渡的时期,罗什的译法可算是最适宜的法子。他的译本所以能流传千五百年,成为此土的"名著",也正是因为他不但能译的不错,并且能译成中国话。

这个法子自然也有个限制。中国话达得出的,都应该充分用中国话。中国话不能达的,便应该用原文,决不可随便用似是而非的中国字。罗什对这一点看的很清楚,故他一面反对直译,一面又尽量用"阿耨多罗三藐三菩提"一类的音译法子。

附 录

这一章印成之先,我接得陈寅恪先生从北京寄来他的新著"童受

《喻鬘论》梵文残本跋"。陈先生说，近年德国人在龟兹之西寻得贝叶梵
文佛经多种，柏林大学路德施教授（Prof. Henrich Lüders）在其中检得
《大庄严论》残本，并知鸠摩罗什所译的《大庄严论》，其作者为童受（鸠摩
罗多 Kumaralata）而非马鸣；又知此书即普光窥基诸人所称之《喻鬘论》。
路德施教授已有校本及考证，陈寅恪先生在此跋内列举别证，助成路德
施之说。陈先生用罗什译本与原本互校的结果，得着一些证据，可以使
我们明白罗什译经的艺术。他说，罗什翻经有三点可注意：一为删去
原文繁重，二为不拘原文体制，三为变易原文。他举的证据都很可贵，
故我摘录此跋的后半，作为本章的附录：

鸠摩罗什译经的艺术
陈寅恪

　　予尝谓鸠摩罗什翻译之功，数千年间，仅玄奘可以与之抗席。然今
日中土佛经译本，举世所流行者，如《金刚》、《心经》、《法华》之类，莫不
出自其手。故以言普及，虽慈恩犹不能及。所以致此之故，其文不皆直
译，较诸家雅洁，当为一主因。……《慈恩法师传》卷十云，显庆"五年春
正月一日，起首翻《大般若经》。经梵文总有二十万颂，文既广大，学徒
每请删略。法师将顺众意，如罗什所翻，除繁去重。"盖罗什译经，或删
去原文繁重，或不拘原文体制，或变易原文。兹以《喻鬘论》梵文原本，
校其译文，均可证明。今《大庄严经论》译本卷十末篇之最后一节，中文
较梵文原本为简略；而卷十一首篇之末节，则中文全略而未译。此删去

原译繁重之证也。《喻鬘论》之文，散文与偈颂两体相间。……然据梵文残本以校译文，如卷一之"彼诸沙弥等，寻以神通力，化作老人像。发白而面皱，秀眉牙齿落，偻脊而柱杖。诣彼檀越家。檀越既见已，心生大欢庆，烧香散名华，速请令就坐。既至须臾顷，还复沙弥形。"一节，及卷十一之"我以愚痴故，不能善观察，为痴火所烧。愿当暂留住，少听我忏悔；犹如脚跌者，扶地还得起；待我得少供。"一节，本散文也，而译文为偈体。如卷一之"夫求法者，不观形相，唯在智慧。身虽幼稚，断诸结漏，得于圣道。虽老放逸，是名幼小。"一节，及卷二之"汝若欲知可炙处者，汝但炙汝瞋恚之心。若能炙心，是名真炙。如牛驾车，车若不行，乃须策牛，不须打车。身犹如车，心如彼牛，以是义故，汝应炙心。云何暴身？又复身者，如材如墙，虽复烧炙，将何所补？"一节，本偈体也，而译文为散文。……此不拘原文体制之证也。卷二之"诸仙苦修行，亦复得生天"一节，"诸仙"二字梵文原文本作 Kanva 等，盖 Kanva 者，天竺古仙之专名，非秦人所习知，故易以公名，改作"诸仙"二字。又卷四之"汝如蚁封，而欲与彼须弥山王比其高下，"一节，及卷六之"犹如蚊子翅，扇于须弥山，虽尽其势力，不能令动摇，"一节，"须弥"梵本一作 Mandara，一作 Vindhya。盖此二山名皆秦人所不知，故易以习知之须弥，使读者易解。此变易原文之证也。……

第十章　佛教的翻译文学(下)

　　五世纪是佛经翻译的最重要的时期,最大的译场是在长安。僧肇答庐山刘遗民书中说起当日的工作的状况:

　　什师于大石寺出新至诸经。……禅师于瓦官寺教习禅道,门徒数百。……三藏法师于中寺出律部,本末情悉,若睹初制。毗婆沙法师于石羊寺出《舍利弗毗昙》梵本。……贫道一生猥参嘉运,遇兹盛化,自不睹释迦祇洹之集,余复何恨?(《僧传》卷七)

　　西北的河西王沮渠蒙逊也提倡佛法,请昙无忏译出《涅槃经》、《大集经》、《大云经》、《佛所行赞经》等。昙无忏(死于433年)也是一个慎重的译者,《僧传》说:

　　沮渠蒙逊……欲请出经本,谶以未参土言,又无传译,恐言舛于理,

不许即翻。于是学语三年，方译写《涅槃初分》十卷。（卷二）

他译的《佛所行赞经》(Buddha charita)，乃是佛教伟大诗人马鸣(A'svaghosha)的杰作，用韵文述佛一生的故事。昙无谶用五言无韵诗体译出。全诗分二十八品，约九千三百句，凡四万六千多字，在当时为中国文学内的第一首长诗，我们试引其中的《离欲品》的一小部分，略表示此诗译文的风格：

太子入园林，众女来奉迎，并生希遇想，竞媚进幽诚。各尽妖恣态，供侍随所宜。或有执手足，或遍摩其身，或复对言笑，或现忧戚容，规以悦太子，令生爱乐心。

众女见太子，光颜状天身，不假诸饰好，素体逾庄严；一切皆瞻仰，谓"月天子"来。种种设方便，不动菩萨心；更互相顾视，抱愧寂无言。

有婆罗门子，名曰优陀夷，谓诸婇女言："汝等悉端正，聪明多技术，色力亦不常，兼解诸世间，隐密随欲方；容色世希有，状如玉女形。天见舍妃后，神仙为之倾。如何人王子，不能感其情？今此王太子，持心虽坚固，清净德纯备，不胜女人力。古昔孙陀利，能坏大仙人，令习于爱欲，以足蹈其顶。……毗尸婆梵仙，修道十千岁，深著于天后，一日顿破坏。如彼诸美女，力胜诸梵行。……何不尽其术，令彼生染心？"

尔时婇女众，庆闻优陀说，增其踊悦心，如鞭策良马，往到太子前，各进种种术：歌舞或言笑，扬眉露白齿，美目相眄睐，轻衣见素身，妖摇而徐步,诈亲渐习近。情欲实其心;兼奉大王言,漫形姝隐陋,忘其惭愧情。

太子心坚固,傲然不改容,犹如大龙象,群象众围绕,不能乱其心,处众若闲居。犹如天帝释,诸天女围绕。太子在园林,围绕亦如是。或为整衣服,或为洗手足,或以香涂身,或以华严饰,或为贯璎珞,或有扶抱身,或为安枕席,或倾身密语,或世俗调戏,或说众欲事,或作诸欲形,规以动其心。……

与《佛所行赞》同类的,还有宝云译的《佛本行经》。宝云(死于469年)到过于阗天竺,遍学梵书,回国后在建业译有《新无量寿经》及《佛本行经》。《僧传》(卷三)说他"华梵兼通,音训允正。"《佛本行经》的原本与《佛所行赞》稍有不同,也是全篇韵文,共分三十一品。译文有时用五言无韵诗体,有时用四言,有时又用七言,而五言居最大部分。我们摘抄第十一品《八王分舍利品》的一段作个例。《佛所行赞》第二十八品与此品同记一事,而详略大不同。其事为七王要分佛的舍利,故兴兵来围城,城中诸力士也不服,坚守城池不下。后来大家听了一个婆罗门的话,把佛舍利分作八份,各国建塔供养。《佛所行赞》本记兴兵围城不过三十六句,《佛本行经》本却有一百零八句,其中一部分如下:

……七王之兵众,俱时到城下。大众起黄尘,垒塞人众眼。粗象之气臭,塞鼻不得息。鼓角吹贝声,塞耳无所闻。妇女诸幼小,惶怖皆失色。对敌火攻具,消铜铁为汤。皆贯胄被甲,当仗严进战。象马皆被甲,整阵当对战。

力士没体命,不图分舍利,城里皆令催,执杖上城战。诸力士齐心,决定战不退。皆立于城上,楼橹却敌间,看城外诸王,军众无央数,军奋作威势,同时大叫呼。一时大叫呼,声响震天地。拔剑而掷弄,晃昱曜天日。或有跳勇走;捷疾欲向城。……

我们再引第八品《与众婇女游居品》里写太子与婇女同浴的一段,也是《佛所行赞》没有的:

……太子入池,水至其腰。诸女围绕,明耀浴池;犹如明珠,绕宝山王,妙相显赫,甚好巍巍。众女水中,种种戏笑:或相湮没,或水相洒;或有弄华,以华相掷;或入水底,良久乃出;或于水中,现其众华;或没于水,但现其手。众女池中,光耀众华;令众藕华,失其精光。或有攀缘,太子手臂,犹如杂华,缠著金柱。女妆涂香,水浇皆堕,旃檀木橉,水成香池。

这是很浓艳的描写。

近年有几位学者颇主张这一类翻译的文学是《孔雀东南飞》一类的长诗的范本。我从前也颇倾向这种主张。近年我的见解稍稍改变了。我以为从汉到南北朝,这五六百年中,中国民间自有无数民歌发生。其中有短的抒情诗和讽刺诗,但也有很长的故事诗。在文学技术的方面,从《日出东南隅》一类的诗演变到《孔雀东南飞》,不能说是不连续的,也不能说是太骤然的。(参看第六章)正不用倚靠外来的文学的影响。昙无忏译《佛所行赞》在四百二十年左右;宝云译经更在其后,约当四百四十年。徐陵编《玉台新咏》约在五百六十年,他已收采《孔雀东南飞》了。在那个不容易得写本书卷的时代,一种外国的文学居然能在一百年内发生绝大的影响,竟会产生《孔雀东南飞》这样伟大的杰作,这未免太快罢?

与其说《佛本行经》等书产生了《孔雀东南飞》一类的长诗,不如说因为民间先已有了《孔雀东南飞》一类的长篇故事诗,所以才有翻译这种长篇外国诗的可能。法护鸠摩罗什等人用的散文大概是根据于当时人说的话。昙无忏、宝云等人用的偈体大概也是依据当时民歌的韵文,不过偈体不用韵脚,更自由了。

中国固有的文学很少是富于幻想力的;像印度人那种上天下地毫无拘束的幻想能力,中国古代文学里竟寻不出一个例。(屈原、庄周都远不够资格!)长篇韵文如《孔雀东南飞》只有写实的叙述,而没有一点超自然或超空间时间的幻想。这真是中国古文学所表现的中国民族性。在这一点上,印度人的幻想文学之输入确有绝大的解放力。试看中古时代的神仙文学如《列仙传》、《神仙传》,何等简单,何等拘谨! 从《列仙传》到《西游记》、《封神传》,这里面才是印度的幻想文学的大影响呵。

佛教的长篇故事很多,如 Lalita Visara,法护译为《普曜经》,也是幻想的释迦牟尼传记,散文为主体,夹用偈体。因为它与《佛本行经》等性质相同,故连带提起。

＊　　＊　　＊　　＊　　＊

五世纪的译经事业,不单在北方,南方也有很重要的译场。四世纪之末到五世纪之初,庐山与建业都有大部译经出来。僧伽提婆在庐山译出《阿毗昙心》等,又在建业重译《中阿含》(397—398)。佛驮跋陀罗在庐山译出《修行方便论》(后人称《达磨多罗禅经》),又在建业道场寺译出《华严经》,是为晋译《华严》。那时法显、宝云等先后往印度留学,带了许多经卷回来。法显在道场寺请佛驮跋陀罗译出《大泥洹经》及《摩诃僧祇律》等。佛驮什在建业龙光寺译出《弥沙塞律》,即《五分律》。宝云译的经已见前节。宝云又与智严同译《普曜》、《四天王》等经。求那跋摩在建业译出《菩萨善戒》、《四分羯磨》等。求那跋陀罗在建业译出《杂阿含》,又在丹阳译出《楞伽经》,又在荆州译出《无量寿》等经。求那跋陀罗死于 468 年。五世纪下半,译事稍衰;故《高僧传》云:“自大明(457—464)已后,译经殆绝。”只有永明十年(492)求那毗地译出《百句喻经》、《十二因缘》、《须达长者经》,都是小品。

这些南方译经之中,影响最大的自然是《涅槃》(《泥洹》)、《华严》、《楞伽》三部。我们不能多举例,只好单举《华严》作例罢。《华严》、《宝积》、《般若》、《涅槃》等等大部经都是一些“丛书”,其中性质复杂,优劣不等,但往往有好文学作品。如《华严经》第六《菩萨明难品》便是很美的文学;如其中论“精进”云:

若欲求除灭,无量诸过恶,

应当一切时,勇猛大精进。

譬如微小火,樵湿则能灭;

于佛教法中,懈怠者亦然。

譬如人钻火,未出数休息,

火势随止灭,懈怠者亦然。

如论"多闻"云:

譬如有良医,具知诸方药,

自疾不能救;多闻亦如是。

譬如贫穷人,日夜数他宝,

自无半钱分;多闻亦如是。……

譬如聋瞆人,善奏诸音乐,

悦彼不自闻;多闻亦如是。

譬如盲瞽人,本习故能画,

示彼不自见;多闻亦如是。

"日夜数他宝"一偈是后来禅宗文学中常引用的一偈。这种好白话诗乃是后来王梵志、寒山、拾得一班白话诗人的先锋。(详见下编)

《华严经》是一种幻想教科书,也可说是一种说谎教科书。什么东西都可以分作十件：十地，十明，十忍，……等等都是以十进的。只要你会上天下地的幻想，只要你凑得上十样，你尽管敷衍下去，可以到无穷之长。这个法子自然是很可厌的。但这种法子最容易模仿，最容易学。《华严经》末篇《入法界品》占全书四分之一以上，写善财童子求法事，过了一城又一城，见了一大师又一大师，遂敷演成一部长篇小说。其中没有什么结构，只是闭了眼睛"瞎嚼蛆"而已。我们试举几段"瞎嚼蛆"的例，证明我们不是有意诬蔑这部赫赫有名的佛经。善财童子到了可乐国的和合山，见着功德云比丘。那位比丘说：

善男子，我于解脱力逮得清净方便慧眼，普照观察一切世界，境界无碍，除一切障，一切佛化陀罗尼力，或见东方一佛，二佛，十百千万，十亿，百亿，千亿，百千亿佛；或见百亿那由他，千亿那由他，百千亿那由他佛；或见无量阿僧祇，不可思议，不可称，无分齐，无边际，不可量，不可说，不可说不可说佛；或见阎浮提微尘等佛；或见四天下微尘等佛；或见小千世界微尘等佛；或见二千，三千大千世界微尘等佛。……（卷四十七）

善财到了海门国，见着海云比丘，那位比丘对他说：

善男子，我住此海门国十有二年，境界大海，观察大海，思惟大海无量无边，思惟大海甚深难得源底。……复作是念，"世间颇更有法广此大海,深此大海,庄严于此大海者不?"作是念已,即见海底水轮之际,妙宝莲华自然涌出,伊那尼罗宝为茎,阎浮檀金为叶,沉水香宝为台,玛瑙宝为须,弥覆大海。百万阿修罗王悉共执持。百万摩尼宝庄严网罗覆其上。百万龙王雨以香水。百万迦楼罗王衔妙宝绘带垂下庄严。百万罗刹王慈心观察。百万夜叉王恭敬礼拜。百万乾闼婆王赞叹供养。百万天王雨天香华末香幢幡妙宝衣云。……百万日藏宝明净光明,普照一切。百万不可坏摩尼宝出生长养一切善行。百万如意宝珠无尽庄严。……(同上)

这种无边无尽的幻想,这种"瞎嚼蛆"的滥调,便是《封神传》"三十六路伐西岐",《西游记》"八十一难"的教师了。

* * * * *

以上略述三、四、五世纪的翻译文学。据《高僧传》卷十,王度奏石虎道:

……往汉明感梦,初传其道,唯听西域人得立寺都邑,以奉其神。其汉人皆不得出家。魏承汉制,亦循前轨。……

这里说的汉魏制度似是史实。大概四世纪以前,300 年以前,汉人皆不准出家作和尚。故前期的名僧都是外国人,《高僧传》可为证。故西历300 年以前,佛教并不曾盛行于中国。石勒(死于 383 年)、石虎(死于349

年)信用佛图澄，"道化既行，民多奉佛，皆营造寺庙，相竞出家"。(《高僧传》十)风气既开，虽有王度王波等人的奏请禁止，终不能阻止这新宗教的推行。佛图澄门下出了道安，道安门下出了慧远，慧远与鸠摩罗什同时，南北成两大中心，佛教的地位更崇高了。译经的事业也跟着佛教的推行而发展。重要的译经起于法护，在 284 年，当三世纪之末，其地域在敦煌长安之间。四世纪中，译经稍发达；至四世纪之末，五世纪之初，译经事业始充分发展，南北并进。故依汉人出家与译经事业两件事看来，我们可以断定四世纪与五世纪为佛教在中国开始盛行的时期。

佛教盛行如此之晚，故译经在中国文学上发生影响也更晚。四五世纪的中国文学可说是没有受佛经的影响，因为偶然采用一两个佛书的名词不算是文学影响。佛教文学在中国文学上发生影响是在六世纪以后。

综计译经文学在中国文学史上的影响，至少有三项：

（1）在中国文学最浮靡又最不自然的时期，在中国散文与韵文都走到骈偶滥套的路上的时期，佛教的译经起来，维祇难、竺法护、鸠摩罗什诸位大师用朴实平易的白话文体来翻译佛经，但求易晓，不加藻饰，遂造成一种文学新体。这种白话文体虽然不曾充分影响当时的文人，甚至于不曾影响当时的和尚，然而宗教经典的尊严究竟抬高了白话文体的地位，留下无数文学种子在唐以后生根发芽，开花结果。佛寺禅门遂成为白话文与白话诗的重要发源地。这是一大贡献。

（2）佛教的文学最富于想象力，虽然不免不近情理的幻想与"瞎嚼蛆"的滥调。然而对于那最缺乏想象力的中国古文学却有很大的解放作用。我们差不多可以说，中国的浪漫主义的文学是印度的文学影响的产儿。这是二大贡献。

（3）印度的文学往往注重形式上的布局与结构。《普曜经》《佛所行赞》《佛本行经》都是伟大的长篇故事，不用说了。其余经典也往往带着小说或戏曲的形式。《须赖经》一类，便是小说体的作品。《维摩诘经》《思益梵天所问经》……都是半小说体，半戏剧体的作品。这种悬空结构的文学体裁，都是古中国没有的；他们的输入，与后代弹词、平话、小说、戏剧的发达都有直接或间接的关系。佛经的散文与偈体夹杂并用，这也与后来的文学体裁有关系。这种文学体裁上的贡献是三大贡献。

但这几种影响都不是在短时期能产生的，也不是专靠译经就能收效的。我们看那译经最盛的时期（300—500），中国文学的形式与风格都不表显一点翻译文学的势力。不但如此，那时代的和尚们作的文学，除了译经以外，都是模仿中国文士的骈偶文体。一部《弘明集》，两部《高僧传》，都是铁证。《弘明集》都是论辩的文字，两部《僧传》都是传记的文字，然而他们都中了骈文滥调的流毒，所以说理往往不分明，记事往往不正确。直到唐代，余毒未歇。故我们可以说，佛经的文学不曾影响到六朝的文人，也不曾影响到当时的和尚：我们只看见和尚文学的文士化，而不看见文人文学的和尚化。

但五世纪以下，佛教徒倡行了三种宣传教旨的方法：（1）是经文的

"转读",(2) 是"梵呗"的歌唱,(3) 是"唱导"的制度。据我的意思,这三种宣传法门便是把佛教文学传到民间去的路子,也便是产生民间佛教文学的来源。慧皎的《高僧传》分十科,而第九科为"经师",即读经与念呗两类的名师;第十科为"唱导",即唱导的名家。道宣作《续高僧传》,也分十科,其第十科为"杂科声德",包括这三类的名家。单看这两传的分类,便可明白这三种宣教方法的重要了。

《高僧传》说:"天竺方俗,凡是歌咏法言,皆称为呗。至于此土,咏经则称为'转读',歌赞则号为'梵音'。"这可见转读与梵呗同出于一源。我们在上文曾引鸠摩罗什的话,说印度的文体注重音韵,以入弦为善。初期的和尚多是西域人,故输入印度人的读经与念呗之法。日久流传,遂产出一些神话,说曹植是创始之人,曾"删治《瑞应本起》,以为学者之宗;传声则三千有余,在契("一契"如今人说"一只"曲子)则四十有二"。(《高僧传》十五论)又说石勒时代有天神下降,讽咏经音,时有传者。(同上)这些神话是不足信的,道宣对他们也很怀疑。(《续僧传》末卷论)大概诵经之法,要念出音调节奏来,是中国古代所没有的。这法子自西域传进来;后来传遍中国,不但和尚念经有调子;小孩念书,秀才读八股文章,都哼出调子来,都是印度的影响。四世纪晚年,支昙龠(月支人)以此著名,遂成"转读"的祖师。《僧传》说他:

尝梦天神授其声法,觉因裁制新声,梵响清靡,四飞却转,反折还弄。

......后进传写,莫匪其法。所制六言梵呗,传响于今。

支昙籥传法平与法等弟兄,也是外国人。他们传给僧饶,僧饶是第一个中国名师。同时有道综与僧饶齐品;道综擅长的是念《三本起》与《须大拏经》。僧传说道综:

每清梵一举,辄道俗倾心。

又说僧饶在般若台外梵转,

行路闻者莫不息驾踟蹰,弹指称佛。

同时又有智宗,也会转读,

若乃八关(八关是持斋之名,"关闭八恶,不起诸过,不非时食,"故名八关斋。)之夕,中宵之后,四众低昂,睡眠交至,宗则升坐一转,梵响干云,莫不开神畅体,豁然醒悟。

这几个人都死于四百五十八九年。此后有昙迁、法畅、道琰、昙智、僧辩等。以上诸人都是建业的和尚;但转读之风不限于京师一地,《僧传》说:"浙左、江西、荆、陕、庸、蜀,亦颇有转读。"

当时和尚造的梵呗，据《僧传》所记，有《皇皇顾惟》，有《共议》，有《敬谒》一契。支昙籥所作六言梵呗，名"大慈哀愍"一契。又有《面如满月》，源出关右，而流于晋阳，是一种西凉州呗。

"唱导"是什么呢？慧皎说：

> 唱导者，盖以宣唱法理，开导众心也。昔佛法初传，于时齐集，止宣唱佛名，依文教礼。至中宵疲极，事资启悟，乃别请宿德升座说法，或杂序因缘，或傍引譬喻。其后庐山慧远(死于416年)道业贞华，风才委发，每至斋集，辄自升高座，躬为导首，广明三世因果，却辩一斋大意。后代传受，遂成永则。(《僧传》十五论)

宋武帝时，有一次内殿设斋，道照(死于433年)唱导，

> 略叙百年迅速，迁灭俄顷；苦乐参差，必由因果；如来慈应六道，陛下抚矜一切。

慧皎又说：

> 至如八关初夕，旋绕周行，烟盖停氛，灯帷靖耀，四众专心，又指缄默，尔时导师则擘炉慷慨，含吐抑扬，辩出不穷，言应无尽。谈无常则令心形战栗，语地狱则使怖泪交零，徵昔因则如见往业，核当果则已示来

报,谈怡乐则情抱畅悦,叙哀戚则洒泪含酸。于是阖众倾心,举堂恻怆,五体输席,碎首陈哀,各各弹指,人人唱佛。

这里描写导师唱导时的情形,使我们知道"唱导"乃是一种斋场的"布道会";唱导的人不但演讲教中宗旨,还要极力描摹地狱因果种种恐怖,眼泪鼻涕应声涌止,才可以使"举堂恻怆,碎首陈哀"。那惨凄的夜色,迷濛的炉烟,都只是有意给那擎炉说法的和尚造成一个严肃凄怆的背景。

唱导的斋会明是借斋场说法,故慧远唱导一面要"广明三世因果",一面又必须说明"一斋大意"。昙宗传中说他为宋孝武帝唱导,帝笑问道:"朕有何罪,而为忏悔?"又昙光传中说他"回心习唱,制造忏文;每执炉处众,辄道俗倾仰"。这可见"拜忏"是唱导的一部分。(拜章忏罪之法似是起于当日的道士,不是印度来的。)

昙颖传中说:

凡要请者,皆贵贱均赴,贫富一揆。

又法镜传中说:

镜誓心弘道,不拘贵贱,有请必行,无避寒暑。

来请的人既不同阶级,唱导的内容也就不能不随时变换,故有制造"唱导文"与"忏文"的必要。慧皎说：

> 如为出家五众，则须切语无常，苦陈忏悔。若为君王长者，则须兼
> 引俗典，绮综成辞。若为悠悠凡庶，则须怡事造形，直谈闻见。若为山
> 民野处，则须近局言辞，陈斥罪目。

当时文学的风气虽然倾向骈俪与典故，但"悠悠凡庶"究竟多于君王长
者；导师要使大众倾心，自然不能不受民众的影响了。

　　慧皎的《高僧传》终于梁天监十八年(519)。道宣作《续僧传》，终于
唐贞观十九年(645)。在这一百多年中，这几种宣传教法门都更倾向中
国化了。梵呗本传自印度，当时号为"天音"。后来中国各地都起来了
各种呗赞。道宣所记，有东川诸梵，有郑魏之参差，有江表与关中之别。
他说：

> 梵者，净也，实惟天音。色界诸天来觐佛者，皆陈赞颂。经有其事，
> 祖而述之，故存本因，诏声为"梵"。然彼天音未必同此。……神州一
> 境，声类既各不同，印度之与诸蕃，咏颂居然自别。(《续传》四十论)

这便是公然承认各地可以自由创造了。道宣又说：

> 颂赞之设，其流实繁。江淮之境，偏饶此玩。雕饰文绮，糅以声

华，……然其声多艳逸，黳覆文词，听者但闻飞弄，竟迷是何筌目。

这是说江南的文人习气也传染到了和尚家的颂赞，成了一种文士化的唱赞，加上艳逸的音韵，听的人只听得音乐飞弄，不懂唱的是什么了。但北方还不曾到这地步，

> 关河晋魏，兼而有之。(兼重声音与内容)但以言出非文，雅称呈拙，且其声约词丰，易听而开深信。

可见北方的唱赞还是"非文"而"易听"的。道宣提及：

> 生严之《咏佛缘》，五言结韵，则百岁宗为师辖；远运之《赞净土》，四字成章，则七部钦为风素。

这些作品，都不可见了。但我们看日本与敦煌保存的唐人法照等人的《净土赞》(看《续藏经》第二编乙，第一套，第一册之《净土五会念佛略法事仪赞》。巴黎国家图书馆藏有敦煌写本《净土念佛诵经观行仪》互有详略)，其中多是五言七言的白话诗。这很可证明颂赞的逐渐白话化了。

唱导之文在这个时期(五六世纪)颇发达。真观(死于611年)传中说他著有导文二十余卷。法韵(死于604年)传中说他"诵诸碑志及古导文百有余卷，并王僧孺等诸贤所撰"。又宝岩传中说到"观公导文，王孺

忏法,梁高沈约徐庾晋宋等数十家"。大约当时文人常替僧家作导文,也许僧家作了导文而假托于有名文人。如今世所传《梁皇忏》,究竟不知是谁作的。但无论是文人代作,或假托于文人,这些导文都免不了文人风气的影响,故当日的导文很有骈偶与用典的恶习气。善权传中说他:

> 每读碑志,多疏俪词。……及登席,列用牵引啮之。

又智颛传中说他:

> 专习子史,今古集传有开意抱,辄条疏之。随有福会,因而标拟。

这都是文匠搜集典故,摘钞名句的法子;道宣作传,却津津称道这种"獭祭"法门,我们可以想见当日和尚文家的陋气了。

但颂赞与唱导都是布道的方法,目的在于宣传教义,有时还须靠他捐钱化缘,故都有通俗的必要。道宣生当唐初,已说:

> 世有法事,号曰"落花"。通引皂素,(僧家著黑衣,故称"缁",也称"皂"。素即白衣俗人。)开大施门,打刹唱举,拘撒泉贝。别请设座,广说施缘。或建立塔寺,或缮造僧务,随物赞祝,其纷若花。士女观听,掷钱如雨,至如解发百数数。("解发"似是剪下头发,可以卖钱。宝严传中说他唱

导时,听者"莫不解发撤衣,书名记数。"可以参证。)别异词陈愿若星罗,结句皆合韵,声无暂停,语无重述。(捐钱物者,各求许愿,故须随时变换,替他们陈愿。)斯实利口之铦奇,一期之赴捷也。(《续传》卷四十论)

这种"落花"似乎即是后来所谓"莲花落"一类的东西。做这种事的人,全靠随机应变,出口成章。要点在于感动人,故不能不通俗。今日说大鼓书的,唱"摊簧"的,唱"小热昏"的,都有点像这种"落花"导师。"声无暂停,语无重述,结句皆合韵",也正像后世的鼓词与摊簧。善权传中说隋炀帝时,献后崩,宫内设斋场,善权与立身"分番礼导,既绝文墨,唯存心计。四十九夜总委二僧,将三百度,言无再述。……或三言为句,便尽一时;七五为章,其例亦尔。"这种导文,或通篇三字句,或通篇五字句,或通篇七字句,都是有韵的,这不是很像后来的弹词鼓词吗?

综合两部僧传所记,我们可以明白当时佛教的宣传决不是单靠译经。支昙龠等输入唱呗之法,分化成"转读"与"梵呗"两项。转读之法使经文可读,使经文可向大众宣读。这是一大进步。宣读不能叫人懂得,于是有"俗文"、"变文"之作,把经文敷演成通俗的唱本,使多数人容易了解。这便是更进一步了。后来唐五代的《维摩变文》等,便是这样起来的。(说详下编,另有专论)梵呗之法用声音感人,先传的是梵音。后变为中国各地的呗赞,遂开佛教俗歌的风气。后来唐五代所传的《净土赞》、《太子赞》、《五更转》、《十二时》等,都属于这一类。佛教中白话诗人的起来(梵志、寒山、拾得等)也许与此有关系罢。唱导之法借设斋拜忏做说法布道的事。唱导分化出来，一方面是规矩的忏文与导文，大概脱不了文人骈偶的风气，况且有名家导文作范本，陈套相传，没有什么文学上的大影响。一方面是由那临机应变的唱导产生"莲花落"式的导文，和那通俗唱经的同走上鼓词弹词的路子了。另一方面是原来说法布道的本意，六朝以下，律师宣律，禅师谈禅，都倾向白话的讲说；到禅宗的大师的白话语录出来，散文的文学上遂开一生面了。（也详见下编）

第二编　唐朝(上)　|

或自己嘲戏,或为自己解嘲,都属于这一类。陶潜的《挽歌》"但恨在世时,饮酒不得足",这是自己嘲戏;他的责子诗"天运苟如此,且进杯中物",这是自己解嘲。从这里再一变,便到了白居易所谓"讽谕"与"闲适"两种意境。陶潜的诗大部分是"闲适"一类。《讽谕》一类到唐朝方才充分发达。

此外还有两种来源。第三是歌妓。在那"好妓好歌喉"的环境之内,文学家自然不好意思把《尧典》《舜典》的字和《生民》《清庙》的诗拿出来献丑。唐人作歌诗,晚唐五代两宋人作词,元明人作曲,因为都有这个"好妓好歌喉"的引诱,故自然走到白话的路上去。

第四是宗教与哲理。宗教要传布的远,说理要说的明白清楚,都不能不靠白话。散文固是重要,诗歌也有重要作用。诗歌可以歌唱,便于记忆,易于流传,皆胜于散文作品。佛教来自印度,本身就有许多韵文的偈颂。这个风气自然有人仿效。于是也有做无韵偈的,也有做有韵偈的;无韵偈是模仿,有韵偈便是偈体的中国化了。如《高僧传》卷十有单道开的一偈:

我矜一切苦,出家为利世。

利世须学明,学明能断恶。

山远粮粒难,作斯断食计。

非是求仙侣,幸勿相传说。

同卷又有天竺和尚耆域作的一偈:

守口摄心意，慎莫犯众恶，

修行一切善，如是得度世。

这都是四世纪的作品。五六世纪中，偈体渐有中国化的趋势。五世纪初期，鸠摩罗什寄一偈与庐山慧远：

既已舍染乐，心得善摄不？

若得不驰散，深入实相不？

毕竟空相中，其心无所乐。

若悦禅智慧，是法性无照。

虚诳等无实，亦非停心处。

仁者所得法，幸愿示其要。

慧远答一偈：

本端竟何从？起灭有无际。

一微涉动境，成此颓山势。

惑相更相乘，触理自生滞。

因缘虽无主，开途非一世。

时无悟宗匠，谁将握玄契？

末问尚悠悠，相与期暮岁。

这竟是晋人的说理诗,意思远不如鸠摩罗什原偈的明白晓畅。罗什是说话,而慧远是做诗。慧远不做那无韵的偈体,而用那有韵脚的中国旧诗体,也许他有意保持本国风尚,也许那时中国的大师还做不惯这种偈体。但六世纪的和尚便不同了。《续高僧传》卷十九有慧可答向居士偈云:

> 说此真法皆如实,与真幽理竟不殊。
>
> 本迷摩尼谓瓦砾,豁然自觉是真珠。
>
> 无明智慧等无异,当知万法即皆如。
>
> 愍此二见之徒辈,伸词措笔作斯书。
>
> 观身与佛不差别,何须更觅彼无余?

这便是有韵脚的白话偈了。慧可死于六世纪晚年;他是一个习禅的大师,后来禅宗称他为此土第二祖。《续传》说他"命笔述意,……发言入理,未加铅墨";又有"乍托吟谣"的话;大概慧可是六世纪一个能文的诗僧。

这四项——民歌,嘲戏,歌妓的引诱,传教与说理——是一切白话诗的来源。但各时期自有不同的来源。民歌是永远不绝的;然而若没有人提倡,社会下层的民歌未必就能影响文士阶级的诗歌。歌妓是常有的;但有时宗教的势力可以使许多艳歌成为禁品,仅可以流传于教坊妓家,而不成为公认的文学。嘲戏是常有的,但典古主义盛行的时期,文人往往也爱用古典的诗文相嘲戏，而不因此产生白话文学。传教与说理也因时代而变迁：佛教盛行的时期与后来禅宗最盛的时期产生这一类白话诗最多；后来理学代禅宗而起，也产生了不少的白话说理诗；但理学衰落之后，这种诗也就很少了。

唐朝初年的白话诗，依我的观察，似乎是从嘲讽和说理的两条路上来的居多。嘲戏之作流为诗人自适之歌或讽刺社会之诗，那就也和说理与传教的一路很接近了。唐初的白话诗人之中，王梵志与寒山、拾得都是走嘲戏的路来的，都是从打油诗出来的；王绩的诗似是从陶潜出来的，也富有嘲讽的意味。凡从游戏的打油诗入手，只要有内容，只要有意境与见解，自然会做出第一流的哲理诗的。

从两部《高僧传》里，我们可以看见，当佛教推行到中国的智识阶级的时候，上流的佛教徒对于文学吟咏，有两种不同的态度。四世纪的风气承清谈的遗风，佛教不过是玄谈的一种，信佛教的人尽可不废教外的书籍，也不必废止文学的吟咏。如帛道猷便"好丘壑，一吟一咏，有濠上之风"。（《僧传》五）他与竺道壹书云：

始得优游山林之下，纵心孔释之书。触兴为诗，陵峰采药。……因有诗曰：

连峰数千重，修林带平津。云过远山翳，风至梗荒榛。茅茨隐不见，鸡鸣知有人。闲步残其迳，处处见遗薪。始知百代下，故有上皇民。

这种和尚完全是中国式的和尚，简直没有佛教化，不过"玩票"而已。他们对于"孔释"正同庄老没多大分别，故他们游山吟诗，与当日清谈的士大夫没有分别。这是一种态度。到了四世纪以后，戒律的翻译渐渐多了，僧伽的组织稍完备了，戒律的奉行也更谨严了，佛教徒对于颂赞以外的歌咏便持禁遏的态度了。如慧远的弟子僧彻传中说他：

> 以问道之暇，亦厝怀篇牍；至若一赋一咏，辄落笔成章。尝至山南，扳松而啸。于是清风远集，众鸟和鸣，超然有胜气。退还谘远："律禁管弦，戒绝歌舞；一吟一啸，可得为乎？"
>
> 远曰："以散乱言之，皆为违法。"由是乃止。（《僧传》卷七）

这又是一种态度。

但诗的兴趣是遏抑不住的，打油诗的兴趣也是忍不住的。五世纪中的惠休，六世纪初年的宝月（见上文），都是诗僧。这可见慧远的主张在事实上很难实行。即使吟风弄月是戒律所许，讽世劝善总是无法禁止的。惠休（后来还俗，名汤惠休）与宝月做的竟是艳诗。此外却像是讽世说理的居多。五世纪下半益州有个邵硕（死于 473 年），是个奇怪的和尚；《僧传》（卷十一）说他：

> 居无定所，恍惚如狂。为人大口，眉目丑拙，小儿好追而弄之。或入酒肆，同人酣饮。而性好佛法；每见佛像，无不礼拜赞叹，悲感流泪。

他喜欢做打油诗劝人。本传说他：

游历益部诸县，及往蛮中，皆因事言谑，协以劝善。……

刺史刘孟明以男子衣衣二妾，试硕云："以此二人给公为左右，可乎？"

硕为人好韵语，乃谓明曰：

宁自乞酒以清宴，

不能与阿夫竟残年！

孟明长史沈仲玉改鞭杖之格，严重常科。硕谓玉曰：

天地嗷嗷从此起。

若除鞭格得刺史。

玉信而除之。

最有趣的是他死后的神话：

临亡，语道人法进云："可露吾骸，急系履着脚。"既而依之。出尸置寺后，经二日，不见所在。俄而有人从郫县来，遇进云："昨见硕公在市中，一脚着履，漫语云：小子无宜适，失我履一只。"

进惊而检问沙弥，沙弥答曰："近送尸时怖惧，右脚一履不得好系，遂失之。"

这种故事便是后来寒山、拾得的影子了。六世纪中,这种佯狂的和尚更多了。《续僧传》"感通"一门中有许多人便是这样的。王梵志与寒山、拾得不过是这种风气的代表者罢了。

《续僧传》卷三十五记六世纪大师亡名(本传在同书卷九。亡名工文学,有文集十卷,今不传;《续传》载其《绝学箴》的全文,敦煌有唐写本,今藏伦敦博物院。)的弟子卫元嵩少年时便想出名,亡名对他说:"汝欲名声,若不佯狂,不可得也。"

> 嵩心然之,遂佯狂漫走,人逐成群,触物摛咏。……自制琴声,为《天女怨》《心风弄》。亦有传其声者。

卫元嵩后来背叛佛教,劝周武帝毁佛法,事在五七四年。但这段故事却很有趣味。佯狂是求名的捷径。怪不得当年疯僧之多了!"人逐成群,触物摛咏",这也正是寒山、拾得一流人的行径。(元嵩作有千字诗,今不传。)

这一种狂僧"触物摛咏"的诗歌,大概都是诙谐的劝世诗。但其中也有公然讥讽佛教本身的。《续僧传》卷三十五记唐初有个明解和尚,"有神明,薄知才学;琴诗书画,京邑有声。"明解于龙朔中(662—663)应试得第,脱去袈裟,说:"吾今脱此驴皮,预在人矣!"遂置酒集诸士俗,赋诗曰:"一乘本非有,三空何所归"云云。这诗是根本攻击佛教的,可惜只剩此两句了。同卷又记贞观中(627—649)有洺州宋尚礼,"好为谲诡诗赋",因与邺中戒德寺僧有怨,作了一篇《惶伽斗赋》,描写和尚的悭吝状态,"可有十纸许(言其文甚长,古时写本书,以纸计算。),时俗常诵,以为口实,见僧辄弄,亦为黄巾(道士)所笑。"此文也不传了。

这种打油诗,"谲诡诗赋"的风气自然不限于和尚阶级。《北齐书》卷四十二说阳休之之弟阳俊之多作六字句的俗歌,"歌辞淫荡而拙,世俗流传,名为《阳五伴侣》,写而卖之,在市不绝"。阳俊之有一天在市上看见卖的写本,想改正其中的误字,那卖书的不认得他就是作者,不许他改,对他说道:"阳五古之贤人,作此《伴侣》。君何所知,轻敢议论!"这是六世纪中叶以后的事。可惜这样风行的一部六言白话诗也不传了。

在这种风狂和尚与谲诡诗赋的风气之下,七世纪中出了三五个白话大诗人。

　　　　　*　　　*　　　*　　　*　　　*

第一位是王梵志。唐宋的人多知道王梵志。八世纪的禅宗大师有引梵志的诗的(《历代法宝记》中无住语录,敦煌唐写本);晚唐五代的村学堂里小学生用梵志的诗作习字课本(法国图书馆藏有这种习字本残卷);北宋大诗人如黄庭坚极力推崇梵志的诗(胡仔《苕溪渔隐丛话》前集卷五十六);南宋人的诗话笔记也几次提及他(费衮《梁溪漫志》卷十;陈善《扪虱新话》五;慧洪《林间录》下;晓莹《云卧记谭》上,页十一)。但宋以后竟没有人知道王梵志是什么人了。清朝编《全唐诗》,竟不曾收梵志的诗,大概他们都把他当作宋朝人了!

我在巴黎法国图书馆里读得伯希和先生（*Pelliot*）从敦煌莫高窟带回去的写本《王梵志诗》三残卷，后来在董康先生处又见着他手钞日本羽田亨博士影照伯希和先生藏的别本一卷，共四个残卷，列表如下：

（一）汉乾祐二年己酉（949）樊文升写本。（原目为 *4094*，即羽田亨影本）末二行云：

　　王梵志诗集一卷

　　王梵志诗上中下三卷为一部，又此卷为上卷，别本称第一卷。

（二）己酉年（大概也是乾祐己酉）高文□写本。（原目为 *2842*）这是一个小孩子的习字本，只写了十多行，也是第一卷中的诗。

（三）宋开宝三年壬申（按开宝五年为壬申，西历972；三年为庚午）阎海真写本（原目为 *2718*）。此卷也是第一卷，为第一卷最完善之本。

（四）汉天福三年庚戌（汉天福只有一年，庚戌为乾祐三年，950）金光明寺僧写本（原目为 *2914*）。此本题为《王梵志诗卷第三》。

我们看这四个残卷的年代都在第十世纪的中叶（949—972），可见王梵志的诗在十世纪时流行之广。宋初政府编的《太平广记》（978 年编成，981 年印行）卷八十二有《王梵志》一条，注云"出《史遗》"。《史遗》不知是何书，但此条为关于梵志的历史的仅存的材料，故我抄在下面：

　　王梵志，卫州黎阳人也。黎阳城东十五里有王德祖，当隋文帝时

(581—604)，家有林檎树，生瘿大如斗，经三年，朽烂。德祖见之，乃剖其皮，遂见一孩儿抱胎而□(此处疑脱一字)。德祖收养之。至七岁，能语，曰："谁人育我？复何姓名？"德祖具以实语之，因名曰"林木梵天"，后改曰"梵志"。曰："王家育我，可姓王也。"梵志乃作诗示人，甚有义旨。

此虽是神话，然可以考见三事：一为梵志生于卫州黎阳，即今河南浚县。一为他生当隋文帝时，约六世纪之末。三可以使我们知道唐朝已有关于梵志的神话，因此又可以想见王梵志的诗在唐朝很风行，民间才有这种神话起来。

我们可以推定王梵志的年代约当 590 年到 660 年。巴黎与伦敦藏的敦煌唐写本《历代法宝记》长卷中有无住和尚的语录，说无住：

　　寻常教戒诸学道者，恐著言说，时时引稻田中螃蟹问众人会不。("会不"原作"不会"。今以意改。)又引王梵志诗：

　　慧眼近空心，非关髑髅孔。对面说不识，饶你母姓董！

无住死于大历九年(774)，他住在成都保唐寺，终身似不曾出四川。这可见八世纪中王梵志的诗流行已很远了。故我们可以相信梵志是七世纪的人。

《王梵志诗》的第一卷里都是劝世诗，极像应璩的《百一诗》。这些诗都没有什么文学意味。我们挑几首作例：

> 黄金未是宝，学问胜珠珍。丈夫无伎艺，虚沾一世人。
>
> 得他一束绢，还他一束罗。计时应大重，直为岁年多。
>
> 有势不烦意，欺他必自危。但看木里火，出则自烧伊。

第二卷没有传本。第三卷里有很好的诗，我们也挑几首作例：

> 吾有十亩田，种在南山坡。青松四五树，绿豆两三窠。热即池中浴，凉便岸上歌。遨游自取足，谁能奈我何！
>
> 我见那汉死，肚里热如火。不是惜那汉，恐畏还到我。
>
> 我有一方便，价值百市练：相打长伏弱，至死不入县。
>
> 共受虚假身，共禀太虚气。死去虽更生，回来尽不记。以此好寻思，万事淡无味。不如慰俗心，时时一倒醉。
>
> 草屋足风尘，床无破毡卧。客来且唤入，地铺稿荐坐。家里元无炭，柳麻且吹火。白酒瓦钵藏，铛子两脚破。鹿脯三四条，石盐五六课。看客只宁馨，从你痛笑我！（"宁馨"即"那哼"，"那么样"）

以上八首都是从巴黎的敦煌写本选出的。黄山谷最赏识梵志的"翻着袜"一首，其诗确是绝妙的诗：

梵志翻着袜,人皆道是错。乍可刺你眼,不可隐我脚。(慧洪引此诗,"道是"作"谓我";"乍"作"宁"。)

南宋诗僧慧洪也称赞此诗。陈善《扪虱新话》说:

知梵志翻著袜法,则可以作文。知九方皋相马法,则可以观人文章。

这可见这一首小诗在宋朝文人眼里的地位。黄山谷又引梵志一首诗云:

城外土馒头,馅草在城里。一人吃一个,莫嫌没滋味。

山谷评此诗道:

己且为土馒头,尚谁食之? 今改:"预先着酒浇,使教有滋味。"

南宋禅宗大师克勤又改为:

城外土头馒,馅草在城里。着群(?)哭相送,入在肚皮里。次第作馅草,相送无穷已。以兹警世人,莫开眼瞌睡。(晓莹《云卧纪谭》卷上,《续

藏经》二乙,二一函,一册,页十一)

宋末费衮《梁溪漫志》卷十载有梵志诗八首,其中三首是七言的,四首是五言的。我也选几首作例:

> 他人骑大马,我独跨驴子。回顾担柴汉,心下较些子。
> 世无百年人,强作千年调。打铁作门限,鬼见拍手笑。

末一首慧洪引作寒山的诗,文字也小不同:

> 人是黑头虫,刚作千年调。铸铁作门限,鬼见拍手笑。

大概南宋时已有后人陆续添入的诗;寒山拾得与梵志的诗里皆不免后人附入的诗。

＊　　＊　　＊　　＊　　＊

第二位诗人是王绩。王绩字无功,绛州龙门人,是王通("文中子")的兄弟。据旧说,王通生于584,死于618,死时年三十五。(《疑年续录》一)王绩在隋末做过官;他不愿意在朝,自求改为六合丞。他爱喝酒,不管官事,后来竟逃回家乡闲住。唐高祖武德年间(约625),他以前官待诏门下省。那时有太常署史焦革家里做得好酒,王绩遂自求做太常署丞。焦革死后,他也弃官回去了。他自称东皋子,有《东皋子集》五卷。他的年代约当590到650年。

王绩是一个放浪懒散的人,有点像陶潜,他的诗也有点像陶潜。我们选几首做例子:

初 春

前旦出门游,林花都未有。今朝下堂来,池冰开已久。雪被南轩梅,风催北庭柳。遥呼灶前妾,却报机中妇:年光恰恰来,满瓮营春酒!

独 坐

问君樽酒外,独坐更何须?有客谈名理,无人索地租。三男婚令族,五女嫁贤夫。百年随分了,未羡陟方壶。

山 家

平生唯酒乐,作性不能无。朝朝访乡里,夜夜遣人酤。家贫留客久,不暇道精粗。抽帘持益炬,拔篝更燃炉。恒闻饮不足,何见有残壶?

过酒家

此日长昏饮,非关养性灵。眼看人尽醉,何忍独为醒?

*　　*　　*　　*　　*

王绩是王勃的叔祖。王勃(648—675)与同时的卢照邻、骆宾王、杨炯都是少年能文,人称为初唐四杰。他们都是骈俪文的大家,沿袭六朝以来

"那个?")

普安建阴题壁　王勃

江汉深无极,梁岷不可攀。山川云雾里,游子几时还?

这都有王绩的家风。

行路难　卢照邻

君不见长安城北渭桥边,枯木横槎卧古田! 昔时含红复含紫,常时留雾复留烟。春景春风花似雪,香车玉辇恒阗咽。若个游人不竞攀? 若个娟家不来折? 娟家宝袜蛟龙帔,公子银鞍千万骑。黄莺——向花娇,青鸟双双将子戏。千尺长条百尺枝,月桂星榆相蔽亏。珊瑚叶上鸳鸯鸟,凤凰巢里雏鹓儿。——巢倾枝折凤归去,条枯叶落狂风吹。一朝零落无人问,万古摧残君讵知? ——人生贵贱无终始,倏忽须臾难久恃;谁家能驻西山日? 谁家能堰东流水? 汉家陵树满秦川,行来行去尽哀怜。自昔公卿二千石,咸拟荣华一万年;不见朱唇将白貌,唯闻素棘与黄泉。金貂有时换美酒,玉麈但摇其计钱。寄言座客神仙署:一生一死交情处? 苍龙阙下君不来,白鹤山前我应去。云间海上遨难期,赤心会合在何时? 但愿尧年一百万,长作巢由也不辞。

这几乎全是白话的长歌了。其中如"若个游人不竞攀? 若个娟家不来折?""谁家能驻西山日? 谁家能堰东流水?""黄莺——向花娇,青鸟双

双将子戏"等等句子,必是很接近当日民间的俗歌的。卢照邻又有《长安古意》长歌,文太长了,不能全钞在这里;其中的句子如:

得成比目何辞死? 愿作鸳鸯不羡仙。

如:

生憎帐额绣孤鸾,好取门前帖双燕。

都是俗歌的声口。这一篇的末段云:

……专权意气本豪雄,青虬紫燕坐春风。自言歌舞长千载,自谓骄奢凌五公。节物风光不相待,桑田碧海须臾改。昔时金阶白玉堂,即今唯见青松在。寂寂寥寥扬子居,年年岁岁一床书。独有南山桂花发,飞来飞去袭人裾。

这种体裁从民歌里出来,虽然经过曹丕、鲍照的提倡,还不曾得文学界的充分采用。卢照邻的长歌便是这种歌行体中兴的先声。以后继起的人便多了,天才高的便成李白、杜甫的歌行,下等的也不失为《长恨歌》、《秦妇吟》。上章(第十章)曾引《续高僧传》善权传中的话,说当时的导师作临时的唱导文,"或三言为句,便尽一时;七五为章,其例亦尔"。这可见六七世纪之间,民间定有不少的长歌,或三言为句,或五言,或七言,当日唱导师取法于此,唐朝的长篇歌行也出于此。唐以前的导文虽不传了,但我们看《证道歌》《季布歌》等(另详见别篇),可以断言七言歌行体是从民间来的。

＊　　　＊　　　＊　　　＊　　　＊

七年前(1921)我做这部文学史的初稿时,曾表示我对于寒山、拾得的年代的怀疑。我当时主张的大意是说:

> 向来人多把寒山、拾得看作初唐的人。《寒山诗》的后序说他们是贞观初的人。此序作于南宋,很靠不住。我觉得这种白话诗一定是晚唐的出品,决不会出在唐初。

我当时并没有什么证据。但我后来竟寻得一条证据,当时我很高兴。这条证据在《古尊宿语录》卷十四的《赵州从谂禅师语录》里面,原文如下:

> 师(从谂)因到天台国清寺见寒山、拾得。师云:"久向寒山、拾得,到来只见两头水牯牛。"寒山、拾得便作牛斗。师云:"叱,叱!"寒山、拾得咬齿相看。师便归堂。

据《传灯录》卷十,从谂死于唐昭宗乾宁四年(897);但据这部语录前面的

《行状》，他死于戊子岁，当后唐明宗天成三年(928)。无论如何，这可以证明寒山拾得是唐末五代间人了。

但我现在不信这种证据了。我现在认《赵州语录》是一个妄人编的，其人毫无历史知识，任意捏造，多无根据。如行状中说从谂死年在"戊子岁"，而无年号；下文又云："后唐保大十一年孟夏月旬有三日，有学者咨闻东都东院惠通禅师赵州先人行化厥由，作礼而退，乃援笔录之。"后唐无保大年号，五代时也没有一个年号有十一年之长的：保大乃辽时年号，当宋宣和三年至六年(1121—1124)。这可见编者之捏造。戊子若在后唐，便与《传灯录》所记从谂死年相差三十一年了！《传灯录》说他死时年百二十岁。即使我们承认他活了百二十岁，从后唐明宗戊子(928)倒数百二十年，当宪宗元和三年；而《语录》中说他见了寒山、拾得，又去见百丈和尚(怀海)，百丈死于元和九年(814)，那时从谂还只有六岁，怎么就能谈禅行脚了呢！以此看来，我在七年前发现的证据原来毫无做证据的价值！编造这部《赵州语录》的人，大约是辽金之际的一个陋僧，不知百丈是何人，也不知寒山、拾得是何人的。

后世关于寒山、拾得的传说，多根据于闾丘胤的一篇序。此序里神话连篇，本不足信。闾丘胤的事迹已不可考；序中称唐兴县，唐兴之名起于高宗上元二年(675)故此序至早不过在七世纪末年，也许在很晚的时期呢。此序并不说闾丘胤到台州是在"贞观初"；"贞观初"的传说起于南宋沙门志南的后序。向来各书记寒山、拾得见闾丘胤的年代很不

一致,今排列各书所记如下:

    (1) 贞观七年(633)——宋僧志磐《佛祖统纪》(作于 1256)

    (2) 贞观十六年(642)——元僧熙仲《释氏资鉴》(作于 1336)

    (3) 贞观十七年(643)——宋僧本觉《释氏通鉴》(作于 1270)

    (4) 先天中(712—713)——元僧昙噩《科分六学僧传》(成于 1366)

    (5) 贞元末(约 800)——元僧念常《历代佛祖通载》(成于 1341)

各书相差,从贞观七年到贞元末(633—800),有一百七十年之多! 这可见古人因闾丘胤序中未有年代,故未免自由猜测;念常老实把此事移到中唐,我更移后一步,便到了晚唐了。

    其实我当时并没有好证据,不过依据向来分唐诗为“初、盛、中、晚”四期的习惯,总觉得初唐似乎不会有这种白话诗出现。但我发现王梵志的白话诗以后,又从敦煌写本《历代法宝记》里证实了盛唐时人已称引梵志的诗,我的主张不能不改变了。

    但我总觉得寒山、拾得的诗是在王梵志之后,似是有意模仿梵志的。梵志生在河南,他的白话诗流传四方,南方有人继起,寒山子便是当时的学梵志的一个南方诗人。拾得、丰干大概更在后了,大概都是后来逐渐附丽上去的。

    以我所知,关于寒山的材料大概都不可靠。比较可信的只有两件,都是宋以前的记载。

    第一件是五代时禅宗大师风穴延沼禅师引的寒山诗句。(延沼死于 973 年)《风穴语录》(《续藏经》二,二三套,二册,页一二〇)有一条说:

上堂,举寒山诗曰:

梵志死去来,魂识见阎老。读尽百王书,未免受捶拷。一称"南无佛",皆以成佛道。

此诗不在现传《寒山诗》各本里;大概十世纪里延沼所见当是古本。此诗说梵志见阎王的故事,可见寒山的诗出于梵志之后。大概王梵志的诗流传很远,遂开白话诗的风气,延沼所引的诗可以暗示梵志与寒山的关系。

第二件是《太平广记》卷五十五的"寒山子"一条。《太平广记》是宋初(978)编成的,所收的都是宋以前的小说杂记。这一条注云,"出《仙传拾遗》",其文如下:

寒山子者,不知其名氏。大历中(766—779),隐居天台翠屏山。其山深邃,当暑有雪,亦名寒岩,因自号为寒山子。好为诗,每得一篇一句,辄题于树间石上,有好事者随而录之,凡三百余首,多述山林幽隐之兴,或讥讽时态,能警励流俗。桐柏征君徐灵府序而集之,分为三卷,行于人间。十余年,忽不复见。……

这是关于寒山子的最古的记载。此条下半说到咸通十二年(871)道士李褐见仙人寒山子的事,可见此文作于唐末,此时寒山子已成仙人了。但此文说寒山子隐居天台在大历时,可见他生于八世纪初期,他的时代约当700至780年，正是盛唐时期了。他的诗集三卷，是徐灵府"序而集之"的。徐灵府是钱塘人，隐居天目山修道，辞武宗（841—846）的征辟，绝粒久之而死。作《寒山集》序的人是一个道士，寒山子的传又在《仙传拾遗》里，可见寒山子在当日被人看作一个修道的隐士，到后来才被人编排作国清寺的贫子。

拾得与丰干皆不见于宋以前的记载。只有闾丘胤的序里说寒山是文殊菩萨，拾得是普贤菩萨，丰干是弥陀佛；丰干是一个禅师，在唐兴县的国清寺里；寒山、拾得都"状如贫子，又似风狂，或去或来，在国清寺库院走使厨中着火"。

大概当时的道士与和尚都抢着要拉寒山。徐灵府是道士，故把寒山子看作修道之士；后来的道士遂把寒山看作《神仙传》中人了。天台本是佛教的一个中心，岂肯轻易放过这样一位本山的名人？所以天台的和尚便也造作神话，把寒山化作佛门的一位菩萨，又拉出丰干、拾得来作陪。到了宋代禅宗诸书里，——例如志南的《寒山集》后序——寒山、拾得便成了能谈禅机，说话头的禅师了。

寒山虽然生当盛唐，他的诗分明属于王梵志的一路，故我们选他的几首诗附在这里：

有个王秀才，笑我诗多失：云不识蜂腰，仍不会鹤膝；平侧不解压，凡言取次出。——我笑你作诗，如盲徒咏日！

有人笑我诗。我诗合典雅。不烦郑氏笺，岂用毛公解？不恨会人稀,只为知音寡。若遣趁宫商,余病莫能罢。忽遇明眼人,即自流天下。

欲得安身处,寒山可长保。微风吹幽松,近听声逾好。下有斑白人,喃喃诵黄老。十年归不得,忘却来时道。

若人逢鬼魅,第一莫惊慷。捺硬莫保渠,呼名自当去。烧香请佛力,礼拜求僧助。蚊子叮铁牛,无渠下嘴处!

有人把椿树,唤作白旃檀。学道多沙数,几个得泥洹?弃金却担草,谩他亦自谩。似聚沙一处,成团亦大难。

快哉混沌身,不饭复不尿。遭得谁钻凿,因兹立九窍。朝朝为衣食,岁岁愁租调。千个争一钱,聚头亡命叫。

出身既扰扰,世事非一状。未能舍流俗,所以相退访。昨吊徐五死,今送刘三葬。日日不得闲,为此心凄怆。

我在村中住,众推无比方。昨日到城下,仍被狗形相。或嫌裤太窄,或说衫少长。撑却鸡子眼,雀儿舞堂堂。

三五痴后生,作事不真实:未读十卷书,强把雌黄笔;将他《儒行篇》,唤作《盗贼律》。脱体似蝉虫,咬破他书帙。

与丰干的诗大概出于后人仿作,故不举例了。

附　录

这一章印成后,我又在唐人冯翊的《桂苑丛谈》(《唐代丛书》初集)里寻得"王梵志",其文与《太平广记》所载相同,而稍有异文,其异文多可校正《广记》之误；大概两书同出于一个来源，而冯氏本较早，故讹误较少。冯翊的事迹不可考，但《桂苑丛谈》多记咸通乾符间(860—879)的事，又有一条写"吴王收复浙右之岁"，吴王即杨行密，死于905年。此书大概作于900年左右，在《太平广记》编纂(978)之前约八十年。今抄此条全文如下，异文之傍加圈为记：

　　王梵志，卫州黎阳人也。黎阳城东十五里有王德祖者，当隋之时，家有林檎树，生瘿大如斗。经三年，其瘿朽烂，德祖见之，乃撤其皮，遂见一孩儿抱胎而出。因收养之。至七岁，能语，问曰："谁人育我?"及问姓名。德祖具以实告。因林木而生曰"梵天"，后改曰"志"。[曰](似应有"曰"字)"我[王](似脱一"王"字)家长育，可姓王也。"作诗讽人，甚有义旨。盖菩萨示化也。

（一九二七，十二，八，胡适补记）

第十二章　八世纪的乐府新词

　　唐帝国统一中国(623)之后，直到安禄山之乱(755)，凡一百三十年间，没有兵乱，没有外患，称为太平之世。其间虽有武后的革命(690—705)，那不过是朝代的变更，社会民生都没有扰乱。这个长期的太平便是灿烂的文化的根基。在这个时期之中，文化的各方面都得着自由的发展：宗教、经学、美术、文学都很发达。太宗是个很爱文学的皇帝，他的媳妇武后也是一个提倡文学的君主；他们给唐朝文学种下了很丰厚的种子；到了明皇开元(713—741)天宝(742—755)之世，唐初下的种子都生根发芽，开花结果了。

　　唐太宗为秦王时，即开文学馆，招集十八学士；即帝位之后，开弘文馆，收揽文学之士，编纂文籍，吟咏倡和。高宗之世，上官仪作宰相，为一时文学领袖。武后专政，大倡文治；革命之后，搜求遗逸，四方之士应制者向万人。其时贵臣公主都依附风气，招揽文士，提倡吟咏。中宗神龙、景龙(705—709)之间，皇帝与群臣赋诗宴乐，屡见于记载。如《大唐新语》云：

神龙之际，京城正月望日盛灯影之会；金吾弛禁，特许夜行。贵游戚属及下俚工贾无不夜游。马车骈阗，人不得顾。王主之家，马上作乐以相夸竞。文士皆赋诗一章以纪其事。作者数百人。(此条引见谢无量《大文学史》六，页三四。《唐代丛书》本《大唐新语》无此条。)

又《全唐诗话》云：

十月，中宗诞辰，内殿宴，联句。……帝谓侍臣曰："今天下无事，朝野多欢。欲与卿等词人时赋诗宴乐。可识朕意，不须惜醉。"……

中宗正月晦日幸昆明池赋诗，群臣应制百余篇。帐殿前结彩楼，命昭容(昭仪上官婉儿，上官仪之孙女。)选一篇为新翻御制曲。群臣悉集其下。须史，纸落如飞；各认其名而怀之。惟沈佺期、宋之问二诗不下。移时，一纸飞坠，竞取而观，乃沈诗也。评曰："二诗工力悉敌。沈诗落句云：'微臣雕朽质，羞睹豫章才'，盖词气已竭。宋诗云：'不愁明月尽，自有夜珠来'，犹陡健举。"沈乃伏，不敢复争。

这种空气里产生的文学自然不能不充满了庙堂馆阁的气味。这种应制之诗很少文学价值。六朝以来的律诗到此时期更加华丽工整。沈佺期、宋之问最工律体，严定格律，学者尊奉，号为"沈宋"。这种体裁最适宜于应制与应酬之作,只要声律调和,对仗工整,便没有内容也可成篇。律诗的造成都是齐梁以至唐代的爱文学的帝后造作的罪孽。

但当日君臣宴乐赋诗的环境里,有时候也会发生一点诙谐游戏的作物。《隋唐嘉话》云:

> 景龙中,中宗游兴庆池,侍宴者递起歌舞,并唱下兵词,方便以求官爵。给事中李景伯亦起唱曰:
>
> 回波尔持酒卮,兵儿志在箴规。侍宴既过三爵,喧哗窃恐非宜。于是乃罢坐。("回波"是一种舞曲。)

又中宗受制于韦后,御史大夫裴谈也有怕老婆之名,宴乐的时候,有优人唱《回波乐》云:

> 回波尔持栲栳,怕妇也是大好。外边只有裴谈,内里无过李老!（《本事诗》）

又《开天传信记》云:

> 天宝初,玄宗游华清宫。刘朝霞献《贺幸温泉赋》,词调俶傥,杂以俳谐。……其赋首云:
>
> 若夫天宝二年,十月后兮腊月前,办有司之供具,命驾幸于温泉。

天门轧然,开神仙之逼塞;銮舆昼出,驱甲仗而骈阗。青一队兮黄一队,熊蹯胸兮豹拿背。珠一团兮绣一团,玉镂珂兮金钑鞍。……

其后述圣德云:

直获得盘古髓,掏得女娲氏娘。遮莫你古来千帝,岂如我今代三郎?(明皇称李三郎。)

其自叙云:

别有家愁蹭蹬,失路猖狂;骨撞虽短,伎俩能长。梦里几回富贵,觉来依旧恓惶!只是千年一遇,扣头五角六张!("五角六张"是当时的俗语,谓五日遇角宿,六日遇张宿,俗谓这两日作事多不成。)

上览而奇之,将加殊赏,命朝霞改去"五角六张"。奏云:"臣草此赋,若有神助,自谓文不加点,笔不停辍,不愿改之。"

当时风气简略,没有宋儒理学的刻论,君主与臣民之间还不很隔绝,故还有这种亲狎嘲谑的空气。这种打油诗的出现便是打倒那堂皇曲丽的死文学的一个起点。

唐明皇(玄宗)于712年即位,做了四十五年(712—756)的皇帝。开元、天宝的时代在文化史上最有光荣。开国以来,一百年不断的太平已造成了一个富裕的、繁华的、奢侈的、闲暇的中国。到明皇的时代,这个闲暇繁华的社会里遂自然产生出优美的艺术与文学。

唐明皇是一个爱美的皇帝,他少年时就显出这种天性,如《旧唐书·贾曾传》(卷一九〇)说:

玄宗在东宫，……频遣使访召女乐；命宫臣就率更署阅乐，多奏女妓。

这就是后来宠爱杨贵妃的李三郎。《旧唐书·音乐志》(卷二八)说：

玄宗在位多年，善乐音。若宴设酺会，即御勤政楼。……天子开帘受朝，礼毕，又素扇垂帘。百寮常参，供奉官贵戚二王后诸蕃酋长谢食，就坐。太常大鼓，藻绘如锦，乐工齐击，声震城阙。太常卿引雅乐，每色数十人，自南鱼贯而进，列于楼下。鼓笛鸡娄(鸡娄是鼓名，"正圆，两手所击之处平可数寸。")，充庭考击。太常乐立部伎，坐部伎，依点鼓舞，间以胡夷之伎。日旰，即内闲厩引蹀马三十匹，《倾杯乐》曲，奋首鼓尾，纵横应节。……又令宫女数百人自帷出，击雷鼓，为《破阵乐》、《太平乐》、《上元乐》。虽太常积习皆不如其妙也。……

玄宗又于听政之暇，教太常乐工子弟三百人为丝竹之戏，音响齐发，有一声误，玄宗必觉而正之。号为"皇帝弟子"，又云"梨园弟子"，以置院近于禁苑之梨园。

太常又有别教院，教供奉新曲。太常每陵晨，鼓笛乱发；于"太乐"别署教院。廪食常千人。宫中居宜春院。

玄宗又制新曲四十余，又新制乐谱。……

《音乐志》又云：

开元二十五年太常卿韦绍令博士韦迪……等铨叙前后所行用乐章为五卷，以付太乐鼓吹两署，令工人习之。时太常旧相传有宫商角徵羽宴乐五调歌词各一卷；或云，贞观中侍中杨仁恭妾赵方等所铨集，词多郑卫，皆近代词人杂诗。至绍，又令太乐令孙玄成更加整比为七卷。又自开元已来，歌者杂用胡夷里巷之曲；其孙玄成所集者，工人多不能通，相传谓为法曲。

但此段下文又云："其五调法曲，词多不经，不复载之。"据此可见当时乐工所传习的固多胡夷里巷之音，那些所谓"五调法曲"也是"词多不经"，大概也是采集民间俗歌而成的。

在这个音乐发达而俗歌盛行的时代，高才的文人运用他们的天才，作为乐府歌词，采用现成的声调或通行的歌题，而加入他们个人的思想与意境。如《本事诗》云：

天宝末，玄宗尝乘月登勤政楼，令梨园弟子歌数阕。有唱李峤诗（此系李峤的《汾阴行》的末段。李峤是中宗时宰相。）者云：

山川满目泪沾衣。富贵荣华能几时？不见只今汾水上，惟有年年秋雁飞？

时上春秋已高，问是谁诗。或对曰李峤。因凄然泣下，不终曲而起，曰："李峤真才子也！"《次柳氏旧闻》也记此事稍与此不同。）

又如《李白传》(《旧唐书》卷一九○)云：

> 白既嗜酒，日与饮徒醉于酒肆。玄宗度曲，欲造乐府新词，亟召白，白已卧于酒肆矣。召入，以水洒面，即命秉笔。顷之，成十余章。帝颇嘉之。

这是随便举一两事，略见当日的诗人与乐府新词的关系。李白论诗道：

> 自从建安来，绮丽不足珍。

唐人论诗多特别推重建安时期。(例如元稹论诗，引见《旧唐书》卷一九○《杜甫传》中。)我们在上编曾说建安时期的主要事业在于制作乐府歌辞，在于文人用古乐府的旧曲改作新词。开元天宝时期的主要事业也在于制作乐府歌辞，在于继续建安曹氏父子的事业，用活的语言同新的意境创作乐府新词。所谓"力追建安"一句标语的意义其实不过如此。

盛唐是诗的黄金时代。但后世讲文学史的人都不能明白盛唐的诗所以特别发展的关键在什么地方。盛唐的诗的关键在乐府歌辞。第一步是诗人仿作乐府。第二步是诗人沿用乐府古题而自作新辞，但不拘原意，也不拘原声调。第三步是诗人用古乐府民歌的精神来创作新乐府。在这三步之中，乐府民歌的风趣与文体不知不觉地浸润了，影响了，改变了诗体的各方面，遂使这个时代的诗在文学史上放一大异彩。

唐初的人也偶然试作乐府歌辞。但他们往往用律诗体做乐府,正像后世妄人用骈文来做小说,怎么会做的出色呢！试举乐府古题"有所思"作个例。沈佺期用的是律体:

君子事行役,再空芳岁期。美人旷延伫,万里浮云思。园槿绽红艳,郊桑柔绿滋。坐看长夏晚,秋月生罗帏。

这是做试帖诗,只要揣摩题面,敷衍成五言四韵就完卷了。再看盛唐诗人李白做此题,是什么境界:

我思仙人乃在碧海之东隅！
海寒多天风,
白波连山倒蓬壶！
长鲸喷涌不可涉,
抚心茫茫泪如珠。
西来青鸟东飞去,
愿寄一书谢麻姑。

这便是借旧题作新诗了。这个解放的风气一开,便不可关闭了。

＊　　＊　　＊　　＊　　＊

这个时代是个解放的时代。古来的自然主义的哲学(所谓"道家"哲学)与佛教的思想的精采部分相结合,成为禅宗的运动;到这个时代,这个运动已成熟了,南方一个不识字的和尚名叫慧能的(死于713年),打起宗教革命的旗帜,成立"南宗"。这个新宗派的标语是"打倒一切文字障与仪式障!"他们只要人人自己明白自性本来清净,本来圆满具足。他们反对一切渐修之法,如念佛坐禅之类。他们主张人可以顿悟,立证佛性。这个南宗运动起于七世纪晚年,到八世纪中叶便与北宗旧势力实地冲突,到八世纪晚年竟大占胜利,代替北宗成为正统。这是中国佛教史上的一大革命,也是中国思想史上的一大革命。这个大运动的潮流自然震荡全国,美术文学都逃不了他们的影响。

这个时代的人生观是一种放纵的、爱自由的、求自然的人生观。我们试引杜甫的《饮中八仙歌》来代表当时的风气:

知章(贺知章)骑马似乘船,眼花落井水底眠。

汝阳(汝阳王琎)三斗始朝天,道逢曲车口流涎,恨不移封向酒泉!

左相(李适之,天宝元年作左丞相)日兴费万钱,饮如长鲸吸百川,衔杯乐圣称避贤。(他罢相后,有诗云:"避贤初罢相,乐圣且衔杯。为问门前客,今朝几个来?")

宗之(齐国公崔宗之)潇洒美少年,举觞白眼望青天,皎如玉树临风前。

苏晋(左庶子)长斋绣佛前,醉中往往爱逃禅。

李白斗酒诗百篇,长安市上酒家眠,天子呼来不上船,自称臣是酒中仙。

张旭三杯"草圣"传,脱帽露顶王公前,挥毫落纸如云烟。

焦遂五斗方卓然,高谈雄辩惊四筵。

这里面有亲王,有宰相,有佛教徒,有道士(贺知章后为道士),有诗人,有美术家,很可以代表一时的风气了。这种风气在表面上看来很像是颓废,其实只是对于旧礼俗的反抗,其实是一种自然主义的人生观的表现。

这八个人的第一人贺知章便是当时文学界的一个大师,他的传记很可以使我们注意。他是会稽永兴人,少年时便有文学的名誉。举进士后,官做到礼部侍郎、集贤院学士,又充皇太子侍读、工部侍郎、秘书监。《旧唐书》(卷一九〇中)说他:

性放旷,善谈笑,当时贤达皆倾慕之。……晚年尤加纵诞,无复规检。自号"四明狂客",又称"秘书外监"。遨游里巷,醉后属词,动成卷轴,文不加点,咸可观。……天宝三载(七四四),知章因病恍惚,乃上疏请度为道士,求还乡里,仍舍本乡宅为观。上许之,……御制诗以赠行,皇太子已下咸就执别。至乡无几寿终,年八十六。

最可注意的是这样一个狂放的人在当时却很受社会的敬重,临去朝廷,皇帝作诗送行,皇太子亲来送别;他死后多年,肃宗还下诏追悼,说他

"器识夷淡，襟怀和雅，神清志逸，学富才雄。"这可见这是一个自由解放的时代，那不近人情的佛教的威权刚倒，而那不近人情的道学的权威还没有起来。所以这个时代产生的文学也就多解放的，自然的文学。贺知章传中说他"遨游里巷，醉后属词，文不加点"。遨游里巷，故能接近民间的语言；醉后属词，文不加点，故多近于自然也。贺知章的诗保存甚少（《全唐诗》石印本卷四，页七六），然而已有很可表示时代精神的作品，如下列几首：

柳枝诗

碧玉妆成一树高，万条垂下绿丝绦。不知细叶谁裁出？二月春风似剪刀。

回乡偶书　二首

少小离家老大回，乡音难改鬓毛衰。儿童相见不相识，笑问客从何处来。

离别家乡岁月多，近来人事半销磨。唯有门前镜湖水，春风不改旧时波。

读史的人注意：诗体大解放了，自然的，白话的诗出来了！

＊　　＊　　＊　　＊　　＊

我们在上文说过，这个时代的诗的关键在于乐府歌词；故我们现在述评这时期的几个乐府大家。

高适,字达夫,渤海蓚人。《旧唐书》说他少年时不事生产,家贫,客于梁宋,"以求丐取给",大概是一个高等叫化子。到中年时,他始学做诗。(《旧唐书》说他年过五十,始留意篇什。此言不确。他的诗中有"年过四十尚躬耕"的话可证。)"数年之间,体格渐变,以气质自高。每吟一篇,已为好事者传诵。"宋州刺史荐他举有道科,后不很得意,遂投在哥舒翰幕下掌书记。安禄山之乱,哥舒翰兵败,高适赶到明皇行在,受明皇的赏识,拔他做侍御史,谏议大夫;后来他做到淮南节度使,转剑南西川节度使,召为刑部侍郎,转散骑常侍,封渤海县侯。永泰元年(765)死。

高适的诗似最得力于鲍照;鲍照的奔逸的天才在当时虽不见赏识,到了八世纪却正好做一个诗体解放的导师。高适是个有经验、有魄力的诗人,故能运用这种解放的诗体来抬高当日的乐府歌词。

行路难

君不见富家翁,旧时贫贱谁比数? 一朝金多结豪贵,万事胜人健如虎。子孙生长满眼前,妻能管弦妾能舞。自矜一身忽如此,却笑傍人独愁苦。东邻少年安所如? 席门穷巷出无车,有才不肯事干谒,何用年年空读书?

此诗虽不佳,但可表示他有意学鲍照的乐府,又可表示他做"文丐"时代的诗是这样通俗的乐府。

邯郸少年行

邯郸城南游侠子,自矜生长邯郸里。千场纵博家仍富,几度报仇身不死。宅中歌笑日纷纷,门外车马如云屯。未知肝胆向谁是,令人却忆平原君。——君不见今人交态薄,黄金用尽还疏索?以兹感激辞旧游,更于时事无所求,且与少年饮美酒,往来射猎西山头。

营州歌

营州少年爱原野,狐裘蒙茸猎城下。虏酒千钟不醉人,胡儿十岁能骑马。

渔父歌

曲岸深潭一山叟,驻眼看钩不移手。世人欲得知姓名,良久问他不开口。

笋皮笠子荷叶衣,心无所营守钓矶。料得孤舟无定止,日暮持竿何处归?

封丘县(他初任封丘尉)

我本渔樵孟诸野,一生自是悠悠者,乍可狂歌草泽中,宁堪作吏风尘?只言小邑无所为,公门百事皆有期。拜迎官长心欲破,鞭挞黎庶令人悲。归来向家问妻子,举家大笑今如此,生事应须南亩田,世情付与东流水!梦想旧山安在哉,为衔君命且迟回。乃知梅福徒为尔,转忆陶潜归去来。

送　别

昨夜离心正郁陶,三更白露西风高。萤飞木落何淅沥!此时梦见西归客。曙钟寥亮三四声，东邻嘶马使人惊。揽衣出户一想送，唯见归云纵复横。

春酒歌　毕员外宅夜饮，时洛阳告捷。

故人美酒胜浊醪，故人清词合《风骚》。长歌满酌推吾曹，高谈正可挥麈毛，半醉忽然持蟹螯。——洛阳告捷倾前后，武侯腰间印如斗；郎官无事时饮酒：杯中绿蚁吹转来，瓮上飞花拂还有。——前年持节将楚兵，去年留司在东京，今年复拜二千石，盛夏五月西南行。彭门剑门蜀山里，昨逢军人劫夺我，到家但见妻与子。赖得饮君春酒数十杯，不然令我愁欲死！

我们看这些诗，可以明白当日的诗人从乐府歌词里得来的声调与训练，往往应用到乐府以外的诗题上去。这是从乐府出来的新体诗：五言也可，七言也可，五七言夹杂也可，大体都是朝着解放自由的路上走，而文字近于白话或竟全用白话。后世妄人不懂历史，却把这种诗体叫做"古诗"、"五古"、"七古"！要知道律诗虽起于齐梁，而骈俪的风气来源甚古，故律诗不能说是"近体"。至于那解放的七言诗体，曹丕、鲍照虽开其端，直到唐朝方才成熟，其实是逐渐演变出来的一种新体，如何可说是"古诗"呢？故研究文学史的人应该根本放弃这种谬见，认清这种解放而近于自然的诗体是唐朝的新诗体。读一切唐人诗，都应该作如此看法。

＊　　＊　　＊　　＊　　＊

岑参，南阳人。少孤贫，好学，登天宝三年(744)的进士第，官做到嘉州刺史。杜鸿渐镇西川，表请他领幕职。他后来死在蜀中。杜鸿渐死于大历四年(769)，岑参之死约在那时。他也是当时的一个有名诗人，"每一篇出，人竞传写"。

走马川行　奉送出师西征

君不见走马川行雪海边，平沙莽莽黄入天？轮台九月风夜吼，一川碎石大如斗，随风满地石乱走。匈奴草飞马正肥，金山西见烟尘飞，汉家大将西出师，将军金甲夜不脱，半夜军行戈相拨，风头如刀面如割。马毛带雪汗气蒸，五花连钱旋作冰。幕中草檄砚水凝。——虏骑闻之应胆慑，料知短兵不敢接，车师西门伫献捷。

敦煌太守后庭歌

敦煌太守才且贤，郡中无事高枕眠。太守到来山出泉，黄砂碛里人种田。敦煌耆旧鬓皓然，愿留太守更五年。城头月出星满天，曲房置酒张锦筵。美人红妆色正鲜，侧垂高髻插金钿，醉坐藏钩红烛前，不知钩在若个边。为君手把珊瑚鞭，射得半段黄金钱，——此中乐事亦已偏。

酒泉太守席上醉后作

琵琶长笛曲相和，羌儿胡雏齐唱歌。浑炙犁牛烹野驼，交河美酒归叵罗。三更醉后军中寝，无奈秦山归梦何！

凉州馆中与诸判官夜集

弯弯月出挂城头，城头月出照凉州。凉州七里(一作七城)十万家，胡人半解弹琵琶。琵琶一曲肠堪断,风萧萧兮夜漫漫。河西幕中多故人,故人别来三五春。花门楼前见秋草,岂能贫贱相看老?一生大笑能几回?斗酒相逢须醉倒。

送李副使赴碛西官军

火山六月应更热,赤亭道口行人绝。知君惯度祁连城,岂能愁见轮台月?脱鞍暂入酒家垆,送君万里西击胡!功名只向马上取,真是英雄一丈夫!

胡 歌

异姓蕃王貂鼠裘,葡萄宫锦醉缠头。关西老将能苦战,七十行兵仍未休。

春 梦

洞庭昨夜春风起,故人尚隔湘江水。枕上片时春梦中,行尽江南数千里。

逢入京使

故园东望路漫漫!双袖龙钟泪不干。马上相逢无纸笔,凭君传语报平安。

岑参的诗往往有尝试的态度。如《走马川行》每三句一转韵,是一种创体。《敦煌太守后庭歌》也是一种大胆的尝试。古人把岑参比吴均、何逊,他们只赏识他的律诗,故如此说。律诗固不足称道;然而即以他的律诗来说,也远非吴均、何逊所能比。如他的佳句:

归梦秋能作,乡懒书醉题。(《沪水东店》)

欲语多时别,先愁计日回。(《送蒋侍御》)

三年绝乡信,六月未春衣。(《临洮客舍》)

这种白话句子岂是吴均、何逊做得出的吗?

✳　　✳　　✳　　✳　　✳

王昌龄,字少伯,京兆人;登开元十五年(727)进士第,补秘书郎;二十二年(734)中弘词科,调汜水尉,迁江宁丞。《旧唐书》(卷一九〇下)说他"不护细行,屡见贬斥"。史又说他"为文绪微而思清"。

长歌行

旷野饶悲风,飕飕黄蒿草。系马倚白杨,——谁知我怀抱?所是同袍者,相逢尽衰老。北登汉家陵,南望长安道:下有枯树根,上有鼯鼠窠,高皇子孙尽,千载无人过。宝玉频发掘,精灵其奈何?——人生须达命,有酒且长歌。

箜篌引

卢谿郡南夜泊舟,夜闻两岸羌戎讴。其时月黑猿啾啾,微雨沾衣令人愁。有一迁客登高楼,不言不寐弹箜篌,弹作蓟门桑叶秋,风沙飒飒青冢头,将军铁骢汗血流,深入匈奴战未休,黄旗一点兵马收,乱杀胡人积如丘。——疟病驱来配边州,仍披漠北羔羊裘,颜色饥枯掩面羞,眼眶泪滴深两眸。欲还本乡食氂牛,欲语不得指咽喉;或有强壮能咿嚘,意说被他边将仇：——五世属蕃汉主留，碧毛毡帐河曲游，橐驼五万部落稠，敕赐飞凤金兜鍪。为君百战如过筹，静扫阴山无鸟投。家藏铁券特承优。——黄金百斤不称求，九族分离作楚囚！——深溪寂寞弦苦幽，草木悲感声飕飕。仆本东山为国忧，明光殿前论九畴。粗读兵书尽冥搜，为君掌上施权谋：(删一句)紫宸诏发远怀柔，(删三句)朔河屯兵须渐抽，尽遣降来拜御沟，便令海内休戈矛。何用班超定远侯？史官书之得已不？(此诗中删去最劣的四句，更觉贯串。——适)

出 塞

秦时明月汉时关，万里长征人未还。但使龙城飞将在，不教胡马度阴山。

闺 怨

闺中少妇不曾愁，春日凝妆上翠楼。忽见陌头杨柳色，悔教夫婿觅封侯。

*　　*　　*　　*　　*

王维，字摩诘，河东人，开元九年(721)进士。他是一个书画家，又通音乐，登第后调为太乐丞，历官右拾遗、监察御史、左补阙、库部郎中、给事中。天宝末，安禄山陷两京，他被拘留。乱平后，授太子中允，迁中庶子、中书舍人，复拜给事中，转尚书右丞。乾元二年(759)卒。

王维是一个美术家，用画意作诗，故人说他"诗中有画"。他爱山水之乐；得宋之问的蓝田别墅，在辋口，辋水周绕舍下，有竹洲花坞。他与道友裴迪浮舟往来,弹琴赋诗,啸咏终日。他又信佛,每日斋僧,坐禅念佛。(他的名与字便是把维摩诘斩成两截!)他的好禅静,爱山水,爱美术,都在他的诗里表现出来,遂开一个"自然诗人"的宗派。这一方面的诗,我们另有专论。现在只论他的乐府歌词。

他的乐府歌辞在当时很流传,故传说说他早年用《郁轮袍》新曲进身,又说当时梨园子弟唱他的曲子,又说他死后代宗曾对他的兄弟王缙说:"卿之伯氏,天宝中,诗名冠代。朕尝于诸王座闻其乐章。"他的集中有时注有作诗年代,如他作《洛阳女儿行》时年仅十六,作《桃源行》时年仅十九,作《燕支行》时年仅二十一。这可见他少年时多作乐府歌辞;晚年他的技术更进,见解渐深,故他的成就不限于乐府歌曲。这一个人的诗的演变,可以推到一个时代的诗的演变:唐人的诗多从乐府歌词入手,后来技术日进,工具渐熟,个人的天才与个人的理解渐渐容易表现出来,诗的范围方才扩大,诗的内容也就更丰富,更多方了。故乐府诗歌是唐诗的一个大关键:诗体的解放多从这里来,技术的训练也多从这里来。从仿作乐府而进为创作新乐府,从做乐府而进为不做乐府,这便是唐诗演变的故事。

所以我们要选王维的几篇乐府:

陇头吟

长安少年游侠客,夜上戍楼看太白。陇头明月迥临关,陇上行人夜吹笛。关西老将不胜愁,驻马听之双泪流。身经大小百余战,麾下偏裨万户侯。苏武才为典属国,节旄落尽海西头!

夷门歌(信陵君的上客侯嬴居夷门)

七国雌雄犹未分,攻城杀将何纷纷! 秦兵益围邯郸急,魏王不救平原君。公子为嬴停驷马,执辔愈恭意愈下。亥(朱亥)为屠肆鼓刀人,嬴乃夷门抱关者。非但慷慨献奇谋,意气兼将身命酬。向风刎刭送公子,——七十老翁何所求?

少年行

新丰美酒斗十千,咸阳游侠多少年。相逢意气为君饮,系马高楼垂柳边。

出身仕汉羽林郎,初随骠骑战渔阳。孰知不向边庭死,纵死犹闻侠骨香!

九月九日忆山东兄弟(时年十七)

独在异乡为异客,每逢佳节倍思亲。遥知兄弟登高处,遍插茱萸少一人。

渭城曲(即《阳关曲》)

渭城朝雨浥轻尘,客舍青青柳色新。劝君更尽一杯酒,西出阳关无故人。

　　　　＊　　　　＊　　　　＊　　　　＊　　　　＊

李白,字太白,山东人;他的父亲作任城尉,因住家任城。(李的故乡,各说不一致,我依《旧唐书》本传。)少年时与山东诸生孔巢父等隐于徂徕山,酣歌纵酒,时人号为"竹溪六逸"。天宝初,他游会稽,与道士吴筠隐于剡中。"既而玄宗诏筠赴京师,筠荐之于朝,遣使召之,与筠俱待诏翰林。"(今各本《旧唐书》均脱去此二十五字,下面还有一个"白"字,共说二十六字。今用张元济先生用宋本校补的本子。)他好饮酒,天天与一班酒徒在酒肆中烂醉,故杜甫诗云:

李白斗酒诗百篇,长安市上酒家眠,天子呼来不上船,自称臣是酒中仙。(《旧唐书》记此事,已引见上文了。)

旧史说他"尝沉醉殿上,引足令高力士脱靴,由是斥去,乃浪迹江湖,终日沉饮"。安禄山之乱,明皇奔蜀,永王璘为江淮兵马都督,李白去谒见他,遂留在他幕下。后来永王谋独立,失败之后,李白因此被长流夜郎。后虽遇赦得还,竟以饮酒过度,醉死在宣城。(李白的历史,诸书颇不一致。《新唐书》记他的事便与旧书不同。越到后来,神话越多。我觉得《旧唐书》较可信,故多采此书。)他的生死年代有几种说法。今依李华所作墓志,定他生于大足元年(701),死于宝应元年(762)。

李白是一个天才绝高的人,在那个解放浪漫的时代里,时而隐居山林,时而沉醉酒肆,时而炼丹修道,时而放浪江湖,最可以代表那个浪漫的时代,最可以代表那时代的自然主义的人生观。他歌唱的是爱自由的歌唱:

安能摧眉折腰事权贵,使我不得开心颜?

这个时代的君主提倡文学,文学遂成了利禄的捷径,如《高适传》中说:"天宝中,海内事干进者注意文词。"《集异记》说王维少年时曾因岐王的介绍,到贵公主宅里,夹在伶人之中,独奏他的新曲《郁轮袍》,因此借公主的势力得登第。此说是否可信,我们不敢断定。但当时确有这种风气。如李顾有"送康洽入京进乐府歌",末段云:

曳裾此日从何所?中贵由来尽相许。白夹春衫仙吏赠,乌皮隐几台郎与。新诗乐府唱堪愁,御妓应传鸡鹊楼。西上虽因贵公主,终须一见曲陵侯。

这可见当日的诗人奔走于中贵人贵公主之门,用乐府新诗作进身的礼物,并不以为可耻之事。李白虽作乐府歌词,他似乎不曾用此作求功名的门路。他早年先隐居山东,天宝初年隐居剡中,那时他已四十多岁了。贺知章告归会稽在天宝三年(744),他见了李白称他为"天上谪仙人"。李白《忆贺监》诗自序说他们在长安紫极宫相见,贺解金龟换酒为乐。紫极宫是道观,诗中也不说他荐李白。《新唐书》说"吴筠被召,故白亦至长安,往见贺知章,知章……言于玄宗,召见金銮殿",这明是不愿李白因道士被荐,故硬改旧史之文,归功于贺知章。却不知《贺知章传》明说他天宝三年告归,而《李白传》明说李白天宝初始游会稽。李白

《忆贺监》诗提及镜湖故宅,云"人亡余故宅,空有荷花生";又《重忆》诗云:"稽山无贺老,却棹酒船回",可见李白游会稽在贺知章死后,他何尝受知章的推荐? 杨贵妃之立在天宝四年(745),李白被荐入京似已在杨贵妃的时代,那时李白已近五十岁了。明皇虽赏识他的乐府歌诗,但他似乎不屑单靠文词进身,故他的态度很放肆,很倨傲:天子还呼唤不动他,高力士自然只配替他脱靴了。安禄山之乱,永王璘起兵,李白在宣州谒见,旧史并不为他隐讳;他有《永王东巡歌》十一首,其二云:

> 但用东山谢安石,为君谈笑静胡沙。

其十一云:

> 南风一扫胡尘静,西入长安到日边。

他自己也不讳他拥戴永王的态度。后人始有替他辩护的,说他"时卧庐山,璘迫致之"(曾巩《李白诗序》)。还有人伪作他自序的诗,说他"迫胁上楼船,从赐五百金,弃之若浮烟",这真是画蛇添足了。

我们的考证只是要说明李白的人格。他是个隐逸的诗人,作他自己的诗歌,不靠做诗进身。他到近五十岁时方才与吴筠以隐居道士的资格被召见;虽然待诏翰林,他始终保持他的高傲狂放的意气。晚年遇见天下大乱,北方全陷,两京残破,他拥护永王(明皇第五子)并不算犯罪。他这种藐视天子而奴使高力士的气魄,在那一群抱着乐府新诗奔走公主中贵之门的诗人之中,真是黄庭坚所谓"太白豪放,人中凤凰麒麟"了!

李白的乐府有种种不同的风格。有些是很颓放的,很悲观的醉歌,如

将进酒

君不见黄河之水天上来,奔流到海不复回!君不见高堂明镜悲白发,朝如青丝暮成雪!人生得意须尽欢,莫使金樽空对月。天生我材必有用,千金散尽还复来。烹羊宰牛且为乐,会须一饮三百杯。岑夫子,丹丘生,将进酒,君莫停!与君歌一曲,请君为我倾耳听:——

钟鼓馔玉不足贵,但愿长醉不愿醒。古来圣贤皆寂寞,惟有饮者留其名。陈王昔时宴平乐,斗酒十千恣欢谑。主人何为言少钱?径须沽取对君酌。五花马,千金裘,呼儿将出换美酒,与尔同销万古愁!

襄阳歌

落日欲没岘山西,倒著接䍦花下迷。襄阳小儿齐拍手,拦街争唱《白铜鞮》。傍人借问笑何事,笑杀山公醉似泥!(晋时山简镇襄阳,多在池边置酒,常醉。故民歌曰:"山公在何许?往至高阳池。时时能骑马,倒著白接䍦。"接䍦是一种白帽子。)鸬鹚杓,鹦鹉杯;百年三万六千日,一日须倾三百杯!遥看汉水鸭头绿,恰似葡萄初酦醅。此江若变作春酒,垒曲便筑糟邱台。千金骏马换小妾,笑坐雕鞍歌《落梅》。车傍倒挂一壶酒,凤笙

龙管行相催。咸阳市中叹黄犬,何如月下倾金罍?(李斯临被斩时,回头对他儿子说:"吾欲与若复牵黄犬俱出上蔡东门逐狡兔,岂可得乎?")君不见晋朝羊公一片石,龟头剥落生莓苔!(羊祜镇襄阳,有遗爱,民过羊公碑多堕泪,故称为堕泪碑。李白别有《襄阳曲》,有云:"上有堕泪碑,青苔久磨灭。")泪亦不能为之堕,心亦不能为之哀。清风朗月不用一钱买,玉山自倒非人推。——舒州杓,力士铛,李白与尔同死生!襄王云雨今安在?江水东流猿夜声。

有些很美的艳歌,如:

长相思

　　美人在时花满堂,美人去后空余床。床中绣被卷不寝,至今三载犹闻香。香亦竟不灭,人亦竟不来。相思黄叶落,白露点青苔。

有些是很飘逸奇特的游仙诗,如:

怀仙歌

　　一鹤东飞过沧海,放心散漫知何在?仙人浩歌望我来,应攀玉树长相待。尧舜之事不足惊,自余嚣嚣直可轻,巨鳌莫戴三山去,我欲蓬莱顶上行。

有些是很沉痛的议论诗,如:

战城南

去年战桑乾源,今年战葱河道。洗兵条支海上波,放马天山雪中草。万里长征战,三军尽衰老。匈奴以杀戮为耕作,古来唯见白骨黄沙田。秦家筑城备胡处,汉家还有烽火然。烽火然不息,征战无已时。野战格斗死,败马号鸣向天悲。乌鸢啄人肠,衔飞上挂枯树枝。士卒涂草莽,将军空尔为。——乃知兵者是凶器,圣人不得已而用之。(用《老子》的话)

有些是客观地试作民歌:

长干行

妾发初覆额,折花门前剧。郎骑竹马来,绕床弄青梅。同居长干里,两小无嫌猜。十四为君妇,羞颜未尝开;低头向暗壁,千唤不一回。十五始展眉,愿同尘与灰。常存抱柱信,岂上望夫台。十六君远行,瞿塘滟滪堆。五月不可触,猿声天上哀。门前迟行迹,一一生绿苔。苔深不可扫,落叶秋风早;八月胡蝶来,双飞西园草。感此伤妾心,坐愁红颜老。早晚下三巴,预将书报家。相迎不道远,直至长风沙。

横江词

人道横江好,侬道横江恶。一风三日吹倒山,白浪高于瓦官阁。

有些却又是个人的离愁别恨，如：

客中行

兰陵美酒郁金香，玉碗盛来琥珀光。但使主人能醉客，不知何处是他乡。

静夜思

床前看月光，疑是地上霜。举头望明月，低头思故乡。

赠汪伦

李白乘舟将欲行，忽闻岸上踏歌声。桃花潭水深千尺，不及汪伦送我情。

金陵酒肆留别

风吹柳花满店香，吴姬压酒劝客尝。金陵子弟来相送，欲行不行各尽觞。请君试问东流水，别意与之谁短长？

乐府到了李白，可算是集大成了。他的特别长处有三点。第一，乐府本来起于民间，而文人受了六朝浮华文体的余毒，往往不敢充分用民间的语言与风趣。李白认清了文学的趋势，

自从建安来，绮丽不足珍。

圣代复元古，垂衣贵清真。

他是有意用"清真"来救"绮丽"之弊的,所以他大胆地运用民间的语言,容纳民歌的风格,很少雕饰,最近自然。第二,别人作乐府歌辞,往往先存了求功名科第的念头;李白却始终是一匹不受羁勒的骏马,奔放自由,

> 人生在世不称意,
> 明朝散发弄扁舟。

有这种精神,故能充分发挥诗体解放的趋势,为后人开不少生路。第三,开元天宝的诗人作乐府,往往勉强作壮语,说大话;仔细分析起来,其实很单调,很少个性的表现。李白的乐府有时是酒后放歌,有时是离筵别曲,有时是发议论,有时是颂赞山水,有时上天下地作神仙语,有时描摹小儿女情态,体贴入微,这种多方面的尝试便使乐府歌辞的势力侵入诗的种种方面。两汉以来无数民歌的解放的作用与影响,到此才算大成功。

然而李白究竟是一个山林隐士。他是个出世之士,贺知章所谓"天上谪仙人"。这是我们读李白诗的人不可忘记的。他的高傲,他的狂放,他的飘逸的想象,他的游山玩水,他的隐居修道,他的迷信符箓,处处都表示他的出世的态度。在他的应酬赠答的诗里,有时候他也会说:

　　苟无济代心,独善亦何益?("代"即"世",唐人避李世民的讳,故用"代"字。)

有时他竟说:

　　余亦草间人,颇怀拯物情。

但他始终是个世外的道士:

　　我本楚狂人,凤歌笑孔丘。手持绿玉杖,朝别黄鹤楼。五岳寻山不辞远,一生好入名山游。……早服还丹无世情,琴心三叠道初成。遥见仙人彩云里,手把芙蓉朝玉京。

这才是真正的李白。这种态度与人间生活相距太远了。所以我们读他的诗,总觉得他好像在天空中遨游自得,与我们不发生交涉。他尽管说他有"济世""拯物"的心肠;我们总觉得酒肆高歌,五岳寻山是他的本分生涯;"济世""拯物"未免污染了他的芙蓉绿玉杖。乐府歌辞本来从民间来,本来是歌唱民间生活的;到了李白手里,竟飞上天去了。虽然

　　咳唾落九天,随风生珠玉,

然而我们凡夫俗子终不免自惭形秽，终觉得他歌唱的不是我们的歌唱。
他在云雾里嘲笑那瘦诗人杜甫，然而我们终觉得杜甫能了解我们，我们
也能了解杜甫。杜甫是我们的诗人，而李白则终于是"天上谪仙人"
而已。

第十三章　歌唱自然的诗人

五世纪以下，老庄的自然主义的思想已和外来的佛教思想混合了；士大夫往往轻视世务，寄意于人事之外；虽不能出家，而往往自命为超出尘世。于是在文学的方面有"山水"一派出现。刘勰所谓"宋初文咏，庄老告退而山水方滋"，即是指这种趋势。代表这种趋势的，在五世纪有两个人：陶潜与谢灵运。陶潜生在民间，做了几回小官，仍旧回到民间：

久在樊笼里，复得返自然。

所以他更能赏识自然界的真美，所以他歌唱"自然"，都不费气力，轻描淡写，便成佳作。

采菊东篱下，悠然见南山。

山气日夕佳，飞鸟相与还。

此中有真意，欲辨已忘言。

后来他的诗影响了无数诗人，成为"自然诗人"的大宗。谢灵运也歌唱自然界的景物，但他中骈俪文学的毒太深了，用骈偶句子来描写山水，偶然也有一两句好句子，然而"自然"是不能硬割成对偶句的，所以谢灵运一派的诗只留给后人一些很坏的影响，叫人做不自然的诗来歌唱自然。

七八世纪是个浪漫时代，文学的风尚很明显地表现种种浪漫的倾向。酒店里狂歌痛饮，在醉乡里过日子，这是一方面。放浪江湖，隐居山林，寄情于山水，这也是很时髦的一方面。如王绩，在官时便是酒鬼，回乡去也只是一个酒狂的隐士。如贺知章，在长安市上作酒狂作的厌倦了，便自请度为道士，回到镜湖边作隐士去。烂醉狂歌与登山临水同是这个解放时代的人生观的表现。故我们在这一章里叙述这时代的几个歌唱自然的诗人。

　　　＊　　　＊　　　＊　　　＊　　　＊

孟浩然，襄阳人，隐居鹿门山，以诗自适。年四十，来游长安，应进士，不第，仍回到襄阳。张九龄镇荆州，请他为从事，同他唱和。他死在开元之末，约当740年。

孟浩然的诗有意学陶潜，而不能摆脱律诗的势力，故稍近于谢灵运。

题终南翠微寺空上人房

翠微终南里，雨后宜返照。闭关久沉冥，杖策一登眺。遂造幽人室，始知静者妙。儒道虽异门，云林颇同调。两心喜相得，毕景共谈笑。暝还高窗昏，时见远山烧。缅怀赤城标，更忆临海峤。风泉有清音，何必苏门啸？

过故人庄

故人具鸡黍，邀我至田家。绿树村边合，青山郭外斜。开筵面场圃，把酒话桑麻。待到重阳日，还来就菊花。

夜归鹿门山

山寺钟鸣昼已昏，渔梁渡头争渡喧。人随沙路向江村，我亦乘舟归鹿门。鹿门月照开烟树，忽到庞公栖隐处。岩扉松径长寂寥，惟有幽人夜来去。

* * * * *

王维晚年隐居辋川，奉佛禅诵，弹琴赋诗，故他晚年的诗多吟咏山水之作。他的朋友裴迪、储光羲同他往来唱和，都是吟咏自然的诗人。《旧唐书》说王维"尝聚其田园所为诗，号《辋川集》"。这可见他们竟是自觉地做这种田园诗了。我们把这几个人叫做"辋川派的自然诗人"。

王维的诗：

偶然作 六首之一

陶潜任天真,其性颇耽酒。自从弃官来,家贫不能有。九月九日时,菊花空满手。中心窃自思,傥有人送否?白衣携壶觞,果来遗老叟。且喜得斟酌,安问升与斗。奋衣野田中,今日嗟无负!兀傲迷东西,蓑笠不能守。倾倒强行行,酣歌归五柳。生事不曾问,肯愧家中妇?

答张五弟

终南有茅屋,前对终南山。终年无客常闭关,终日无心长自闲。不妨饮酒复垂钓,君但能来相往还。

辋川闲居赠裴秀才迪

寒山转苍翠,秋水日潺湲。倚杖柴门外,临风听暮蝉。渡头余落日,墟里上孤烟。复值接舆醉,狂歌五柳前。

终南别业

中岁颇好道,晚家南山陲。兴来每独往,胜事只自知。行到水穷处,坐看云起时。偶然值林叟,谈笑无还期。

《辋川集》 二十首之二

鹿 柴

空山不见人,但闻人语响。返景入深林,复照青苔上。

竹里馆

独坐幽篁里,弹琴复长啸。深林人不知,明月来相照。

裴迪是关中人,《旧唐书》说他是王维的"道友"。他后来做官,做过

蜀州刺史。他的诗也收在《辋川集》里,我们选一首:

宫槐陌

门前宫槐陌,是向敧湖道。秋来山雨多,落叶无人扫。

储光羲,兖州人,也是王维的朋友;后来做到监察御史。我们选他的诗一首:

田家即事

蒲叶日已长,杏花日已滋。老农要看此,贵不违天时。迎晨起饭牛,双驾耕东菑。蚯蚓土中出,田乌随我飞,群合乱啄噪,嗷嗷如道饥。我心多恻隐,顾此两伤悲,拨食与田乌,日暮空筐归。亲戚更相诮,我心终不移。

*　　*　　*　　*　　*

李白的诗也很多歌咏自然的。他是个山林隐士,爱自由自适,足迹游遍许多名山,故有许多吟咏山水之作。他的天才高,见解也高,真能欣赏自然的美,而文笔又恣肆自由,不受骈偶体的束缚,故他的成绩往往比那一班有意做山水诗的人更好。

山中问答

问余何事栖碧山,笑而不答心自闲。桃花流水窅然去,别有天地非人间。

独坐敬亭山

众鸟高飞尽，孤云独去闲。相看两不厌，只有敬亭山。

自 遣

对酒不觉暝，落花盈我衣。醉起步溪月，鸟还人亦稀。

春日醉起言志

处世若大梦，胡为劳其生？所以终日醉，颓然卧前楹。觉来盼庭前，一鸟花间鸣。借问此何时，春风语流莺。感之欲叹息，对酒还自倾。浩歌待明月，曲尽已忘情。

月下独酌

花间一壶酒，独酌无相亲。举杯邀明月，对影成三人。月既不解饮，影徒随我身。暂伴月将影，行乐须及春。我歌月徘徊，我舞影零乱。醒时同交欢，醉后各分散。永结无情游，相期邈云汉。

* * * * *

元结，字次山，河南人，生于开元十一年(723)，死于大历七年(772)。他是个留心时务的人，做过几任官；代宗时，他做道州刺史，政治的成绩很好，为当时的一个循吏。他的诗文里颇多关心社会状况的作品，虽天才不及杜甫，而用意颇像他。(参看下章)他又是个爱山水的人，意态闲适，能用很朴素的语言描写他对于自然的欣赏。

招孟武昌

漫叟(元结自号)作《退谷铭》,指曰:"干进之客不能游之。"作《杯湖铭》,指曰:"为人厌者,勿泛杯湖。"孟士源尝黜官,无情干进;在武昌不为人厌,可游退谷,可泛杯湖,故作诗招之。

风霜枯万物,退谷如春时。穷冬涧江湖,杯湖澄清漪。湖尽到谷口,单船近阶墀。湖中更何好? 坐见大江水;欹石为水涯,半山在湖里。谷口更何好? 绝壑流寒泉,松桂荫茅舍,白云生坐边。武昌不干进,武昌人不厌,退谷正可游,杯湖任来泛。湖上有水鸟,见人不飞鸣。谷口有山兽,往往随人行。莫将车马来,令我鸟兽惊。

夜宴石鱼湖作

风霜虽惨然,出游熙天晴。登临日暮归,置酒湖上亭。高烛照泉深,光华溢轩楹,如见海底日,曈曈始欲生。夜寒闭窗户,石溜何清泠! 若在深洞中,半崖闻水声。醉人疑舫影,呼指递相惊。何故有双鱼,随吾酒舫行? 醉昏能诞语,劝醉能忘情。坐无拘忌人,勿限醉与醒。

石鱼湖上作

吾爱石鱼湖,石鱼在湖里,鱼背有酒樽,绕鱼是湖水。儿童作小舫,载酒胜一杯;座中令酒舫,空去复满来。湖岸多欹石,石下流寒泉;醉中一盥漱,快意无比焉。金玉吾不须,轩冕吾不爱。且欲坐湖畔,石鱼长相对。

无为洞口作

无为洞口春水满,无为洞傍春云白。爱此踟蹰不能去,令人悔作衣

冠客。洞傍山僧皆学禅,无求无欲亦忘年。欲问其心不能问,我到山中
得无闷。

说洞溪招退者

长松亭亭满四山,山间乳窦流清泉。洞溪正在此山里,乳水松膏常
灌田。松膏乳水田肥良,稻苗如蒲米粒长。糜色如珈玉液酒,酒熟犹闻
松节香。溪边老翁年几许? 长男头白孙嫁女。问言只食松田米,无药
无方向人语。浯溪石下多泉源,盛暑大寒冬大温。屠苏宜在水中石,洞
溪一曲自当门。吾今欲作洞溪翁,谁能住我舍西东? 勿惮山深与地僻,
罗浮尚有葛仙翁。

＊　　＊　　＊　　＊　　＊

以上不过是略举几个歌唱自然的诗人,表示当时的一种趋势。中
国的思想界经过佛教大侵入的震惊之后,已渐渐恢复了原来的镇定,仍
旧继续东汉魏晋以来的自然主义的趋势,承认自然的宇宙论与适性的
人生观。禅宗的运动与道教中的智识分子都是朝着这方向上走的。在
这个空气里,隐逸之士遂成了社会上的高贵阶级。聪明的人便不去应
科第,却去隐居山林,做个隐士。隐士的名气大了,自然有州郡的推荐,
朝廷的征辟;即使不得征召,而隐士的地位很高,仍不失社会的崇敬。
《唐书·卢藏用传》有一个故事说的最妙:

司马承祯尝召至阙下,将还山。藏用指终南山曰:"此中大有佳

处。"承祯徐曰："以仆观之，仕宦之捷径耳。"
· · · · · · · · ·

司马承祯是个真隐士；卢藏用早年隐居少室、终南两山，时人称为"随驾隐士"，后来被征辟，依附权贵，做到大官，故不免受司马承祯的讥诮。这个故事可以使我们知道当日隐逸的风气的社会背景。思想所趋，社会所重，自然产生了这种隐逸的文学，歌颂田园的生活，赞美山水的可爱，鼓吹那乐天安命，适性自然的人生观。人人都自命陶渊明、谢灵运，其中固然有真能欣赏自然界的真美的，但其中有许多作品终不免使人感觉有点做作，有点不自然。例如王维的

　　独坐幽篁里，弹琴复长啸。

在我们看来，便近于做作，远不如陶潜的

　　采菊东篱下，悠然见南山。

天天狂饮烂醉，固不是自然；对着竹子弹琴长啸，也算不得自然，都不过一种做作而已。

　　但这个崇拜自然的风气究竟有点解放的功用，因为对着竹子弹琴长啸，究竟稍胜于夹在伶人队里唱《郁轮袍》去巴结公主贵人罢？在文学史上，崇拜自然的风气产生了一个陶潜，而陶潜的诗影响了千余年歌

咏田园山水的诗人。其间虽然也有用那不自然的律体来歌唱自然的，然而王维、孟浩然的律诗也都显出一点解放的趋势，使律诗倾向白话化。这个倾向，经过杜甫、白居易的手里，到了晚唐便更显明了，律诗几乎全部白话化了。

第十四章　杜　甫

历历开元事,分明在眼前。

无端盗贼起,忽已岁时迁!(杜甫)

八世纪中叶(755),安禄山造反。当时国中久享太平之福,对于这次大乱,丝毫没有准备。故安禄山、史思明的叛乱不久便蔓延北中国,两京破陷,唐朝的社稷几乎推翻了。后来还是借了外族的兵力,才把这次叛乱平定。然而中央政府的威权终不能完全恢复了,贞观、开元的盛世终不回来了。

这次大乱来的突兀,惊醒了一些人的太平迷梦。有些人仍旧过他们狂醉高歌的生活;有些人还抢着贡谀献媚,做他们的《灵武受命颂》、《凤翔出师颂》;但有些人却觉悟了,变严肃了,变认真了,变深沉了。这里面固然有个人性情上的根本不同,不能一概说是时势的影响。但我们看天宝以后的文学新趋势,不能不承认时势的变迁同文学潮流有很密切的关系。

> 忆昔开元全盛日,小邑犹藏万家室,稻米流脂粟米白,公私仓廪俱
> 丰实。九州道路无豺虎,远行不劳吉日出。……宫中圣人奏《云门》,天
> 下朋友皆胶漆。百余年间未灾变,叔孙礼乐萧何律。岂闻一绢直万钱,
> 有田种谷今流血! 洛阳宫殿烧焚尽,宗庙新除狐兔穴。伤心不忍问耆
> 旧,复恐初从离乱说。……(杜甫《忆昔》)

时代换了,文学也变了。八世纪下半的文学与八世纪上半截然不同了。
最不同之点就是那严肃的态度与深沉的见解。文学不仅是应试与应制
的玩意儿了,也不仅是仿作乐府歌词供教坊乐工歌妓的歌唱或贵人公
主的娱乐了,也不仅是勉强作壮语或勉强说大话,想象从军的辛苦或神
仙的境界了。八世纪下半以后,伟大作家的文学要能表现人生,——不
是那想象的人生,是那实在的人生:民间的实在痛苦,社会的实在问
题,国家的实在状况,人生的实在希望与恐惧。

　　向来论唐诗的人都不曾明白这个重要的区别。他们只会笼统地夸
说"盛唐",却不知道开元天宝的诗人与天宝以后的诗人,有根本上的大
不同。开元天宝是盛世,是太平世;故这个时代的文学只是歌舞升平的
文学,内容是浪漫的,意境是做作的。八世纪中叶以后的社会是个乱离
的社会;故这个时代的文学是呼号愁苦的文学,是痛定思痛的文学,内
容是写实的,意境是真实的。

　　这个时代已不是乐府歌词的时代了。乐府歌词只是一种训练，一种引诱，一种解放。天宝以后的诗人从这种训练里出来，不再做这种仅仅仿作的文学了。他们要创作文学了，要创作"新乐府"了，要作新诗表现一个新时代的实在的生活了。

　　这个时代的创始人与最伟大的代表是杜甫。元结、顾况也都想作新乐府表现时代的苦痛，故都可说是杜甫的同道者。这个风气大开之后，元稹、白居易、张籍、韩愈、柳宗元、刘禹锡相继起来，发挥光大这个趋势，八世纪下半与九世纪上半(755—850)的文学遂成为中国文学史上一个最光华灿烂的时期。

　　故七世纪的文学(初唐)还是儿童时期，王梵志、王绩等人直是以诗为游戏而已。朝廷之上，邸第之中，那些应酬应制的诗，更是下流的玩艺儿，更不足道了。开元天宝的文学只是少年时期，体裁大解放了，而内容颇浅薄，不过是酒徒与自命为隐逸之士的诗而已。以政治上的长期太平而论，人称为"盛唐"；以文学论，最盛之世其实不在这个时期。天宝末年大乱以后，方才是成人的时期。从杜甫中年以后，到白居易之死(846)，其间的诗与散文都走上了写实的大路，由浪漫而回到平实，由天上而回到人间，由华丽而回到平淡，都是成人的表现。

＊　　　＊　　　＊　　　＊　　　＊

　　杜甫字子美，襄阳人。他的祖父杜审言，是武后、中宗时的一个有名文学家，与李峤、苏味道、崔融为文章四友。杜甫早年家很贫，奔波吴越齐鲁之间。他有《奉赠韦左丞丈诗》，叙他早年的生活云：

甫昔少年日,早充观国宾。读书破万卷,下笔如有神。赋料扬雄敌,诗看子建亲。李邕求识面,王翰愿卜邻。自谓颇挺出,立登要路津。致君尧舜上,要使风俗淳。此意竟萧条,行歌非隐沦。骑驴三十载,旅食京华春。朝扣富儿门,暮随肥马尘。残杯与冷炙,到处潜悲辛。主上忽见征,欻然欲求伸。青冥却垂翅,蹭蹬无纵鳞。(天宝六年,诏征天下士有一艺者,皆得诣京师就选。李林甫主张考试,遂无一人及第。)

天宝九年(750),他献《三大礼赋》。表文中说:

臣生陛下淳朴之俗,行四十载矣。

其赋中明说三大礼皆将在明年举行,故蔡兴宗作杜甫年谱系此事于天宝九年,因据唐史,三大礼(朝献太清宫,享太庙,祀天地于南郊)皆在十年。蔡谱说他这年三十九岁。以此推知他生于先天元年壬子(712)。

他献赋之后,玄宗命宰相考试他的文章,试后授他河西尉,他不愿就。改为右卫率府胄曹。他有诗云:

忆献三赋蓬莱宫,自怪一日声辉赫。集贤学士如堵墙,观我落笔中书堂。(《莫相疑行》)

又云:

不作河西尉，凄凉为折腰。老夫怕奔走，率府且逍遥。(《官定后戏赠》)

他这时候做的是闲曹小官，同往来的是一班穷诗人如郑虔之类。但他很关心时政，感觉时局不能乐观，屡有讽刺的诗，如《丽人行》、《兵车行》等篇。他是个贫苦的诗人，有功名之志，而没有进身的机会。他从那"骑驴三十载"的生活里观察了不少的民生痛苦，从他个人的贫苦的经验里体认出人生的实在状况，故当大乱爆发之先已能见到社会国家的危机了。他在这个时代虽然也纵饮狂歌，但我们在他的醉歌里往往听得悲哀的叹声：

但觉高歌有鬼神，焉知饿死填沟壑！

这已不是歌颂升平的调子了。到天宝末年(755)，他到奉先县去看他的妻子，

入门闻号咷，幼子饥已卒！

他在这种惨痛里回想社会国家的危机，忍不住了，遂尽情倾吐出来，成为《自京赴奉先县咏怀五百字》，老老实实地揭穿所谓开元天宝盛世的黑幕。墨迹未干，而大乱已不可收拾了。

　　大乱终于来了。那年十二月，洛阳失陷。明年(756)六月，潼关不守，皇帝只好西奔；长安也攻破了。七月，皇太子即位于灵武，是为肃宗。杜甫从奉先带了家眷避往鄜州；他自己奔赴新皇帝的行在，途中陷于贼中，到次年夏间始得脱身到凤翔行在。肃宗授他为左拾遗。九月，西京光复；十月，他跟了肃宗回京。他在左拾遗任内，曾营救宰相房琯，几乎得大罪。房琯贬为刺史，杜甫出为华州司功参军，时在乾元元年(758)。他这一年到过洛阳，次年(759)九节度的联兵溃于相州，郭子仪退守东都，杜甫那时还在河南，作有许多纪兵祸的新诗。

　　这一年(759)的夏天，他还在华州，有《早秋苦热》诗云：

　　七月六日苦炎蒸，对食暂餐还不能。……束带发狂欲大叫，簿书何急来相仍！南望青松架短壑，安得赤脚踏层冰！

又有《立秋后题》云：

　　平生独往愿，惆怅年半百。罢官亦由人，何事拘形役？

《新唐书》云：

　　关辅饥，〔甫〕辄弃官去，客秦州，负薪采橡栗自给。

依上引的《立秋后题》诗看来,似是他被上司罢官,并非他自己弃官去。《旧书》不说弃官事,但说:

> 时关畿乱离,谷食踊贵。甫寓居成州同谷县,自负薪采梠。儿女饿殍者数人。

乾元二年立秋后往秦州,冬十月离秦州,十一月到成州,十二月从同谷县出发往剑南,有诗云:

> 始来兹山来,休驾喜地僻。奈何迫物累,一岁四行役? ……平生懒拙意,偶值栖遁迹。去住与愿违,仰惭林间翮。(《发同谷县》)

大概他的南行全是因为生计上的逼迫。

他从秦中迁到剑南,是时裴冕镇成都,为他安顿在成都西郭浣花溪。他有诗云:

> 我行山川异,忽在天一方。自古有羁旅,我何苦哀伤?

他在成都共六年(760—765),中间经过两次变乱,但却也曾受当局的优待。严武节度剑南时,表杜甫为参谋,检校工部员外郎。《旧唐书》云:

武与甫世旧,待遇甚隆。甫……尝凭醉登武之床,瞪视武曰,"严挺之乃有此儿!"武虽急暴,不以为忤。(《新书》纪此事说武要杀他,其母奔救得止;又有"冠钩于帘三"的神话,大概皆不可信。)

永泰元年(765),他南下到忠州。大历元年(766),他移居夔州,在夔凡二年。大历三年(768),他因他的兄弟在荆州,故东下出三峡,到江陵,移居公安,又到岳阳;明年(769),他到潭州,又明年(770)到衡州。他死在"衡岳之间,秋冬之交"(据鲁谱),年五十九。

＊　　＊　　＊　　＊　　＊

杜甫的诗有三个时期:第一期是大乱以前的诗;第二期是他身在离乱之中的诗;第三期是他老年寄居成都以后的诗。

杜甫在第一时期过的是那"骑驴三十载"的生活,后来献赋得官,终不能救他的贫穷。但他在贫困之中,始终保持一点"诙谐"的风趣。这一点诙谐风趣是生成的,不能勉强的。他的祖父杜审言便是一个爱诙谐的人;《新唐书》说审言病危将死,宋之问、武平一等一班文人去问病,审言说:

甚为造化小儿相苦,尚何言? 然吾在,久压公等;今且死,固大慰。但恨不见替人耳!

这样临死时还忍不住要说笑话,便是诙谐的风趣。有了这样风趣的人,贫穷与病都不容易打倒他,压死他。杜甫很像是遗传得他祖父的滑稽风趣,故终身在穷困之中而意兴不衰颓,风味不干瘪。他的诗往往有"打油诗"的趣味:这句话不是诽谤他,正是指出他的特别风格;正如说陶潜出于应璩,并不是毁谤陶潜,只是说他有点诙谐的风趣而已。

杜甫有《今夕行》,原注云"自齐赵西归,至咸阳作":

今夕何夕岁云徂,更长烛明不可孤。咸阳客舍一事无,相与博塞为欢娱。凭陵大叫呼"五白",袒跣不肯成"枭卢"! 英雄有时亦如此,邂逅岂即非良图? 君莫笑刘毅从来布衣愿,家无儋石输百万!

这样的"穷开心"便是他祖老太爷临死还要说笑话的遗风。

他在长安做穷官,同广文馆博士郑虔往来最密,常有嘲戏的诗,如下举的一篇:

戏简郑广文兼呈苏司业源明

广文到官舍,系马堂阶下;醉即骑马归,颇遭官长骂。才名四十年,坐客寒无毡。赖有苏司业,时时与酒钱。

他的《醉时歌》也是赠郑虔的,开头几句:

诸公衮衮登台省,广文先生官独冷。甲第纷纷厌粱肉,广文先生饭不足。……

也是嘲戏的口气。他又有《示从孙济》：

平明跨驴出，未知适谁门。权门多蹲嗏，且复寻诸孙。诸孙贫无事，客舍如荒村。堂前自生竹，堂后自生萱。萱草秋已死，竹枝霜不蕃。淘米少汲水，汲多非水浑。刘葵莫放手，放手伤葵根。——阿翁懒惰久，觉儿行步奔。所来为宗族，亦不为盘飧。小人利口实，薄俗难具论。勿受外嫌猜，同姓古所敦。

这样絮絮说家常，也有点诙谐的意味。

他写他自己的穷苦，也都带一点谐趣。如《秋雨叹》三首之第一三两首云：

雨中百草秋烂死，阶下决明颜色鲜。著叶满枝翠羽盖，开花无数黄金钱。凉风萧萧吹汝急，恐汝后时难独立。堂上书生空白头，临风三嗅馨香泣。

长安布衣谁比数？反锁衡门守环堵。老夫不出长蓬蒿，稚子无忧走风雨。雨声飕飕催早寒，胡雁翅湿高飞难。秋来未曾见白日，泥污厚土何时干？

苦雨不能出门，反锁了门，闷坐在家里，却有心情嘲弄决明，还自嘲长安布衣谁人能比，这便是老杜的特别风趣。这种风趣到他的晚年更特别发达，成为第三时期的诗的最大特色。

在这第一时期里，他正当中年，还怀抱着报国济世的野心。有时候，他也不免发点牢骚，想抛弃一切去做个隐遁之士。如《去矣行》便是发牢骚的：

去矣行

君不见鞲上鹰一饱则飞掣！焉能作堂上燕衔泥附炎热？野人旷荡无腼颜，岂可久在王侯间？未试囊中餐玉法，明朝且入蓝田山。

传说后魏李预把七十块玉椎成玉屑，每日服食。蓝田山出产美玉，故杜甫说要往蓝田山去试试餐玉的法子。没有饭吃了，却想去餐玉，这也是他寻穷开心的风趣。根本上他是不赞成隐遁的，故说——

行歌非隐沦。

故说——

许身一何愚，窃比稷与契！……兀兀遂至今，忍为尘埃没。终愧巢与由，未能易其节。

他自比稷与契，宁可"取笑同学翁"，而不愿学巢父与许由。这是杜甫与李白大不同之处：李白代表隐遁避世的放浪态度，杜甫代表中国民族积极入世的精神。（看第十三章末段论李杜。）

当时杨贵妃得宠，杨国忠作宰相，贵妃的姊妹虢国夫人、秦国夫人，都有大权势。杜甫作《丽人行》云：

> 三月三日天气新，长安水边多丽人。态浓意远淑且真，肌理细腻骨肉匀。画罗衣裳照暮春，蹙金孔雀银麒麟。头上何所有？翠为㔩叶垂鬓唇。背后何所见？珠压腰衱稳称身。就中云幕椒房亲，赐名大国虢与秦。紫驼之峰出翠釜，水精之盘行素鳞。犀箸厌饫久未下，鸾刀缕切空纷纶。黄门飞鞚不动尘，御厨络绎送八珍。箫管哀吟感鬼神，宾从杂遝实要津。后来鞍马何逡巡？当轩下马入锦茵。杨花雪落覆白苹，青鸟飞去衔红巾。——炙手可热势绝伦，慎莫近前丞相嗔。

此诗讽刺贵戚的威势，还很含蓄。那时虽名为太平之世，其实屡次有边疆上的兵事。北有契丹，有奚，有突厥，西有吐蕃，都时时扰乱边境，屡次劳动大兵出来讨伐。天宝十年（751）剑南节度使鲜于仲通讨云南蛮，大败，死了六万人。有诏书招募两京及河南、河北兵去打云南，人民不肯应募；杨国忠遣御史分道捕人，枷送军前。杜甫曾游历各地，知道民间受兵祸的痛苦，故作《兵车行》：

车辚辚,马萧萧,行人弓箭各在腰。耶娘妻子走相送,尘埃不见咸阳桥。牵衣顿足拦道哭,哭声直上干云霄。——道傍过者问行人,行人但云点行频:或从十五北防河,便至四十西营田;去时里正与裹头,归来头白还戍边。边庭流血成海水,武皇开边意未已。君不闻汉家山东(太行山以东,河北诸郡皆为山东)二百州,千村万落生荆杞!纵有健妇把锄犁,禾生陇亩无东西。况复秦兵耐苦战,被驱不异犬与鸡?——长者虽有问,役夫敢申恨?且如去年冬,未休关西卒。县官急索租,租税从何出?——信知生男恶,反是生女好:生女犹得嫁比邻,生男埋没随百草。——君不见青海头,古来白骨无人收。新鬼烦冤旧鬼哭,天阴雨湿声啾啾!

拿这诗来比李白的《战城南》,我们便可以看出李白是仿作乐府歌诗,杜甫是弹劾时政。这样明白的反对时政的诗歌,三百篇以后从不曾有过,确是杜甫创始的。古乐府里有些民歌如《战城南》与《十五从军征》之类,也是写兵祸的惨酷的;但负责的明白攻击政府,甚至于直指皇帝说:

边庭流血成海水,武皇(一本作"我皇")开边意未已。

这样的问题诗是杜甫的创体。

但《兵车行》借汉武来说唐事,(诗中说"汉家",又说"武皇"。"武皇"是汉武帝;后人曲说为"唐人称太宗为文皇,玄宗为武皇"。此说甚谬。文皇是太宗谥法,武皇岂是谥法吗?)还算含蓄。《丽人行》直说虢国、秦国夫人,已是直指当时事了。但最直截明白的指摘当日的政治社会状况,还算得那一篇更伟大的作品——《自京赴奉先县咏怀》。

此诗题下今本有注云,"原注,天宝十四载十二月初作"。这条注大有研究的余地。宋刻"分门集注"本(《四部丛刊》影印本)卷十二于此诗题下注云:"洙曰:天宝十四载十一月初作"。洙即是王洙,曾注杜诗。这可证此条注文并非原注,乃是王洙的注语。诗中有"岁暮百草零","霜严衣带断,指直不得结","群冰从西下,极目高崒兀"的话,故他考定为十一月初,后人又改为十二月初,而仍称"原注"! 其实此诗无一字提及安禄山之反,故不得定为大乱已起之作。按《新唐书·玄宗本纪》:

　　天宝十四载……十月庚寅(初四)幸华清宫。十一月,安禄山反,陷河北诸郡。范阳将何千年杀河东节度使杨光翙。壬申(十七),伊西节度使封常清为范阳平卢节度使,以讨安禄山。丙子(廿一),至自华清宫。

安禄山造反的消息,十一月月半后始到京,故政府到十七日始有动作。即使我们假定王洙的注文真是原注,那么,十一月初也还在政府得禄山反耗之前,其时皇帝与杨贵妃正在骊山的华清宫避寒,还不曾梦想到渔阳鼙鼓呢。

此诗的全文分段写在下面:

自京赴奉先县咏怀五百字

杜陵有布衣，老大意转拙。许身一何愚，自比稷与契！居然成濩落，白首甘契阔。盖棺事则已，此志常觊豁。穷年忧黎元，叹息肠内热。取笑同学翁，浩歌弥激烈。非无江海志，萧洒送日月；生逢尧舜君，不忍便永诀。当今廊庙具，构厦岂云缺？葵藿倾太阳，物性固难夺。顾惟蝼蚁辈，但自求其穴。胡为慕大鲸，辄拟偃溟渤？以兹悟生理，独耻事干谒。兀兀遂至今，忍为尘埃没。终愧巢与由，未能易其节。沈饮聊自适，放歌颇愁绝。

岁暮百草零，疾风高冈裂。天衢阴峥嵘，客子中夜发。霜严衣带断，指直不得结。凌晨过骊山，御榻在嵽嵲。（华清宫在骊山汤泉）蚩尤（雾也）塞寒空，蹴踏崖谷滑。瑶池气郁律，羽林相摩戛。君臣留欢娱，乐动殷樛嶪。（樛嶪一作胶葛。）赐浴皆长缨，与宴非短褐。彤庭所分帛，本自寒女出。鞭挞其夫家，聚敛贡城阙。圣人筐篚恩，实欲邦国活。臣如忽至理，君岂弃此物。多士盈朝廷，仁者宜战栗。况闻内金盘，尽在卫霍室。中堂舞神仙，烟雾蒙玉质。暖客貂鼠裘，悲管逐清瑟。劝客驼蹄羹，（参看《丽人行》中"紫驼之峰出翠釜"。当时贵族用骆驼背峰及蹄为珍肴。）霜橙压香橘。朱门酒肉臭，路有冻死骨！荣枯咫尺异，惆怅难再述。

北辕就泾渭，官渡又改辙。群冰从西下，极目高崒兀。疑是崆峒来，恐触天柱折。河梁幸未坼，枝撑声窸窣。行旅相攀缘，川广不可越。

老妻寄异县，十口隔风雪。谁能久不顾？庶往共饥渴。入门闻号咷，幼子饥已卒！吾宁舍一哀？里巷亦呜咽。所愧为人父，无食致夭折。岂知秋未登,贫窭有仓卒? 生常免租税,名不隶征伐。抚迹犹酸辛,平人固骚屑。默思失业徒,因念远戍卒。忧端齐终南,澒洞不可掇!

　　这首诗作于乱前,旧说误以为禄山反后作,便不好懂。杜甫这时候只是从长安到奉先县省视妻子,入门便听见家人号哭,他的小儿子已饿死了! 这样的惨痛使他回想个人的遭际,社会的种种不平;使他回想途中经过骊山的行宫所见所闻的欢娱奢侈的情形,他忍不住了,遂发愤把心里的感慨尽情倾吐出来,作为一篇空前的弹劾时政的史诗。

*　　*　　*　　*　　*

　　从安禄山之乱起来时,到杜甫入蜀定居时,这是杜诗的第二时期。这是个大乱的时期;他仓皇避乱,也曾陷在贼中,好容易赶到凤翔,得着一官,不久又贬到华州。华州之后,他又奔走流离;到了成都以后,才有几年的安定。他在乱离之中,发为歌诗:观察愈细密,艺术愈真实,见解愈深沈,意境愈平实忠厚,这时代的诗遂开后世社会问题诗的风气。

　　他陷在长安时,眼见京城里的种种惨状,有两篇最著名的诗:

哀江头

　　少陵野老吞声哭,春日潜行曲江曲。江头宫殿锁千门,细柳新蒲为谁绿? 忆昔霓旌下南苑,苑中万物生春色。昭阳殿里第一人,同辇随君侍君侧。辇前才人带弓箭,白马嚼啮黄金勒;翻身向天仰射云,一箭正坠双飞翼。明眸皓齿今何在? 血污游魂归不得。清渭东流剑阁深,去住彼此无消息。人生有情泪沾臆，江水江花岂终极？黄昏胡骑尘满城，欲往城南忘南北。

哀王孙

长安城头头白乌，夜飞延秋门上呼。又向人家啄大屋，屋底达官走避胡。金鞭断折九马死，骨肉不得同驰驱。——腰下宝玦青珊瑚，可怜王孙泣路隅。问之不肯道姓名，但道困苦乞为奴。已经百日窜荆棘，身上无有完肌肤。高帝子孙尽高准，龙种自与常人殊。豺狼在邑龙在野，王孙善保千金躯。——不敢长语临交衢，且为王孙立斯须。昨夜东风吹血腥，东来骆驼满旧都。朔方健儿好身手，昔何勇锐今何愚？窃闻太子已传位，圣德北服南单于。花门劅面请雪耻，——慎勿出口他人狙！——哀哉王孙慎勿疏！五陵佳气无时无。

《哀王孙》一篇借一个杀剩的王孙，设为问答之辞，写的是这一个人的遭遇，而读者自能想象都城残破时皇族遭杀戮的惨状。这种技术从古乐府《上山采蘼芜》、《日出东南隅》等诗里出来，到杜甫方才充分发达。《兵车行》已开其端，到《哀王孙》之作，技术更进步了。这种诗的方法只是摘取诗料中的最要紧的一段故事，用最具体的写法叙述那一段故事，使人从那片段的故事里自然想象得出那故事所涵的意义与所代表的问题。说的是一个故事，容易使人得一种明了的印象，故最容易感人。杜甫后来作《石壕吏》等诗，也是用这种具体的、说故事的方法。后来白居易、张籍等人继续仿作，这种方法遂成为社会问题新乐府的通行技术。

杜甫到了凤翔行在,有墨制准他往鄜州看视家眷,他有一篇《北征》,纪此次旅行。《北征》是他用气力做的诗,但是在文学艺术上,这篇长诗只有中间叙他到家的一段有点精采,其余的部分只是有韵的议论文而已。那段最精采的是:

……潼关百万师,往者散何卒!遂令半秦民,残害为异物。况我堕胡尘,及归尽华发。经年至茅屋,妻子衣百结。恸哭松声回,悲泉共幽咽。平生所娇儿,颜色白胜雪。见耶背面啼,垢腻脚不袜。床前两小女,补绽才过膝;海图坼波涛,旧绣移曲折;天吴及紫凤,颠倒在短褐。老夫情怀恶,呕泄卧数日。那无囊中帛,救汝寒凛栗?粉黛亦解包,衾裯稍罗列。瘦妻面复光,痴女头自栉。学母无不为,晓妆随手抹。移时施朱铅,狼藉画眉阔。生还对童稚,似欲忘饥渴。问事竞挽须,谁能即嗔喝?翻思在贼愁,甘受杂乱聒。新归且慰意,生理焉能说?……

这一段很像左思的《娇女》诗。在极愁苦的境地里,却能同小儿女开玩笑,这便是上文说的诙谐的风趣,也便是老杜的特别风趣。他又有《羌村》三首,似乎也是这时候作的,也都有这种风趣:

羌 村

(一)

峥嵘赤云西,日脚下平地。柴门鸟雀噪,归客千里至。妻孥怪我在,惊定还拭泪。世乱遭飘荡,生还偶然遂。邻人满墙头,感叹亦歔欷。
夜阑更秉烛,相对如梦寐。

(二)

晚岁迫偷生,还家少欢趣。娇儿不离膝,畏我复却去。忆昔好追
凉,故绕池边树。萧萧北风劲,抚事煎百虑。赖知禾黍收,已觉糟床注。
如今足斟酌,且用慰迟暮。

(三)

群鸡正乱叫,客至鸡斗争。驱鸡上树木,始闻叩柴荆。父老四五
人,问我久远行。手中各有携,倾榼浊复清。苦辞酒味薄,黍地无人耕。
兵革既未息,儿童尽东征。请为父老歌,艰难愧深情。歌罢仰天叹,四
座泪纵横。

《北征》像左思的《娇女》,《羌村》最近于陶潜。钟嵘说陶诗出于应璩、左
思,杜诗同他们也都有点渊源关系。应璩、做谐诗,左思的《娇女》也是
谐诗,陶潜与杜甫都是有诙谐风趣的人,诉穷说苦都不肯抛弃这一点风
趣。因为他们有这一点说笑话做打油诗的风趣,故虽在穷饿之中不至
于发狂,也不至于堕落。这是他们几位的共同之点,又不仅仅县同做白
话谐诗的渊源关系呵。

这时期里,他到过洛阳,正值九节度兵溃于相州;他眼见种种兵祸
的惨酷,做了许多记兵祸的诗。《新安吏》、《潼关吏》、《石壕吏》、《新婚
别》、《垂老别》、《无家别》诸篇为这时期里最重要的社会问题诗。我们

选几首作例:

新安吏

　　客行新安道,喧呼闻点兵。借问新安吏,"县小更无丁"?"府帖昨夜下,次选中男行。"中男绝短小,何以守王城？肥男有母送,瘦男独伶俜。白水暮东流,青山犹哭声。莫自使哭枯,收汝泪纵横！眼枯即见骨,天地终无情。——我军取相州,日夕望其平。岂意贼难料,归军星散营？就粮近故垒,练卒依旧京。掘壕不到水,牧马役亦轻。况乃王师顺,抚养甚分明。送行勿泣血,仆射如父兄。(仆射指郭子仪。)

石壕吏

　　暮投石壕村,有吏夜捉人。老翁逾墙走,老妇出门看。吏呼一何怒,妇啼一何苦！听妇前致词:"三男邺城戍。一男附书至,二男新战死。存者且偷生,死者长已矣！室中更无人,惟有乳下孙。有孙母未去,出入无完裙。老妪力虽衰,请从吏夜归。急应河阳役,犹得备晨炊。"——夜久语声绝,如闻泣幽咽。天明登前途,独与老翁别。

《石壕吏》的文学艺术最奇特。捉人拉夫竟拉到了一位抱孙的祖老太太,时世可想了！

无家别

　　寂寞天宝后,园庐但蒿藜。我里百余家,世乱各东西;存者无消息,死者为尘泥。贱子因阵败,归来寻旧蹊。久行见空巷,日瘦气惨凄。但对狐与狸,竖毛怒我啼。四邻何所有? 一二老寡妻。宿鸟恋本枝,安辞且穷栖。方春独荷锄,日暮还灌畦。县吏知我至,召令习鼓鞞。虽从本州役,内顾无所携。近行止一身,远去终转迷。家乡既荡尽,远近理亦齐。永痛长病母,五年委沟溪。生我不得力,终身两酸嘶。人生无家别,何以为烝黎!

这些诗都是从古乐府歌辞里出来的,但不是仿作的乐府歌辞,却是创作的"新乐府"。杜甫早年也曾仿作乐府,如《前出塞》九首,《后出塞》五首,都属于这一类。这些仿作的乐府里也未尝没有规谏的意思,如《前出塞》第一首云:

戚戚去故里,悠悠赴交河。公家有程期,亡命婴祸罗。君已富土境,开边一何多! 弃绝父母恩,吞声行负戈。

但总括《出塞》十余篇看来,我们不能不承认这些诗都是泛泛的从军歌,没有深远的意义,只是仿作从军乐府而已。杜甫在这时候经验还不深刻,见解还不曾成熟,他还不知战争生活的实在情形,故还时时勉强作豪壮语,又时时勉强作愁苦语。如《前出塞》第六首云:

挽弓当挽强,用箭当用强。射人先射马,擒贼先擒王。杀人亦有限,立国自有疆。苟能制侵陵,岂在多杀伤?

又第八首云:

　　单于寇我垒,百里风尘昏。雄剑四五动,彼军为我奔。虏其名王
归,系颈授辕门。潜身备行列,一胜安足论?

都是勉强作壮语。又如第七首云:

　　驱马天雨雪,军行入高山。径危抱寒石,指落层冰间。已去汉月
远,何时筑城还?浮云暮南征,可望不可攀。

便是勉强作苦语。这种诗都是早年的尝试,它们的精神与艺术都属于
开元天宝的时期;它们的意境是想象的,说话是做作的。拿它们来比较
《石壕吏》或《哀王孙》诸篇,很可以观时世与文学的变迁了。
　　乾元二年(759),杜甫罢官后,从华州往秦州,从秦州往同谷县,从同
谷县往四川。他这时候已四十八岁了。乱离的时世使他的见解稍稍改
变了;短时期的做官生活又使他明白他自己的地位了。他在秦州有《杂
诗》二十首,其中有云:

　　黄鹄翅垂雨,苍鹰饥啄泥。——不意书生耳,临衰厌鼓鼙。

又云：

> 唐尧真自圣，野老复何知？晒药能无妇？应门幸有儿。……为报鸳行旧，鹓鹭在一枝。

他对于当日的政治似很失望。他曾有《洗兵马》一篇，很明白地指斥当日政治界的怪现状。此诗作于"收京后"：

> ……京师皆骑汗血马，回纥喂肉葡萄宫。……二三豪俊为时出，整顿乾坤济时了。……攀龙附凤势莫当，天下尽化为侯王。汝等岂知蒙帝力，时来不得夸身强？……寸地尺天皆入贡，奇祥异瑞争来送：不知何国致白环，复道诸山得银瓮。隐士休歌《紫芝曲》，词人解撰《河清颂》。……安得壮士挽天河，净洗甲兵长不用！

这时候两京刚克复，安史都未平，北方大半还在大乱之中，那有"寸地尺天皆入贡"的事？这样的蒙蔽，这样的阿谀谄媚，似乎很使杜甫生气。《北征》诗里，他还说：

> 虽乏谏诤姿，恐君有遗失。……挥涕恋行在，道途犹恍惚。……

他现在竟大胆地说：

　　唐尧真自圣,野老复何知?

这是绝望的表示。肃宗大概是个很昏庸的人,受张后与李辅国等的愚
弄,使一班志士大失望。杜甫晚年(肃宗死后)有《忆昔》诗,明白指斥肃
宗道:

　　关中小儿(指李辅国。他本是闲厩马家小儿)坏纪纲,张后不乐上为
忙。……

这可见杜甫当日必有大不满意的理由。政治上的失望使他丢弃了那
"自比稷与契"的野心,所以他说:

　　为报鸳行旧,鹡鸰在一枝。

从此以后,他打定主意,不妄想"致君尧舜上"了。从此以后,——尤其
是他到了成都以后——他安心定志以诗人终老了。

＊　　＊　　＊　　＊　　＊

　　从杜甫入蜀到他死时,是杜诗的第三时期。在这时期里,他的生活
稍得安定,虽然仍旧很穷,但比那奔走避难的乱离生活毕竟平静的多
了。那时中原仍旧多事,安史之乱经过八年之久,方才平定;吐蕃入寇,
直打到京畿;中央政府的威权旁落,各地的"督军"(藩镇)都变成了"土皇

帝",割据的局面已成了。杜甫也明白这个局面,所以打定主意过他穷诗人的生活。他并不赞成隐遁的生活,所以他并不求"出世",他只是过他安贫守分的生活。这时期的诗大都是写这种简单生活的诗。丧乱的余音自然还不能完全忘却,依人的生活自然总有不少的苦况;幸而杜甫有他的诙谐风趣,所以他总寻得事物的滑稽的方面,所以他处处可以有消愁遣闷的诗料,处处能保持他那打油诗的风趣。他的年纪大了,诗格也更老成了;晚年的小诗纯是天趣,随便挥洒,不加雕饰,都有风味。这种诗上接陶潜,下开两宋的诗人。因为他无意于作隐士,故杜甫的诗没有盛唐隐士的做作气;因为他过的真是田园生活,故他的诗真是欣赏自然的诗。

试举一首诗,看他在穷困里的诙谐风趣:

茅屋为秋风所破歌

八月秋高风怒号,卷我屋上三重茅。茅飞渡江洒江郊,高者挂胃长林梢,下者飘转沈塘坳。南村群童欺我老无力,忍能对面为盗贼,公然抱茅入竹去,唇焦口燥呼不得。归来倚杖自叹息。——俄顷风定云墨色,秋天漠漠向昏黑。布衾多年冷似铁,骄儿恶卧踏里裂。床床屋漏无干处,雨脚如麻未断绝。自经丧乱少睡眠,长夜沾湿何由彻?——安得广厦千万间,大庇天下寒士俱欢颜,风雨不动安如山?呜呼,何时眼前突兀见此屋!吾庐独破受冻死亦足!

在这种境地里还能作诙谐的趣话,这真是老杜的最特别的风格。

他的滑稽风趣随处皆可以看见。我们再举几首作例：

百忧集行

忆年十五心尚孩,健如黄犊走复来。庭前八月梨枣熟,一日上树能千回。即今倏忽已五十,坐卧只多少行立。强将笑语供主人,悲见生涯百忧集。入门依旧四壁空,老妻睹我颜色同。痴儿未知父子礼,叫怒索饭啼门东。

下面的一首便像是"强将笑语供主人"的诗：

遭田父泥饮美严中丞

步屧随春风,村村自花柳。田翁逼社日,邀我尝春酒。酒酣夸新尹,畜眼未见有。回头指大男,"渠是弓箭手,名在飞骑籍,长番岁时久。前日放营农,辛苦救衰朽。差科死则已,誓不举家走。今年大作社,拾遗能住否?"叫妇开大瓶,盆中为吾取。感此气扬扬,须知风化首。语多虽杂乱,说尹终在口。朝来偶然出,自尹将及酉。久客惜人情,如何拒邻叟? 高声索果栗,欲起时被肘。指挥过无礼,未觉村野丑。月出遮我留,仍嗔问升斗。

白话诗多从打油诗出来,我们在第十一章里已说过了。杜甫最爱作打油诗遣闷消愁,他的诗题中有"戏作俳谐体遣闷"一类的题目。他做惯了这种嘲戏诗,他又是个最有谐趣的人,故他的重要诗(如《北征》)便常常带有嘲戏的风味,体裁上自然走上白话诗的大路。他晚年无事,更喜欢作俳谐诗,如上文所举的几首都可以说是打油诗的一类。后人崇拜老杜,不敢说这种诗是打油诗,都不知道这一点便是读杜诗的诀窍:不能赏识老杜的打油诗,便根本不能了解老杜的真好处。试看下举的诗:

夜 归

夜来归来冲虎过,山黑家中已眠卧。傍见北斗向江低,仰看明星当空大。庭前把烛嗔两炬,峡口惊猿闻一个。白头老罢舞复歌,杖藜不睡谁能那?(此诗用土音,第四句"大"音堕;末句"那"音娜,为"奈何"二字的合音。)

这自然是俳谐诗,然而这位老诗人杖藜不睡,独舞复歌,这是什么心境?所以我们不能不说这种打油诗里的老杜乃是真老杜呵。

我们这样指出杜甫的诙谐的风趣,并不是忘了他的严肃的态度,悲哀的情绪。我们不过要指出老杜并不是终日拉长了面孔,专说忠君爱国话的道学先生。他是一个诗人,骨头里有点诗的风趣;他能开口大笑,却也能吞声暗哭。正因为他是个爱开口笑的人,所以他的吞声哭使人觉得格外悲哀,格外严肃。试看他晚年的悲哀:

夜闻觱栗

夜闻觱栗沧江上,衰年侧耳情所向。邻舟一听多感伤,塞曲三更欻悲壮。积雪飞霜此夜寒,孤灯急管复风湍。君知天下干戈满,不见江湖行路难。

观公孙大娘弟子舞剑器行

大历二年(767,那年杜甫五十六岁)十月十九日,夔府别驾元持宅,见临颍李十二娘舞剑器,壮其蔚跂,问其所师。曰,"余,公孙大娘弟子也。"开元五载(717,那时他六岁),余尚童稚,记于郾城观公孙氏舞剑器浑脱,(剑器是一种舞,浑脱也是一种舞。)浏漓顿挫,独出冠时。自高头宜春梨园二伎坊内人,洎外供奉,晓是舞者,圣文神武皇帝(玄宗)初,公孙一人而已。玉貌绣衣,况余白首!今兹弟子亦匪盛颜。既辨其由来,知波澜莫二。抚事慷慨,聊为《剑器行》。……

昔有佳人公孙氏,一舞剑器动四方。观者如山色沮丧,天地为之久低昂。㸌如羿射九日落,矫如群帝骖龙翔,来如雷霆收震怒,罢如江海凝清光。绛唇珠袖两寂寞,晚有弟子传芬芳。临颍美人在白帝,妙舞此曲神扬扬;与余问答既有以,感时抚事增惋伤。先帝侍女八千人,公孙剑器初第一。五十年间似反掌,风尘澒洞昏王室。梨园弟子散如烟,女乐余姿映寒日。金粟堆南(旧注,金粟堆在明皇泰陵之北。)木已拱,瞿塘石城草萧瑟。玳筵急管曲复终,乐极哀来月东出。老夫不知其所往,足茧荒山转愁疾。

江南逢李龟年(天宝盛时,乐工李龟年特承宠顾,于洛阳大起宅第,奢侈过于王侯。乱后他流落江南,每为人歌旧曲,座上闻者多掩泣罢酒。)

岐王宅里寻常见,崔九(原注:殿中监崔涤,中书令崔湜之弟。)堂前几度闻。正是江南好风景,落花时节又逢君!

有时候,他为了中原的好消息,也很高兴:

闻官军收河南河北

剑外忽传收蓟北,初闻涕泪满衣裳。却看妻子愁何在,漫卷诗书喜欲狂。白日放歌须纵酒,青春作伴好还乡。即从巴峡穿巫峡,便下襄阳向洛阳。

但中原的局势终不能叫人乐观。内乱不曾完全平定,吐蕃又打到长安了。政治上的腐败更使杜甫伤心。

释 闷

四海十年不解兵,犬戎也复临咸京!……豺狼塞路人断绝,烽火照夜尸纵横。天子亦应厌奔走,群公固合思升平。但恐诛求不改辙,闻道嬖孽能全生。江边老翁错料事,眼暗不见风尘清!

这个时期里,他过的是闲散的生活,耕田种菜,摘苍耳,种莴苣(即莴笋),俨然是一个农家了。有时候,他也不能忘掉时局:

不眠忧战伐，无力正乾坤。

但他究竟是个有风趣的人，能自己排遣，又能从他的田园生活里寻出诗趣来。他晚年做了许多"小诗"，叙述这种简单生活的一小片、一小段、一个小故事、一个小感想、或一个小印象。有时候他试用律体来做这种"小诗"；但律体是不适用的。律诗须受对偶与声律的拘束，很难没有凑字凑句，很不容易专写一个单纯的印象或感想。因为这个缘故，杜甫的"小诗"常常用绝句体，并且用最自由的绝句体，不拘平仄，多用白话。这种"小诗"是老杜晚年的一大成功，替后世诗家开了不少的法门；到了宋朝，很有些第一流诗人仿作这种"小诗"，遂成中国诗的一种重要的风格。

下面选的一些例子可以代表这种"小诗"了：

春水生　二绝

二月六夜春水生，门前小滩浑欲平。鸬鹚鸂鶒莫漫喜：吾与汝曹俱眼明！

一夜水高二尺强，数日不可更禁当。南市津头有船卖，无钱即买系篱旁。

绝句漫兴　九之七

眼见客愁愁不醒，无赖春色到江亭。即遣花开深造次，便觉莺语太丁宁。

手种桃李非无主,野老墙低还似家。恰似春风相欺得,夜来吹折数枝花!

熟知茅斋绝低小,江上燕子故来频;衔泥点污琴书内,更接飞虫打著人。

二月已破三月来,渐老逢春能几回?莫思身外无穷事,且尽生前有限杯。

肠断江春欲尽头,杖藜徐步立芳洲。颠狂柳絮随风去,轻薄桃花逐水流。

糁径杨花铺白毡,点溪荷叶叠青钱。竹根稚子无人见,沙上凫雏傍母眠。

隔户杨柳弱袅袅,恰似十五女儿腰。谁谓朝来不作意?狂风挽断最长条。

江畔独步寻花 七之二

江深竹静两三家,多事红花映白花。报答春光知有处,应须美酒送生涯。

黄四娘家花满蹊,千朵万朵压枝低。留连戏蝶时时舞,自在娇莺恰恰啼。

三绝句 三之二

楸树馨香倚钓矶,斩新花朵未应飞。不如醉里风吹尽,可忍醒时雨打稀?

门外鸬鹚去不来,沙头忽见眼相猜。自今以后知人意,一日须来一百回。

漫 成

江月去人只数尺,风灯照夜欲三更。沙头宿鹭联拳静,船尾跳鱼拨刺鸣。

绝 句

谩道春来好,狂风大放颠。吹花随水去,翻却钓鱼船。

若用新名词来形容这种小诗,我们可说这是"印象主义的"(Impressionistic)艺术,因为每一首小诗都只是抓住了一个断片的影象或感想。绝句之体起于魏晋南北朝间的民歌;这种体裁本只能记载那片段的感想与影象。如《华山畿》中的一首:

奈何许! 天下人何限! 慊慊只为汝!

这便是写一个单纯的情绪。又如《读曲歌》中的一首云:

折杨柳。百鸟园林啼,道欢不离口。

这便是写一个女子当时心中的印象。她自觉得园林中的百鸟都在那儿歌唱她的爱人,所以她自己的歌唱只是直叙她的印象如此。凡好的小诗都是如此:都只是抓住自然界或人生的一个小小的片段,最单一又最精采的一小片段。老杜到了晚年,风格老辣透了,故他作这种小诗时,造语又自然,又突兀,总要使他那个印象逼人而来,不可逃避。他控告春风擅入他家吹折数枝花;他嘲笑邻家杨柳有意和春风调戏,被狂风挽断了它的最长条;他看见沙头的鸬鹚,硬猜是旧相识,便同它订约,要它一日来一百回;他看见狂风翻了钓鱼船,偏要说是风把花片吹过去,把船撞翻了! 这样顽皮无赖的诙谐风趣便使他的小诗自成一格,看上去好像最不经意,其实是他老人家最不可及的风格。

＊　　　＊　　　＊　　　＊　　　＊

我们现在要略约谈谈他的律诗。

老杜是律诗的大家,他的五言律和七言律都是最有名的。律诗本是一种文字游戏,最宜于应试,应制,应酬之作;用来消愁遣闷,与围棋踢球正同一类。老杜晚年作律诗很多,大概只是拿这件事当一种消遣的玩艺儿。他说:

陶冶性灵在底物?("底"是"什么"。)新诗改罢自长吟。孰(一作"熟")知二谢(谢灵运、谢朓)将能事,颇学阴何(阴铿、何逊。)苦用心。(解闷)

在他只不过"陶冶性灵"而已,但他的作品与风格却替律诗添了不少的声价,因此便无形之中替律诗延长了不少的寿命。

老杜作律诗的特别长处在于力求自然,在于用说话的自然神气来做律诗,在于从不自然之中求自然。最好的例是:

早秋苦热堆案相仍

七月六日苦炎蒸,对食暂餐还不能。每愁夜中皆是(今本作"自足",今依一本。)蝎,况乃秋后转多蝇。束带发狂欲大叫,簿书何急来相仍!南望青松架短壑,安得赤脚踏层冰!

这样做律诗便是打破律诗了。试更举几个例:

九 日

去年登高郪县北,今日重在涪江滨。苦遭白发不相放,羞见黄花无数新。世乱郁郁久为客,路难悠悠常傍人。酒阑却忆十年事,肠断骊山清路尘。

昼 梦

二月饶睡昏昏然,不独夜短昼分眠。桃花气暖眼自醉,春渚日落梦相牵。故乡门巷荆棘底,中原君臣豺虎边。安得务农息战斗,普天无吏横索钱!

十二月一日三首之一

寒轻市上山烟碧,日满楼前江雾黄。负盐出井此溪女,打鼓发船何郡郎?新亭举目风景切,茂陵著书消渴长。春花不愁不烂漫,楚客唯听棹相将。

这都是有意打破那严格的声律,而用那说话的口气。后来北宋诗人多走这条路，用说话的口气来作诗，遂成一大宗派。其实所谓"宋诗"，只是作诗如说话而已，他的来源无论在律诗与非律诗方面，都出于学杜甫。

杜甫用律诗作种种尝试，有些尝试是很失败的。如《诸将》等篇用律诗来发议论，其结果只成一些有韵的歌括，既不明白，又无诗意。《秋兴》八首传诵后世，其实也都是一些难懂的诗谜。这种诗全无文学的价值，只是一些失败的诗顽艺儿而已。

律诗很难没有杂凑的意思与字句。大概做律诗的多是先得一两句好诗，然后凑成一首八句的律诗。老杜的律诗也不能免这种毛病。如：

江天漠漠鸟双去，

这是好句子；他对上一句"风雨时时龙一吟"，便是杂凑的了。又如：

重露成涓滴，稀星乍有无。

下句是实写，上句便是不通的凑句了。又如：

暗飞萤自照，水宿鸟相呼。

上句很有意思，下句便又是杂凑的了。又如：

四更山吐月，残夜水明楼。

这真是好句子。但此诗下面的六句便都是杂凑的了。这些例子都可以教训我们：律诗是条死路，天才如老杜尚且失败，何况别人？

第十五章　大历长庆间的诗人

　　从杜甫到白居易，这一百年(750—850)是唐诗的极盛时代。我在上章曾指出这个时期的文学与开元天宝盛时的文学有根本上的大不同。前一期为浪漫的文学，这一期为写实的文学；前者无论如何富丽妥帖，终觉不是脚踏实地；后者平实浅近，却处处自有斤两，使人感觉他的恳挚亲切。李白杜甫并世而生，他们却代表两个绝不同的趋势。李白结束八世纪中叶以前的浪漫文学，杜甫开展八世纪中叶以下的写实文学。

　　天宝末年的大乱使社会全部起一个大震动，文学上也起了一个大变动。故大乱以前与大乱以后的文学迥然不同。但话虽如此说，事实上却没有这样完全骤然的大变。安史之乱也不是一天造成的，乱后的文学新趋势也不是一天造成的。即如杜甫，他在乱前作的《兵车行》、《丽人行》与《自京赴奉先县咏怀》，已不是开元盛日之音了。不过他的天才高，蕴积深，故成就也最大，就成为这时期的开山大师。其实大乱以前，已有许多人感觉当日的文学的流弊，很想挽救那浪漫不切实的文风归到平实切近的路上去。不过那些人的天才不够，有心而无力，故只能做那个新运动里的几个无名英雄而已。

元结在乾元三年(760)选集他的师友沈千运、于逖、孟云卿、张彪、赵徵明、王季友，同他的哥哥元季川七人的诗二十四首，名曰《箧中集》。他作的《箧中集序》很可以表示大乱以前一班明眼人对于改革文学的主张。

《箧中集》序

元结作《箧中集》。或问曰，公所集之诗何以订之？对曰，风雅不兴几及千岁。溺于时者，世无人哉？呜呼，有名位不显，年寿不将，独无知音，不见称颂，死而已矣，谁云无之？近世作者更相沿袭，拘限声病，喜尚形似，且以流易为辞，不知丧于雅正。然哉。彼则指咏时物，会谐丝竹，与歌儿舞女生污惑之声于私室可矣。若令方直之士大雅君子听而诵之，则未见其可矣。吴兴沈千运独挺于流俗之中，强攮于已溺之后，穷老不惑，五十余年。凡所为文皆与时异。故朋友后生稍见师效，能似类者有五六人。于戏，自沈公及二三子皆以正直而无禄位，皆以忠信而久贫贱，皆以仁让而至丧亡。异于是者，显荣当世。谁为辩士？吾欲问之。天下兵兴于今六岁，人皆务武，斯焉谁嗣？已长逝者遗文散失，方阻绝者不见近作。尽箧中所有，总编次之，命曰《箧中集》，且欲传之亲故，冀其不亡于今。凡七人，诗二十四首。时乾元三年也。

这七人之中,杜甫最佩服孟云卿,曾说,

> 李陵苏武是吾师,孟子论文更不疑。

可惜孟云卿论文的话不可见了。杜甫诗中也曾提及王季友及张彪;李白也有赠于逖的诗。故《箧中集》的一派不能算是孤立的一派。他们的诗传下来的很少(《全唐诗》中,孟云卿有一卷,余人多仅有《箧中集》所收的几首)。依现有的诗看来,他们的才力实在不高,大概可说是眼高手低的批评家。但他们的文论,一方面也许曾影响杜甫,一方面一定影响了元结,遂开一个新局面。

元结(参看第十三章)的诗才不很高,但他却是一个最早有意作新乐府的人。他在天宝丙戌(746)作《闵荒诗》一首,自序云:

> 天宝丙戌中,元子浮隋河至淮阴间。其年水坏河防,得隋人冤歌五篇;考其歌义似冤怨时主。故广其意,采其歌,为《闵荒诗》一篇,其余载于异录。

这明明是元结眼见当日运河流域百姓遭水灾后的愁苦,假托隋人的冤歌,作为此诗,这是"新乐府"最早的试作。其诗大有历史的价值,故摘钞于下:

　　炀皇嗣君位，隋德滋昏幽，日作及身祸，以为长世谋。……意欲出明堂，便令浮海舟。令行山川改，功与玄造侔。河淮可支合，峰沪生回沟。(这四句其实很称赞炀帝开运河的伟大功绩。)……浮荒娱未央，始到沧海头。忽见海门山，思作望海楼。不知新都城，已为征战丘！当时有遗歌，歌曲太冤愁：

　　四海非天狱，何为非天囚？

　　天囚正凶忍，为我万姓愁。

　　人将引天钩，人将持天锁。

　　所欲充其心，相与绝悲忧。

　　自得隋人歌，每为隋君羞。欲歌当阳春，似觉天下秋。更歌曲未终，如有怨气浮。奈何昏王心，不觉此怨尤。遂令一夫唱，四海欣提矛！……嗟嗟有隋氏，四海谁与俦？

大概当时表面上虽是太平之世，其实崩乱的危机已渐渐明显了。故元结此诗已不是开元盛世之音；不出十年，大乱遂起，这首诗几乎成预言了。

　　《荒冗诗》的次年(747)，他在长安待制；这一年，他作《治风诗》五篇，《乱风诗》五篇，自序云："将欲求干司匦氏，以裨天监。"这也是作诗讽谏，但诗太坏了，毫没有诗的意味。他又作《补乐歌》十首，要想补上古帝王的乐歌，这些也不成诗。他又有《系乐府》十二首，序云：

　　天宝辛未中(天宝无辛未，此当是辛卯，或乙未，——751，或755)，元子将前世尝可称叹者,为诗十二篇,为引其义以名之,总名曰"系乐府"。古人咏歌不尽其情声者,化金石以尽之,其欢怨甚邪?戏尽欢怨之声者,可以上感于上,下化于下。故元子系之。(元结作文多艰涩,如此序便不好懂。)

这真是有意作"新乐府"。这十二首稍胜于前作诸篇,今钞一篇作例:

贫妇词

谁知苦贫夫,家有愁怨妻?请君听其词,能不为酸凄?所怜抱中儿,不如山下麑。空念庭前地,化为人吏蹊。出门望山泽,回头心复迷。何时见府主,长跪向之啼?

宝应壬寅(762),他作《漫歌》八曲;他又有《引极》三首,《演兴》四篇,均不详作诗年月。这些诗也可算是试作的新乐府;诗虽不佳,都可以表现这个时代的诗人的新态度,——严肃的,认真的态度。

最能表现这种态度的是他的《舂官引》、《春陵行》、《贼退示官吏》三首。《舂官引》的大意云:

天下昔无事,僻居养愚钝。……忽逢暴兵起,间巷见军阵。……往在乾元初(758—759),……天子垂清问。……屡授不次官,曾与专征印。……偶得凶丑降,功劳愧方寸。尔来将四岁,惭耻言可尽?请取冤者辞,为吾《舂官引》。冤辞何者苦?万邑余灰烬。冤辞何者悲?生人尽锋刃。冤辞何者甚?力役遇劳困。冤辞何者深?孤弱亦哀恨。无谋救冤者,禄位安可近?……实欲辞无能,归耕守吾分。

《舂陵行》并序如下:

癸卯岁(代宗广德元年,763),漫叟(元结)授道州刺史。道州旧四万余户,经贼已来,不满四千。大半不胜赋税。到官未五十日,承诸使征求符牒二百余封,皆曰,"失其限者,罪至贬削。"于戏!若悉应其命,则州县破乱,刺史欲焉逃罪?若不应命,又即获罪戾。必不免也,吾将守官,静以安人,待罪而已。此州是舂陵故地,故作《舂陵行》,以达下情。

军国多所需,切责在有司。有司临郡县,刑法竞欲施。供给岂不忧?征敛又可悲。州小经乱亡,遗人实困疲。大乡无十家,大族命单羸。朝餐是草根,暮食仍木皮。出言气欲绝,意速行步迟。追呼尚不忍,况乃鞭挞之?邮亭传急符,来往迹相追。更无宽大恩,但有迫促期。欲令鬻儿女,言发恐乱随。悉使索其家,而又无生资。听彼道路言,怨伤谁复知?去冬山贼来,杀夺几无遗。所愿见王官,抚养以惠慈。奈何重驱逐,不使存活为?安人天子命,符节我所持。州县如乱亡,得罪复是谁?逋缓违诏令,蒙责固其宜。前贤重守分,恶以祸福移。亦云贵守官,不爱能适时。顾惟孱弱者,正直当不亏。何人采国风,吾欲献此辞。

《贼退示官吏》一篇更说的沈痛。其序与本诗如下：

癸卯岁，西原贼入道州，焚烧杀掠几尽而去。明年（七六四），贼又攻永，破邵，不犯此州边鄙而退。岂力能制敌欤？盖蒙其伤怜而已。诸使何为忍苦征敛？故作诗一篇以示官。

昔岁逢太平，山林二十年，泉源在庭户，洞壑当门前；井税有常期，日晏犹得眠。忽然遭世变，数岁亲戎旃。今来典斯郡，山夷又纷然。城小贼不屠，人贫伤可怜。是以陷邻境，此州独见全。使臣将王命，岂不如贼焉！今彼征敛者。迫之如火煎。谁能绝人命，以作时世贤？思欲委符节，引竿自刺船，将家就鱼麦，归老江湖边。

这竟是说官吏不如盗贼了。这种严肃的态度，说老实话的精神，真是这个时代的最大特色。

杜甫在夔州时，得读元结的《春陵行》、《贼退示官吏》两篇，感叹作《同元使君〈春陵行〉》，有序云：

览道州元使君结《春陵行》兼《贼退示官吏》作二首，志之曰：当天子分忧之地，效汉官良吏之目。今盗贼未息，知民疾苦，得结辈十数公落落然参错天下为邦伯，万物吐气，天下少安可得矣。不意复见比兴体制微婉顿挫之词！感而有诗，增诸卷轴，简知我者，不必寄元。

杜甫认元结为一个同志,故感慨赞叹,作诗和他,写在原诗之后,替他转送知者,替他宣传。他的和诗前半赞叹元结的原诗,后段自述云:

> ……我多长卿病,日夕思朝廷,肺枯渴太甚,漂泊公孙城(白帝城,曾为公孙述所据)。呼儿具纸笔,隐几临轩楹,作诗呻吟内,墨浓字欹倾。感彼危苦词,庶几知者听。

这时候大概是大历元年至二年(766—767),他在老病呻吟之中,作诗表章他新得的一位同志诗人。三四年后,老杜死在湖南衡岳之间,那时元结也许还在道州(他大历二年还在道州),但他们两人终不得相见。然而他们两人同时发起的"新乐府"运动在他们死后却得着不少有力的新同志,在这一世纪内放很大的异彩。

　　顾况,字逋翁,海盐人。事迹附见《旧唐书》(卷一三〇)《李泌传》,传中无生卒年代。他有《伤子》诗云"老夫已七十",又《天宝题壁》诗云:

> 五十余年别,伶俜道不行。却来书处在,惆怅似前生。

他的后人辑他的诗文为《顾华阳集》(明万历中顾端辑本;清咸丰中顾履成补辑本),其中有他的《嘉兴监记》,末署贞元十七年(801)。补遗中有焦山《瘞鹤铭》,中有云:

壬辰岁得于华亭,甲午岁化于朱方。

壬辰为元和七年(812),甲午为九年(814),上距天宝末年(755)已近六十年了。他大概生于开元中叶(约725),死于元和中(约815),年约九十岁,故《全唐诗》说他"以寿终"。

顾况与李泌、柳浑为"人外之交,吟咏自适"。柳浑与李泌做到了封侯拜相的地位,而顾况只做到著作郎。他不免有怨望之意。他是个滑稽诗人,常作打油诗狎玩同官,人多恨他。李泌、柳浑死时(皆在789),宪司劾他不哭李泌之丧而有调笑之言,贬逐为饶州司户。他后来隐于茅山,自号华阳真隐。

《旧唐书》说他"能为歌诗;性诙谐,虽王公之贵与之交者,必戏侮之。然以嘲笑能文,人多狎之"。又说,他对于"班列同官,咸有侮玩之目"。又说,他"有文集二十卷。其赠柳宜城辞句率多戏剧,文体皆此类也"。这都是说,顾况是一个做诙谐讽刺诗的诗人。

他也有意做新乐府。他起初用古诗三百篇的体裁来做新乐府,有《补亡训传》十三章,我试举两章作例:

筑 城

《筑城》,刺临戎也。寺人临戎,以墓砖为城壁。("临戎"是监军)

筑城登登,于以作固。("于以"二字在《国风》里多作"于何"解。注家多不明此义。顾况也误用了。)咨尔寺兮,发郊外冢墓。死而无知,犹或不可。

若其有知,惟上帝是诉。

持 斧

《持斧》,启戎士也。戎士伐松柏为蒸薪,孝子徘徊而作是诗。

持斧,持斧,无翦我松柏兮。

柏下之土,藏吾亲之体魄兮。

但他在这十三章之中,忽夹入一章用土话作的:

囝

《囝》,哀闽也。(原注,囝音蹇,闽俗呼子为囝,父为郎罢。)

囝生闽方。闽吏得之,乃绝其阳。

为臧为获,致金满屋。

为髡为钳,如视草木。

天道无知,我罹其毒!

神道无知,彼受其福!

郎罢别囝:"吾悔生汝。

及汝既生,人劝不举。

不从人言,果获是苦。"

囝别郎罢,心摧血下:

"隔地绝天,及至黄泉,

不得在郎罢前!"

这一首可算是真正新乐府，充满着尝试的精神，写实的意义。

他在诗的体裁上，很有大胆的尝试，成绩也不坏，如下举的几首：

琴　歌

琴调秋些，

胡风绕雪。

峡泉声咽，

佳人愁些。

长安道

长安道，

人无衣，马无草，

何不归来山中老？

可惜他的诙谐诗保存的不多。我们只可以举几首作例：

梁广画花歌

王母欲过刘彻(汉武帝名刘彻)家，飞琼夜入云轺车。紫书分付与青鸟，却向人间求好花。——上元夫人最小女，头面端正能言语，手把梁生画花看，凝鬓掩笑心相许。心相许，为白阿娘从嫁与。

酬柳相公

天下如今已太平，相公何事唤狂生？个身恰似笼中鹤，东望沧溟叫数声。

这一首大概即是《旧唐书》所谓"赠柳宜城，辞句率多戏剧"的一首。柳浑有爱妾名叫琴客，柳浑告老时，把她嫁了，请顾况作诗记此事。他作了一篇《宜城放琴客歌》，末段云：

……人情厌薄古共然。相公心在持事坚。上善若水任方圆，忆昨好之今弃捐。服药不如独自眠，从他更嫁一少年。

末两句便是很诙谐的打油诗了。他又有《杜秀才画立走水牛歌》，更是纯粹的白话谐诗：

昆仑儿，骑白象，时时锁著师子项。奚奴跨马不搭鞍，立走水牛惊汉官。江村小儿好夸骋，脚踏牛头上牛领。浅草平田擦过时，大虫著钝几落井。杜生知我恋沧洲，画作一障张床头。八十老婆拍手笑，妒他织女嫁牵牛。

他又有《古仙坛》一首，有同样的顽皮：

远山谁放烧？疑是坛旁醮。仙人错下山，拍手坛边笑。

孟郊,字东野,洛阳人,《新唐书》说是湖州武康人。生于天宝十年(751),死于元和九年(814)。他壮年隐于嵩山。年几五十,始到长安应进士试;贞元十二年(769),他登进士第。过了四年,选溧阳尉。韩愈《荐士》诗云:

酸寒溧阳尉,五十几何耄!

故相郑余庆为河南尹,奏他为水陆运从事,试协律郎。故白居易《与元九书》云:

近日孟郊六十终试协律。(试即后世的"试用"。)

元和九年,郑余庆为兴元尹,奏他为参谋,试大理评事。他带了他的夫人去就职,在路上病死,年六十四。(以上均据韩愈的《贞曜先生墓志》)

他终身穷困,却很受同时的诗人刘言史、卢殷、韩愈、张籍一班人的敬爱。韩愈比他少十七岁,同他为忘年的朋友,诗文中屡次推重他。韩愈说:

其为诗,刿目怵心,刃迎缕解,钩章棘句,搯擢胃肾;神施鬼设,间见层出。唯其大玩于词,而与世抹摋。人皆劫劫,我独有余。(《墓志》)

韩愈的诗里也屡次赞叹孟郊的诗,如云:

东野动惊俗,天葩吐奇芬。(《醉赠张秘书》)

又云:

有穷者孟郊,受材实雄骜。……横空盘硬语,妥帖力排奡。
(《荐士》)

孟郊是个用气力做诗的,一字一句都不肯苟且,故字句往往"惊
俗";《墓志》所谓"大玩于词,而与世抹摋",所谓"剟目钬心,钩章棘句",
都指这一点。他把做诗看作一件大事,故能全神贯注。他吊诗人卢殷
诗云:

至亲惟有诗,抱心死有归。

又他《送淡公》诗云:

诗人苦为诗,不如脱空飞。一生空鸷气,非谏复非讥。脱枯挂寒
枝,弃如一唾微。一步一步乞,半片半片衣。倚诗为活计,从古无多肥。
诗饥老不怨,劳师泪霏霏。

这样的认真的态度,便是杜甫以后的新风气。从此以后,做诗不是给贵人贵公主做玩物的了,也不仅是应试应制的工具了。做诗成了诗人的第二生命,"至亲惟有诗",是值得用全副精神去做的。孟郊有《老恨》一章云:

老　恨

无子抄文字,老吟多飘零。有时吐向床,枕席不解听。斗蚁甚微细,病闻亦清冷。小大不自识,自然天性灵。

这种诗开一种新风气:一面完全打破六朝以来的骈偶格律,一面用朴实平常的说话,炼作诗句。韩愈说他"横空盘硬语",其实他只是使用平常说话,加点气力炼铸成诗而已。试听他自己说:

偷　诗

饿犬龁枯骨,自吃馋饥涎。今文与古文,各各称可怜。亦如婴儿食,饷桃口旋旋。唯有一点味,岂见逃景延?绳床独坐翁,默览有所传。终当罢文字,别著《逍遥》篇。从来文字净,君子不以贤。

他的"硬语",只是删除浮华,求个"文字净"而已。

孟郊的诗是得力于杜甫的。试看下面的几首绝句,便知他和杜甫的关系:

济源寒食 七之五

女婵童子黄短短,耳中闻人惜春晚。逃蜂匿蝶踏花来,抛却斋麋一瓷碗。

一日踏春一百回,朝朝没脚走芳埃。饥童饿马扫花喂,向晚饮溪三两杯。

长安落花飞上天,南风引至三殿前。可怜春物亦朝谒,唯我孤吟渭水边。

枋口花开掣手归,嵩山为我留红晖。可怜蹢躅(花名)千万尺,柱地柱天疑欲飞。

蜜蜂为主各磨牙,咬尽村中万木花。君家瓮瓮今应满,五色冬笼甚可夸。

这种诗的声调与风味,都很像杜甫晚年的白话绝句。(看上章)中唐晚唐的诗人都不能欣赏杜甫这种"小诗"的风趣;只有孟郊可算例外。

孟郊作的社会乐府也像是受了杜甫的影响。如《织妇辞》云:

夫是田中郎,妾是田中女,当得嫁得君,为君秉机杼。筋力日已疲,不息窗下机。如何织纨素,自著蓝缕衣!官家榜村路,更索栽桑树。

后人的"遍身罗绮者,不是养蚕人",即是这首诗的意思。又《寒地百姓吟》云:

无火炙地眠,半夜皆立号。冷箭何处来?棘针风骚骚。霜吹破四壁,苦痛不可逃。高堂捶钟饮,到晓闻烹炮。寒者愿为蛾,烧死彼华膏。华膏隔仙罗,虚绕千万遭。到头落地死,踏地为游遨。游遨者是谁?君子为郁陶。

前一首即是"彤庭所分帛,本自寒女出;鞭挞其夫家,聚敛会城阙";后一首即是"朱门酒肉臭,路有冻死骨"。(看上章)《寒地百姓吟》题下有自注:"为郑相(故相郑余庆),其年居河南,畿内百姓大蒙矜恤。"大概孟郊作此诗写河南百姓的苦况,感动了郑相,百姓遂受他的恩邮。此诗也可以表示孟郊用心思作诗,用气力修辞炼句。他说,门外寒冻欲死的人想变作飞蛾,情愿死在高堂上的华灯油膏里;谁知灯油有仙罗罩住,飞不进去,到头落在地上,被人一脚踏死。"为游遨"大概只是"好玩而已"。

张籍,字文昌,东郡人(《全唐诗》作苏州人,《新唐书》作和州乌江人),贞元中登进士第,为太常寺大祝。白居易《与元九书》云:

近日……张籍五十未离一太祝。

又白居易《读张籍古乐府》诗云:

……如何欲五十,官小身贱贫,病眼街西住,无人行到门?

他五十岁时,还做太祝穷官;我们可用《与元九书》的时代(此书作于白居易在江州,元稹在通州时,但无正确年月,约在元和十年,〔815〕)考张籍的年岁,可以推定他大概生于代宗初年(约765)。《旧唐书》说他后来:

> 转国子助教,秘书郎,……累授国子博士,水部员外郎,转水部郎中,卒。世谓之张水部云。(卷一六○)

《新唐书》说他:

> 历水部员外郎,主客郎中,……仕终国子司业。

二书不合,不知那一书不错。

他的死年也不能确定。他集中有《祭退之》诗(韩愈死在828),又有《庄陵挽歌词》(敬宗死在826),又有《酬浙东元尚书》诗(元稹加检校礼部尚书在827),又有《寄白宾客分司东都》诗(白居易以太子宾客分司东都在829),故我们可以推想他死时与元稹大约相同,约在830年左右。

上文引白诗有"病眼"的话。张籍的眼睛有病,屡见于他自己和他的朋友的诗里。他有《患眼》诗;孟郊有《寄张籍》诗,末段云:

> 穷瞎张太祝,纵尔有眼谁尔珍? 天子咫尺不得见,不如闭眼且养真。

　　张籍与孟郊韩愈相交最久。韩愈很敬重他,屡次推荐他,三十年敬礼不衰,他也很感激韩愈,他有《祭退之》一篇中说:

　　籍在江湖间,独以道自将,学诗为众体,久乃溢笈囊,略无相知人,黯如雾中行。北游偶逢公,盛语相称明,名因天下闻,传者入歌声。……由兹类朋党,骨肉无以当。……出则连辔驰,寝则对榻床,搜穷古今书,事事相酌量;有花必同寻,有月必同望。……到今三十年,曾不少异更。公文为时师,我亦有微声。而后之学者,或号为"韩张"。

他有两篇劝告韩愈的书(文见东雅堂《昌黎先生集》卷十四,页三六——四十注中),劝戒他不要赌博,期望他用全副精力著一部书。这边可以表见张籍的人格和他们两人的交谊。

　　白居易《读张籍古乐府》云:

　　张君何为者?业文三十春,尤工乐府词,举代少其伦。为诗意如何? 六义互铺陈;风雅比兴外,未尝著空文。读君《学仙》诗,可讽放佚君。读君《董公》诗,可诲贪暴臣。读君《商女》诗,可感悍妇仁。读君《勤齐》诗,可劝薄夫敦。(今所传张籍诗中无《商女》、《勤齐》两篇,大概已佚了。)上可裨教化,舒之济万民。下可理情性,卷之善一身。始从青衿岁,迨此白发新,日夜秉笔吟,心苦力亦勤。时无采诗官,委弃如泥尘。……

白居易是主张"歌诗合为事而作"的（详见下章），故他认张籍为同志。张籍《遗韩愈》书中有云：

> 君子发言举足，不远于理；未尝闻以驳杂无实之说为戏也。……

这也可见张籍的严肃态度。白居易说他"未尝著空文"，大致是不错的。张籍有《沈千运旧居》一篇，对于千运表示十分崇敬。诗中有云：

> 汝北君子宅，我来见颓墙。……君辞天子书，放意任体躬。……高议切星辰，余声激喑聋。方将旌旧闾，百世可封崇。嗟其未积年，已为荒林丛！时岂无知音？不能崇此风。浩荡竟无睹，我将安所从？

沈千运即上文元结《箧中集序》中说过的"凡所为文皆与时异"的吴兴沈千运。他代表天宝以前的严肃文学的运动，影响了元结、孟云卿一班人，孟云卿似乎又影响了杜甫。（见本章第一节）张籍这样崇敬沈千运，故他自己的文学也属于这严肃认真的一路。

这一路的文学只是要用文学来表现人生，要用诗歌来描写人生的呼号冤苦。老杜的"朱门酒肉臭，路有冻死骨"一类的问题诗，便是这种文学的模范。张籍的天才高，故他的成绩很高。他的社会乐府，上可以比杜甫，下可以比白居易。元结元稹都不及他。

他的《董公诗》，虽受白居易的称许，其实算不得好诗。他的《学仙

诗》稍好一点,也只是平铺直叙,没有深刻的诗味。《学仙》的大略是:

楼观开朱门,树木连房廊。中有学仙人,少年休谷粮。……自言天老书,秘覆云锦囊。百年度一人,妄泄有灾殃。每占有仙相,然后传此方。……守神保元气,动息随天罡。炉烧丹砂尽,昼夜候火光。药成既服食,计日乘鸾凰。虚空无灵应,……寿命多夭伤。身殁惧人见,夜埋山谷傍。求道慕灵异,不如守寻常。先王知其非,戒之在国章。

这样叙述,竟是一篇有韵的散文,严格地说,不能叫做诗。但唐朝的皇帝自附于老子的后裔,尊道教为国教,炼丹求长生是贵族社会的一种风尚,公主贵妇人往往有人道院作女道士的,热中的文人往往以隐居修道作求仕宦的捷径。张籍这样公然攻击学仙,可以代表当日这班新文人的大胆的精神。

他的乐府新诗讨论到不少的社会问题。其中有一组是关于妇人的问题的。他的诗很表示他对于妇人的同情,常常代妇人喊冤诉苦。试看他写离别之苦:

离　怨

切切重切切,秋风桂枝折。人当少年嫁,我当少年别。念君非征行,年年长远途。妾身甘独殁,高堂有舅姑。山川岂遥远? 行人自不返!

这是很严厉的责备男子。

妾薄命

薄命嫁得良家子，无事从军去万里。……与君一日为夫妇，千年万岁亦相守。君爱龙城征战功，妾愿青楼欢乐同。（此处青楼并不指妓家，只泛指闺房。）人人各各有所欲，讵得将心入君腹！

这是公然承认妇人有她的正当要求；忍心不顾这种要求，便是不人道。

别离曲

行人结束出门去，几时更踏门前路？忆昔君初纳采时，不言身属辽阳戍。早知今日当别离，成君家计良为谁？男儿生身自有役，那得误我少年时？不如逐君征战死：谁能独老空闺里！

这样承认妇人"少年时"应当爱护珍贵，与前一首相同。这三首都是很明白地攻击"守活寡"的婚姻生活。

离　妇

十载来夫家，闺门无瑕疵。薄命不生子，古制有分离。（古礼有"无子去"之条。）……堂上谢姑嫜，长跪请离辞。姑嫜见我往，将决复沉疑；与我古时钏，留我嫁时衣；高堂拊我身，哭我于路陲。——昔日初为妇，当君贫贱时，昼夜常纺绩，不得事蛾眉；辛勤积黄金，济君寒与饥。洛阳买大宅，邯郸买侍儿；夫婿乘龙马，出入有光仪。将为富家妇，永为子孙资。谁谓出君门，一身上车归！——有子未必荣，无子坐生悲。为人莫作女，作女实难为！

这是公然攻击"无子去"的野蛮礼制。男女之间的不平等，最无理的是因无子而出妻。张籍此诗是代妇女鸣不平的最有力的喊声。

张籍有一篇《节妇吟》，虽然是一篇寓言，却算得一篇最哀艳的情诗。当时李师道父子三世割据一方，是最跋扈的一个藩镇。李师道大概慕张籍的名，想聘他去；张籍虽是一个穷瞎的太祝，却不愿就他的聘，故寄此诗去婉转辞谢：

节妇吟　寄东平李司空师道

君知妾有夫，赠妾双明珠。感君缠绵意，系在红罗襦。——妾家高楼连苑起，良人执戟明光里。(明光殿)知君用心如日月，事夫誓拟同生死。——还君明珠双泪垂：何不相逢未嫁时！

这种诗有一底一面：底是却聘，面是一首哀情诗。丢开了谜底，仍不失为一首绝好的情诗。这才叫做"言近而旨远"。旨远不难，难在言近。旨便是底子，言便是面子。凡不知谜底便不可懂的，都不成诗。

他的《商女诗》，大概是写娼妓问题的，故白居易说此诗"可感悍妇仁"。可惜不传了,集中现存《江南行》一首,写的是江南水乡的娼家生活。

　　他的《乌夜啼引》,用古代民间的一个迷信——"乌夜啼则遇赦"——作题目,描写妇女的心理最真实,最恳切;在他的诗里,这一篇可算是最哀艳的了。

乌夜啼引

秦乌啼哑哑,
夜啼长安吏人家。
吏人得罪囚在狱,
倾家卖产将自赎。

少妇起听夜啼乌,
知是官家有赦书,
下床心喜不重寐,
未明上堂贺舅姑。

少妇语啼乌:
汝啼慎勿虚!
借汝庭树作高巢,
年年不令伤尔雏。

他不说这吏人是否冤枉，也不说后来他曾否得赦；他只描写他家中少妇的忧愁，希冀，——无可奈何之中的希冀。这首诗的见地与技术都是极高明的。

张籍不但写妇女问题，他还作了许多别种社会问题的诗。他是个最富于同情心的人，对于当时的民间苦痛与官场变幻，都感觉深厚的同情。他的《沙堤行》与《伤歌行》都是记当时的政治状态的。我们举一篇为例：

伤歌行（元和中，杨凭贬临贺尉）

黄门诏下促收捕，京兆尹系御史府。出门无复部曲随，亲戚相逢不容语。辞成谪尉南海州，受命不得须臾留。身着青衫骑恶马，中门之外无送者。邮夫防吏急喧驱，往往惊堕马蹄下。长安里中荒大宅，朱门已除十二载。高堂舞榭锁管弦，美人遥望西南天。

他写农民的生活云：

山农词

老农家贫在山住，耕种山田三四亩；苗疏税多不得食，输入官仓化为土。岁暮锄犁傍空室，呼儿登山收橡实。——西江贾客珠百斛，船中养犬长食肉。

山头鹿

山头鹿，角芟芟，尾促促。贫儿多租输不足，夫死未葬儿在狱。早日熬熬蒸野冈, 禾黍不收无狱粮。县官唯忧少军食, 谁能令尔无死伤?

这已是很大胆的评论了。但最大胆的还得算他的一篇写兵乱的《废宅行》:

废宅行

胡马崩腾满阡陌, 都人避乱唯空宅。宅边青桑垂宛宛, 野蚕食叶还成茧。黄雀衔草入燕窠, 喷喷啾啾白日晚。去时禾黍埋地中, 饥兵掘土翻重重。鸱枭养子庭树上, 曲墙空屋多旋风。——乱后几人还本土? 唯有官家重作主!

末两句真是大胆的控诉。大乱过后, 皇帝依旧回来做他的皇帝, 只苦了那些破产遭劫杀老百姓, 有谁顾惜他们?

孟郊、张籍、韩愈的朋友卢仝, 是一个有点奇气的诗人, 用白话作长短不整齐的新诗, 狂放自恣, 可算是诗体解放的一个新诗人。卢仝的原籍是范阳, 寄居洛阳, 自号玉川子。韩愈有《寄卢仝诗》云:

玉川先生洛城里, 破屋数间而已矣; 一奴长须不裹头, 一婢赤脚老无齿。辛勤奉养十余人, 上有慈亲下妻子。先生结发憎俗徒, 闭门不出动一纪。……先生事业不可量, 惟用法律自绳己。《春秋》三传束高阁, 独抱遗经究终始。往年弄笔嘲同异, (卢仝与《马异结交诗》, 有"全不同, 异

不异，……全自同，异自异"的话)怪辞惊众谤不已。近来自说寻坦途，犹上
虚空跨绿骓。……昨晚长须来下状：隔墙恶少恶难似，每骑屋山下窥
瞰，浑舍惊怕走折趾。……

这首诗写卢仝的生活很详细。卢仝爱做白话怪诗，故韩愈此诗也多用
白话，并且很有风趣。这大概可说是卢仝的影响。

卢仝死于"甘露之变"，在835年。他在元和五年(810)作了一首最
奇怪的《月蚀诗》，这诗约有一千八百字，句法长短不等，用了许多很有
趣的怪譬喻，说了许多怪话。这诗里的思想实在幼稚的可笑，如云：

玉川子，

涕泗下，

中庭独自行。("中庭"可属上行读，便多一韵。但韩愈改本，此句无"自"
字，故知当如此读。)

念此日月者，

太阴太阳精；

皇天要识物，

日月乃化生；

走天汲汲劳四体，

与天作眼行光明。

此眼不自保，

天公行道何由行！

又如云：

吾见患眼人，

必索良工诀。

想天不异人，

爱眼固应一。

安得嫦娥氏，

来习扁鹊术，

手操春喉戈，

去此瞎上物？

其初犹朦胧，

既久如抹漆；

但恐功业成，

便此不吐出。

这种思想固然可笑，但这诗的语言和体裁都是极大胆的创例，充满着尝
试的精神。如他写月明到月全蚀时的情形云：

森森万木夜僵立，

寒气飍飍（音 Pi-hsi 有力之状）顽无风。

烂银盘从海底出，

出来照我草屋东。

天色绀滑凝不流，

冰光交贯寒瞳胧。

……

此时怪事发，

有物吞食来！

轮如壮士斧研坏，

桂似雪山风拉摧。

百炼镜照见胆，

平地埋寒灰。

火龙珠飞出脑，

却入蚌蛤胎。

摧环破璧眼看尽，

当天一搭如煤炱。

磨踪灭迹须臾间，

便似万古不可开。

不料至神物，

有此大狼狈！

星如撒沙出，

争头事光大。

奴婢炷暗灯，

掷炭如玭瑁，

今夜吐焰长如虹，

孔隙千道射户外。

诗里的怪话多着呢。中间有诅咒四方的四段，其告北方寒龟云：

北方寒龟被蛇缚，

藏头入壳如入狱，

蛇筋束紧束破壳。

寒龟夏鳖一种味，

且当以其肉充膔；

死壳没信处，

唯堪支床脚，

不堪钻灼与天卜。

这种诗体真是"信口开河"。我疑心这种体裁是从民间来的：佛教的梵呗和唱导，民间的佛曲俗文，街头的盲词鼓书，也许都是这种新体诗的背景。

卢仝的《月蚀》诗，在思想方面完全代表中古时代的迷信思想，但在文学形式方面却很有开辟新路的精神。他的朋友韩愈那时做河南令，同他很相得，见了他的《月蚀》诗，大删大改，另成了一篇《月蚀》诗。卢仝大概不承认韩愈的删改，故此诗现存在韩愈的集子里（东雅堂本，卷五，页三六——三九）。卢仝的原诗约有一千八百字，韩愈的改本只存六百字，简炼干净多了；中古的迷信思想依然存在，然而卢仝的奇特的语言和大胆创造的精神却没有了。这样"买椟还珠"未免太傻了。

卢仝似是有意试做这种奔放自由、信口开河的怪诗。如他《与马异结交诗》中一段云：

> 神农画八卦，
>
> 凿破天心胸。
>
> 女娲本是伏羲妇，
>
> 恐天怒，
>
> 捣炼五色石，
>
> 引日月之针，五星之缕，把天补。
>
> 补了三日不肯归婿家。
>
> 走向日中放老鸦，
>
> 月里栽桂养蝦蟆。
>
> 天公发怒化龙蛇。
>
> 此龙此蛇得死病，
>
> 神农合药救死命。

天怪神农党龙蛇，

罚神农为牛头，

今载元气车。

不知车中有毒药，

药杀元气天不觉。

尔来天地不神圣，

日月之光无正定。

不知元气元不死，

忽闻空中唤马异！……

这是真上天下地瞎嚼蛆了。其中又有一段云：

白玉璞里斫出相思心。

黄金矿里铸出相思泪。

忽闻空中崩崖倒谷声，

绝胜明珠千万斛买得西施南威一双婢。

此婢娇饶恼杀人，

凝脂为肤翡翠裙，

唯解画眉朱点唇。

自从获得君，

敲金扢玉凌浮云，

却返顾一双婢子何足云！

又一段云：

青云欲开白日没，

天眼不见此奇骨。

此骨纵横奇又奇，

千岁万岁枯松枝，

半折半残压山谷，

盘根虺节成蛟螭。

忽雷霹雳卒风暴雨撼不动，

欲动不动，千变万化总是鳞皱皮。

此奇怪物不可欺！

韩愈说他这首诗：

往年弄笔嘲同异，怪辞惊众谤不已。

可见这种诗在当时确是一种惊动流俗的"怪辞"，确有开风气的功效。

我说这种诗体是从民间的佛曲鼓词出来的。这固然是我的猜测，却也有点根据。卢仝有《感古》四首，其第四首咏朱买臣的故事，简直是一篇唱本故事：

　　君莫以富贵轻忽他年少，

　　听我暂话会稽朱太守。

　　正受冻饿时，

　　索得人家贵傲妇。

　　读书书史未润身，

　　负薪辛苦胝生肘。

　　谓言琴与瑟，

　　糟糠结长久。

　　不分杀人羽翮成，

　　临临冲天妇嫌丑。

　　□□□□□□□(原文阙一句)

　　其奈太守一朝振羽仪，

　　乡关昼行衣锦衣。

　　哀哉旧妇何眉目，

　　新婿随行向天哭！

　　寸心金石徒尔为，

　　杯水庭沙空自覆。

　　乃知愚妇人，

　　妒忌阴毒心，

唯救眼底事，

不思日月深。

等闲取羞死，

岂如甘布衾？

这首诗通篇说一个故事，并且在开篇两句指出这个故事的命意与标题。"听我暂话会稽朱太守"，这便是后来无数说书唱本的开篇公式。这不可以帮助证明卢仝的诗同当时俗文学的关系吗？

卢仝只是一个大胆尝试的白话诗人，爱说怪话，爱做怪诗。他有《走笔谢孟谏议寄新茶》诗云：

一碗喉吻润，两碗破孤闷。三碗搜枯肠，唯有文学五千卷。四碗发轻汗：平生不平事，尽向毛孔散。五碗肌骨清，六碗通仙灵，七碗吃不得也，唯觉两腋习习清风生。蓬莱山在何处？玉川子乘此清风欲归去。……

这是打油诗。打油诗也是白话诗的一个重要来源。左思《娇女》，陶潜《责子》，都是嘲戏之作，其初不过脱口而出，发泄一时忍不住的诙谐风趣；后来却成了白话诗的一个来源。卢仝有两个儿子，大的叫抱孙，小的叫添丁。他有《寄男抱孙》诗，又有《示添丁》诗，都是白话诙谐诗：

寄男抱孙

　　别来三得书，书道违离久。书处甚粗杀，且喜见汝手。殷十七又报，汝文颇新有。……《尚书》当毕功，《礼记》速须剖。喽啰儿读书，何异摧枯朽？寻义低作声，便可养年寿。莫学村学生，粗气强叫吼。下学偷功夫，新宅锄藜莠。……引水灌竹中，蒲池种莲藕。捞漉蛙蟆脚，莫遣生科斗。竹林吾最惜，新笋好看守。……两手莫破拳（"破拳"似即是今之猜拳），一吻莫饮酒。莫学捕鸠鸽，莫学打鸡狗。小时无大伤，习性防已后。顽发苦恼人，汝母必不受。任汝恼弟妹，任汝恼姨舅，姨舅非吾亲，弟妹多老丑。（据此句，"弟妹"似不是抱孙的弟和妹。若是他的弟和妹，丑还可说，怎么会老？）莫引添丁郎，泪子作面垢。莫引添丁郎，赫赤日里走。添丁郎小小，别吾来久久，脯脯不得吃，兄兄莫拈搜。他日吾归来，家人若弹纠，一百放一下，打汝九十九。

此诗显出王褒《僮约》与左思《娇女》的影响不少。

示添丁

　　春风苦不仁，呼逐马蹄行人家。惭愧瘴气却怜我，入我憔悴骨中为生涯。数日不食强强行，何忍索我抱看满树花？不知四体正困惫，泥人啼哭声呀呀。忽来案上翻墨汁，涂抹诗书如老鸦。父怜母惜捆不得，却生痴笑令人嗟。宿春连晓不成米，日高始进一碗茶。气力龙钟头欲白，凭仗添丁莫恼爷。

卢仝的白话诗还有好几首，我且举几首作例，在这些诗里都可以看出诙谐的风趣同白话诗的密切关系。

赠金鹅山人沈师鲁

金鹅山中客，来到扬州市。买药床头一破颜，撇然便有上天意。……光不外照刃不磨，回避人间恶富贵。……示我插血不死方，赏我风格不肥腻。肉眼不试天上书，小儒安敢窥奥秘。昆仑路临西北天，三山后浮不著地，君到头来忆我时，金简为吾镌一字。

忆金鹅山沈山人二首

（一）

君家山头松树风，适来入我竹林里。一片新茶破鼻香，请君速来助我喜。莫合九转大还丹，莫读三十六部《大洞经》；闲来共我说真意，齿下领取真长生。不须服药求神仙，神仙意智或偶然。自古圣贤放入土，淮南鸡犬驱上天！白日上升应不恶；药成且辄一丸药。暂时上天少问天，蛇头蝎尾谁安著？（请你稍稍问天：蛇的头，蝎的尾，那样毒害人的东西，是谁安排的？——这是打破"天有意志"、"上天有好生之德"等等迷信的话。）

（二）

君爱炼药药欲成，我爱炼骨骨已清。试自比校得仙者，也应合得天上行。天门九重高崔嵬。清空凿出黄金堆。夜叉守门昼不启，夜半醮祭夜半开！夜叉喜欢动关锁，锁声撼地生风雷。地上禽兽重血食，性命血化飞黄埃。大上道君莲花台，九门隔阔安在哉？——呜呼沈君大药成，兼须巧会鬼物情，无求长生丧厥生！

卢仝有许多好笑的思想：他信月蚀是被虾蟆精吃了，日中的老鸦和月中的桂树是女娲留下的，他信姜太公钓鱼用的是直钩（《直钩行》）。他的社会思想也不高明。例如他的《小妇吟》那样歌颂妻妾和睦"永与同心事我郎"的生活，读了使人肉麻。他虽是个处士，却有奴有婢，有妻有妾，没有孟郊、张籍的贫困经验，故他对于社会问题没有深刻的见解。但他这三首送给沈山人的诗，这样指斥道士的迷信，嘲讽那有意志安排的天道观念，却与张籍、韩愈、白居易等人的态度相同，可以表现一个时代的精神。

卢仝的特别长处只是他那压不住的滑稽风趣，同他那大胆尝试的精神。他游扬州，住在萧庆中的宅里，后来萧到歙州去了，想把宅子卖去。卢仝作《萧宅二三子赠答诗》二十首，托为他同园中石头、竹子、马兰、蛱蝶、虾蟆相赠答的诗，其中很有许多诙谐的怪诗，其中最怪特的"石再请客"云：

> ……我在大地间，自是一片物。可得杠压我，使我头不出！

这种句子大可比梵志、寒山的最好句子。
　　我且选一首我最爱的小诗作结束：

村　醉

村醉黄昏归，健倒三四五。摩挲青莓苔，莫嗔惊著汝。

这时期里最著名的人物自然是韩愈。韩愈字退之，河内南阳人。(《旧唐书》作昌黎人，《新书》作邓州南阳人，此从朱子考定。)他生于大历三年(768)，三岁时，父死，他跟他哥哥韩会到岭南。会死后，他家北归，流寓江南。他登进士第后，曾在董晋和张封建的幕下，后来做到监察御史。他是个爱说话的人，得罪了朝廷，贬为阳山令。元和三年(808)始做国子博士；升了几次官，隔了几年(812)仍旧降到国子博士，那时他已四十五岁了。他那时已有盛名，久不得志，故作了一篇诙谐的解嘲文字，题为《进学解》。其中说他自己：

> 口不绝吟于六艺之文，手不停披于百家之编。……烧膏油以继晷，常矻矻以穷年。……抵排异端，攘斥佛老；补苴罅漏，张皇幽眇；寻坠绪之芒芒，独旁搜而远绍。停百川而东之，回狂澜于既倒。……沈浸酞郁，含英咀华，作为文章，其书满家。……

这样的自夸，可想见他在当时的声望。

当时的执政把他改在史馆做修撰，后来进中书舍人、知制诰。裴度宣慰淮西，奏请韩愈为行军司马。蔡州平定后，他被升作刑部侍郎。元和十四年(819)，有迎佛骨的事，韩愈因此几乎有杀身之祸。《旧唐书》

（卷一六〇）记此事稍详：

凤翔法门寺有护国真身塔，塔内有释迦文佛指骨一节。其书本传法，三十年一开，开则岁丰人泰。元和十四年正月，上令中使杜英奇押官人三十人，持香花，赴临皋驿迎佛骨，自光顺门入大内，留禁中三日，乃送诸寺。王公士庶奔走舍施，唯恐在后。百姓有废业破产，烧顶灼臂而求供养者。……

韩愈向不喜佛教，上疏谏曰：

伏以佛者，夷狄之一法耳。自后汉时流入中国，上古未尝有也。……此时（上古）天下太平，百姓安乐寿考。……汉明帝时始有佛法，……其后乱亡相继，运祚不长。宋齐梁陈元魏以下，事佛渐谨，年代尤促。梁武帝……前后三度舍身施佛，……其后竟为侯景所逼，饿死台城，国亦寻灭。事佛求福，乃更得祸。……

今闻陛下令群僧迎佛骨于凤翔，御楼以观，异入大内，又令诸寺递相迎养。……百姓愚冥，……见陛下如此，……皆云天子大圣犹一心敬信，百姓何人，岂合更惜身命？焚顶烧指，百十为群，解衣散钱，……惟恐后时。……若不即加禁遏，……必有断臂脔身以为供养者。伤风败俗，传笑四方，非细事也。

夫佛本夷狄之人，……假如其身至今尚在，奉其国命来朝京师，陛下容而接之，不过宣政一见，礼宾一设，赐衣一袭，卫而出之于境，不令惑众也。况其身死已久，枯朽之骨，凶秽之余，岂宜令入宫禁？……臣实耻之。乞以此骨付之水火，永绝根本，断天下之疑，绝后代之惑。……佛如有灵，能作祸祟，凡有殃咎，宜加臣身。上天鉴临，臣不怨悔。……

此疏上去，宪宗大怒，怪他说奉佛的皇帝都短命遭祸殃，因此说他毁谤，要加他死罪。因有许多人营救，得贬为潮州刺史。不久（同年十月）改袁州刺史。当他谏佛骨时，气概勇往，令人敬爱。遭了挫折之后，他的勇气销磨了，变成了一个卑鄙的人。他在潮州时，上表谢恩，自述能作歌颂皇帝功德的文章，"虽使古人复生，臣亦未肯多让"；并劝皇帝定乐章，告神明，封禅泰山，奏功皇天！这已是很可鄙了。他在潮州任内，还造出作文祭鳄鱼，鳄鱼为他远徙六十里的神话，这更可鄙了。他在袁州任内，上表说他的境内"有庆云现于西北，……五采五色，光华不可遍观。……斯为上瑞，实应太平。"这真是阿谀献媚，把他患得患失的心理完全托出了。

这样的悔过献媚，他遂得召回作国子祭酒，转兵部侍郎，又转吏部侍郎。长庆四年（824）死，年五十七。

韩愈提倡古文，反对六朝以来的骈偶浮华的文体。这一个古文运动，下编另有专章，我在此且不讨论。在这一章里，我们只讨论他的诗歌。

宋人沈括曾说：

> 韩退之诗乃押韵之文耳。虽健美富赡，而格不近诗。(引见胡仔《苕溪渔隐丛话》卷十八)

这句话说尽韩愈的诗：他的长处短处都在此。韩愈是个有名的文家，他用作文的章法来作诗，故意思往往能流畅通达，一扫六朝初唐诗人扭扭捏捏的丑态。这种"作诗如作文"的方法，最高的地界往往可到"作诗如说话"的地位，便开了宋朝诗人"作诗如说话"的风气。后人所谓"宋诗"，其实没有什么玄妙，只是"作诗如说话"而已。这是韩诗的特别长处。上文引他《寄卢仝》的诗，便是很好的例子。今录其全文如下：

寄卢仝

玉川先生洛城里，破屋数间而已矣。一奴长须不裹头，一婢赤脚老无齿。辛勤奉养十余人，上有慈亲下妻子。先生结发憎俗徒，闭门不出动一纪。至令邻僧乞米送，仆忝县尹能不耻？俸钱供给公私余，时致薄少助祭祀。劝参留守谒大尹，言语才及辄掩耳。水北山人(石洪)得名声，去年去作幕下士。水南山人(温造)又继往，鞍马仆从塞闾里。少室山人(李渤)索价高。两以谏官征不起。彼皆刺口论世事，有力未免遭驱使。先生事业不可量，惟有法律自绳己。《春秋》三传束高阁，独抱遗经究终始。往年弄笔嘲同异，怪词惊众谤不已。近来自说寻坦途，犹上虚空跨绿骍。去年生儿名添丁，意令与国充耘耔。国家丁口连四海，岂无农夫亲耒耜？先生抱才终大用，宰相未许终不仕。假如不在陈力列，立言垂范亦足恃。苗裔当蒙十世宥，岂谓贻厥无基阯？故知忠孝生天性，洁身乱伦安足拟？昨晚长须来下状："隔墙恶少恶难似，每骑屋山下窥阚，浑舍惊怕走折趾。凭依婚媾欺官吏，不信令行能禁止。"先生受屈未曾语，忽此来告良有以。嗟我身为赤县令，操权不用欲何俟？立召贼曹呼伍伯，尽取鼠辈尸诸市。先生又遣长须来："如此处置非所喜。况又时当长养节，都邑未可猛政理。"先生固是余所畏，度量不敢窥涯涘。放纵是谁之过欤？效尤戮仆愧前史。买羊沽酒谢不敏；偶逢明月曜桃李，先生有意许降临，更遣长须致双鲤。

这便是"作诗如作文"，也便是"作诗如说话"。

八月十五夜赠张功曹（张功曹名署。愈与署以贞元二十一年二月二十四日赦自南方俱徙掾江陵，至是俟命于郴，而作是诗。）

纤云四卷天无河，清风吹空月舒波，沙平水息声影绝，一杯相属君当歌。君歌声酸辞且苦，不能听终泪如雨：

"洞庭连天九疑高，蛟龙出没猩鼯号。十生九死到官所，幽居默默如藏逃。下床畏蛇食畏药，海气湿蛰熏腥臊。昨者州前捶大鼓，嗣皇继圣登夔皋。赦书一日行万里，罪从大辟皆除死。迁者追回流者还，涤瑕荡垢清朝班。州家申名使家抑，坎轲只得移荆蛮。判司卑官不堪说，未免棰楚尘埃间。同时辈流多上道,天路幽险难追攀!"

君歌且休听我歌。我歌今与君殊科:

"一年明月今宵多。人生由命非由他。有酒不饮奈明何?"

这种叙述法,也是用作文的法子作诗,扫去了一切骈偶诗体的滥套。中间一段屡用极朴素没有雕饰的文字(如"州家申名使家抑"等句),也是有意打破那浮艳的套语。

山 石

山石荦确行径微。黄昏到寺蝙蝠飞。升堂坐阶新雨足,芭蕉叶大栀子肥。僧言古壁佛画好,以火来照所见稀。铺床拂席置羹饭,疏粝亦足饱我饥。夜深静卧百虫绝,清月出岭光入扉。天明独去无道路,出入高下穷烟霏。山红涧碧纷烂漫,时见松枥皆十围。当流赤足蹋涧石,水声激激风吹衣。

人生如此自可乐,岂必局束为人靰?嗟哉吾党二三子,安得至老不更归?

这真是韩诗的最上乘。这种境界从杜甫出来,到韩愈方才充分发达,到宋朝的苏轼黄庭坚以下,方才成为一种风气。故在文学史上,韩诗的意义只是发展这种说话式的诗体,开后来"宋诗"的风气。这种方法产出的诗都属于豪放痛快的一派,故以七言歌行体为最宜。但韩愈的五言

诗也往往有这种境界,如他的《送无本师》(即贾岛)《归范阳》云:

> 无本于为文,身大不及胆。吾尝示之难,勇往无不敢。……

又如《东都遇春》云:

> 少年气真狂,有意与春竞。行逢二三月,九州花相映。川原晓服鲜,桃李晨妆靓。荒乘不知疲,醉死岂辞病?饮啖唯所便,文章倚豪横。——尔来曾几时?白发忽满镜!……心肠一变化,羞见时节盛。得闲无所作,贵欲辞视听。……

这里的声调口吻全是我所谓说话式。更明显的如他的《赠张籍》:

> 吾老嗜读书,余事不挂眼。有儿虽甚怜,教示不免简。君来好呼出,踉蹡越门限。惧其无所知,见则先愧赧。昨因有缘事,上马插手版,留君住厅食,使立侍盘馔。薄暮归见君,迎我笑而莞,指渠相贺言,"此是万金产。"……

这里面更可以看见说话的神气。这种诗起源于左思《娇女》,陶潜《责子》《自挽》等诗;杜甫的诗里最多这种说话式的诗。七言诗里用这种体裁要推卢仝与韩愈为大功臣。卢仝是个怪杰,便大胆地走上了白话新诗的路上去。韩愈却不敢十分作怪。他总想作圣人，又喜欢"掉书袋"，故声调口吻尽管是说话，而文学却要古雅，押韵又要奇僻隐险，于是走上了一条魔道，开后世用古字与押险韵的恶风气，最恶劣的例子便是他的《南山诗》。那种诗只是沈括所谓"押韵之文"而已，毫没有文学的意味。

他并不是没有作白话新诗的能力，其实他有时做白话的诙谐诗也很出色，例如：

赠刘师复

羡君齿牙牢且洁，大肉硬饼如刀截。我今牙豁落者多，所存十余皆兀臲。匙抄烂饭稳送之，合口软嚼如牛呞。妻儿恐我生怅望，盘中不饤栗与梨。只今年才四十五，后日悬知渐莽卤。朱颜皓颈讶莫亲，此外诸余谁更数？……

但他当时以"道统"自任，朋友也期望他担负道统，——张籍劝戒他的两封书，便是好例子，——故他不敢学卢仝那样放肆，故他不敢不摆出规矩尊严的样子来。他的《示儿》诗中有云：

嗟我不修饰，事与庸人俱。安能坐如此，比肩于朝儒？

这几句诗画出他不能不"修饰"的心理。他在那诗里对他儿子夸说他的阔朋友：

　　开门问谁来，无非卿大夫。不知官高卑，玉带悬金鱼。问客之所为，峨冠讲唐虞。……凡此座中人，十九持钧枢。

他若学卢仝、刘叉的狂肆，就不配"比肩"于这一班"玉带悬金鱼"的阔人了。

　　试把他的《示儿》诗比较卢仝示添丁、抱孙的两首诗，便可以看出人格的高下。左思、陶潜、杜甫、卢仝对他们的儿女都肯说真率的玩笑话；韩愈对他的儿子尚且不敢真率，尚且教他羡慕阔官贵人，教他做作修饰，所以他终于作一个祭鳄鱼贺庆云的小人而已。做白话诗并不是什么了不得的事，却也要个敢于率真的人格做骨子。

第十六章　元稹白居易

　　九世纪的初期——元和、长庆的时代——真是中国文学史上一个很光荣灿烂的时代。这时代的几个领袖文人，都受了杜甫的感动，都下了决心要创造一种新文学。中国文学史上的大变动向来都是自然演变出来的，向来没有有意的，自觉的改革。只有这一个时代可算是有意的、自觉的文学革新时代。这个文学革新运动的领袖是白居易与元稹，他们的同志有张籍、刘禹锡、李绅、李余、刘猛等。他们不但在韵文方面做革新的运动。在散文的方面，白居易与元稹也曾做一番有意的改革，与同时的韩愈、柳宗元都是散文改革的同志。

　　元稹，字微之，河南人，本是北魏拓跋氏帝室之后。他九岁便能作文，少年登"才识兼茂，明于体用"科，他为第一，除右拾遗；因他锋芒太露，为执政所忌，屡次受挫折，后来被贬为江陵府士曹参军，量移通州司马。他的好友白居易那时也被贬为江州司马。他们往来赠答的诗歌最多，流传于世；故他们虽遭贬逐，而文学的名誉更大。元和十四年(819)，他被召回京。穆宗为太子时，已很赏识元稹的文学；穆宗即位后，升他为祠部郎中，知制诰。知制诰是文人最大的荣誉，而元稹得此事全出于皇帝的简任，不由于宰相的推荐，故他很受相府的排挤。但元稹用散体古文来做制诰，对于向来的骈体制诰诏策是一种有意的革新。（见他的《元氏长庆集》，《四部丛刊》本。）《新唐书》说他"变诏书体，务纯厚明切，盛传一时"。《旧唐书》说他的辞诰"复然与古为侔，遂盛传于代"。

穆宗特别赏识他，两年之中，遂拜他为宰相(822)。当时裴度与他同做宰相，不很瞧得起这位骤贵的诗人，中间又有人挑拨，故他们不能相容，终于两人同时罢相。元稹出为同州刺史，转为越州刺史；他喜欢越中山水，在越八年，做诗很多。文宗太和三年(829)，他回京为尚书左丞；次年(830)，检校户部尚书，兼鄂州刺史，御史大夫，武昌军节度使。五年(831)七月，死于武昌，年五十三(生于779年)。

白居易，字乐天，下邽人，生于大历七年(772)，在杜甫死后的第三年。他自己叙他早年的历史如下：

　　仆始生六七月时，乳母抱弄于书屏下，有指"之"字"无"字示仆者，仆口未能言，心已默识。后有问此二字者，虽百十其试，而指之不差。……及五六岁，便学为诗。九岁，暗识声韵。十五六，始知有"进士"，苦节读书。二十已来，昼课赋，夜课书，间又课诗，不遑寝息矣。以至于口舌成疮，手肘成胝，既壮而肤革不丰盈，未老而齿发早衰白，……盖以苦学力文之所致。又自悲家贫多故，年二十七方从乡试。既第之

后，虽专于科试，亦不废诗。（《与元九书》）

贞元十四年（798），他以进士就试，擢甲科，授秘书省校书郎。宪宗元和二年（807），召入翰林为学士；明年，拜左拾遗。他既任谏官，很能直言。元稹被谪，他屡上疏切谏，没有效果。五年（810），因母老家贫，自请改官，除为京兆府户曹参军。明年，丁母忧；九年（814），授太子左赞善大夫。当时很多人忌他，说他浮华无行，说他的母亲因看花堕井而死，而他作《赏花》诗，及新井诗，"甚伤名教"。他遂被贬为江州司马。他自己说这回被贬逐其实是因为他的诗歌讽刺时事，得罪了不少人。他说：

> 凡闻仆《贺雨》诗，众口籍籍以为非宜矣。闻仆《哭孔戡》诗，众面脉脉尽不悦矣。闻《秦中吟》，则权豪贵近者相目而变色矣。闻《登乐游园》寄足下诗，则执政柄者扼腕矣。闻《宿紫阁村》诗，则握军要者切齿矣。……不相与者，号为沽誉，号为诋讦，号为讪谤。苟相与者，则如牛僧孺之诫焉。乃至骨肉妻孥皆以我为非也。其不我非者，举世不过三两人。……

元和十三年冬（818—819），他量移忠州刺史。他自浔阳浮江上峡，带他的兄弟行简同行；明年三月，与元稹会于峡口；在夷陵停船三日，他们三人在黄牛峡口石洞中，置酒赋诗，恋恋不能决别。

　　元和十四年冬（819—820），他被召还京师；明年（820），升主客郎中，

知制诰。那时元稹也召回了,与他同知制诰。长庆元年(821),转中书舍人。《旧唐书》说:

时天子荒纵不法,执政非其人,制御乖方,河朔复乱。居易累上疏论其事,天子不能用,乃求外任。[二年](822)七月,除杭州刺史。俄而元稹罢相,自冯翊转浙东观察使,交契素深,杭越邻境,篇咏往来,不间旬浃。尝会于境上,数日而别。

他在杭州秩满后,除太子左庶子,分司东都。宝历中(825—826),复出为苏州刺史。文宗即位(827),征拜秘书监,明年转刑部侍郎,封晋阳县男,食邑三百户。太和三年(829),他称病东归,求为分司官,遂除太子宾客分司。《旧唐书》说:

居易初……蒙英主特别顾遇,颇欲奋厉效报。苟致身于讦谟之地,则兼济生灵。蓄意未果,望风为当路者所挤,流徙江湖,四五年间,几沦蛮瘴。自是宦情衰落,无意于出处,唯以逍遥自得,吟咏情性为事。太和以后,李宗闵、李德裕用事,朋党事起,是非排陷,朝升暮黜,天子亦无如之何。杨颖士、杨虞卿与宗闵善,居易妻,颖士从父妹也。居易愈不自安,惧以党人见斥,乃求致身散地,冀于远害。凡所居官,未尝终秩,率以病免,固求分务,识者多之。

太和五年(831),他做河南尹;七年(833),复授太子宾客分司。(洛阳为东都,故各官署皆有东都"分司",如明朝的南京,清朝的盛京;其官位与京师相同,但没有事做。)他曾在洛阳买宅,有竹木池馆,有家妓樊素、蛮子能歌舞,有琴有书,有太湖之石,有华亭之鹤。他自己说:

> 水香莲开之旦,露清鹤唳之夕,拂杨石(杨贞一所赠),举陈酒(陈孝仙所授法子酿的),援崔琴(崔晦叔所赠),弹姜《秋思》(姜发传授的;《旧唐书》脱"姜"字,今据《长庆集》补),颓然自适,不知其他。酒酣琴罢。又命乐童登中岛亭,合奏《霓裳散序》,声随风飘,或凝或散,悠扬于竹烟波月之际者久之。曲未竟,而乐天陶然石上矣。(《池上篇》自序)

开成元年(836),除同州刺史,他称病不就;不久,又授他太子少傅,进封冯翊县开国侯。会昌中,以刑部尚书致仕。他自己说他能"栖心释梵,浪迹老庄";晚年与香山僧如满结香火社,白衣鸠杖,往来香山,自称香山居士。他死在会昌六年(846),年七十五。(《旧唐书》作死于大中元年〔847〕,年七十六。此从《新唐书》,及李商隐撰的《墓志》。)

　　白居易与元稹都是有意作文学改新运动的人:他们的根本主张,翻成现代的术语,可说是为人生而作文学!文学是救济社会,改善人生的利器;最上要能"补察时政",至少也须能"泄导人情";凡不能这样的,都"不过嘲风雪,弄花草而已"。白居易在江州时,作长书与元稹论诗(《白氏长庆集》卷二十八,参看《旧唐书》本传所引),元稹在通州也有"叙诗"

长书寄白居易（《元氏长庆集》卷三十）。这两篇文章在文学史上要算两篇最重要的宣言。我们先引白居易书中论诗的重要道：

> 圣人感人心而天下和平。感人心者，莫先乎情，莫始乎言，莫切乎声，莫深乎义。诗者，根情，苗言，华声，实义。上自贤圣，下至愚呆，微及豚鱼，幽及鬼神，群分而气同，形异而情一，未有声入而不应，情交而不感者。圣人知其然，因其言，经之以六义；缘其声，纬之以五音。音有韵，义有类。韵协则言顺，言顺则声易入。类举则情见，情见则感易交。于是孕大含深，贯微洞密，上下通而二气泰，忧乐合而百志熙。

这是诗的重要使命。诗要以情为根，以言为苗，以声为华，以义为实。托根于人情而结果在正义，语言声韵不过是苗叶花朵而已。

> 洎周衰秦兴，采诗官废。上不以诗补察时政，下不以歌泄导人情。用至于谄成之风动，救时之道缺，于时六义始刓矣。国风变为骚辞，五言始于苏李。诗骚皆不遇者各系其志，发而为文，故河梁之句止于伤别，泽畔之吟归于怨思，彷徨抑郁，不暇及他耳。然去诗未远，梗概尚存，……虽义类不具，犹得风人之什二三焉。于时六义始缺矣。

这就是说，《楚辞》与汉诗已偏向写主观的怨思，已不能做客观地表现人生的工作了。

晋宋已还,得者盖寡。以康乐(谢灵运)之奥博,多溺于山水;以渊明之高古,偏放于田园。江、鲍之流又狭于此。如梁鸿《五噫》之例者,百无一二。于时六义浸微矣。

陵夷至于梁陈间,率不过嘲风雪,弄花草而已矣。噫!风雪花草之物,三百篇中岂舍之乎? 顾所用何如耳。……皆兴发于此,而义归于彼。反是者,可乎哉?然则"余霞散成绮","澄江净如练","归花先委露,别叶乍辞风"之什,丽则丽矣,吾不知其所讽焉。故仆所谓嘲风雪、弄花草而已。于时六义尽去矣。

他在这里固然露出他受了汉朝迂腐诗说的恶影响,把"三百篇"都看作"兴发于此而义归于彼"的美刺诗,因此遂抹煞一切无所为而作的文学。但他评论六朝的文人作品确然有见地,六朝文学的绝大部分真不过"嘲风雪、弄花草"而已。

唐兴二百年,其间诗人不可胜数。所可举者,陈子昂有《感遇》诗二十首,鲍防《感兴》诗十五篇。又诗之豪者,世称李杜。李之作,才矣,奇矣,人不逮矣,索其风雅比兴,十无一焉。杜诗最多,可传者千余首;至于贯穿古今,觑缕格律,尽工尽善,又过于李。然撮其《新安》、《石壕》、《潼关吏》、《塞芦子》、《留花门》之章,"朱门酒肉臭,路有冻死骨"之句,亦不过十三四。(《旧唐书》作"三四十",误。今据《长庆集》。)杜尚如此,况不逮杜者乎?

以上是白居易对于中国诗的历史的见解。在这一点上，他的见解完全与元稹相同。元稹作杜甫的墓志铭，前面附了一篇长序，泛论中国诗的演变，上起"三百篇"，下迄李杜，其中的见解多和上引各节相同。此序作于元和癸巳(813)，在白居易寄此长书之前不多年。（看《元氏长庆集》卷五十六。）

元、白都受了杜甫的绝大影响。老杜的社会问题诗在当时确是别开生面，为中国诗史开一个新时代。他那种写实的艺术和大胆讽刺朝廷社会的精神，都能够鼓舞后来的诗人，引他们向这种问题诗的路上走。元稹受老杜的影响似比白居易更早。元稹的《叙诗寄乐天书》（《元氏长庆集》卷三十）中自述他早年作诗的政治社会的背景，最可以帮助我们了解当时一班诗人作"讽谕"诗的动机。他说：

稹九岁学赋诗，长者往往惊其可教。年十五六，粗识声病。时贞元十年(794)已后，德宗皇帝春秋高，理务因人，最不欲文法吏生天下罪过。外阃节将动十余年不许朝觐，死于其地，不易者十八九。而又将豪卒傪之处，因丧负众，横相贼杀，告变骆驿。使者迭窥，旋以状闻天子曰，某色(邑?)将某能遏乱，乱众宁附，愿为帅。名为众情，其实逼诈。因而可之者又十八九。前置介倅，因缘交授者，亦十四五。由是诸侯敢自为旨意，有罗列儿孩以自固者，有开导蛮夷以自重者。省寺符篆固几阁，甚者碍诏旨。视一境如一室，刑杀其下，不啻仆畜。厚加剥夺，名为进奉，其实贡入之数百一焉。京城之中，亭第邸店，以曲巷断。侯甸之内，水陆腴沃，以乡里计。其余奴婢资财生生之备称是。朝廷大臣以谨慎不言为朴雅。以时进见者，不过一二亲信。直臣义士往往抑塞。禁省之间，时或缮完隙坠；豪家大帅乘声相扇，延及老佛，土木妖炽。习俗不怪。上不欲令有司备宫阃中小碎须求，往往持币帛以易饼饵。吏缘其端，剥夺百货，势不可禁。仆时孩呆，不惯闻见，独于书传中初习理乱萌渐，心体悸震，若不可活，思欲发之久矣。适有人以陈子昂《感遇诗》相示，吟玩激烈，即日为《寄思玄子诗》二十首。……又久之，得杜甫诗数百首，爱其浩荡津涯，处处臻到，始病沈宋之不存寄兴，而讶子昂之未暇旁备矣。不数年，与诗人杨巨源友善，日课为诗；性复僻，懒人事；常有闲暇，间则有作。识足下时，有诗数百篇矣。习惯性灵，遂成病蔽。……又不幸年三十二时，有罪谴弃，今三十七矣。五六年之间，是丈夫心力壮时，常在闲处，无所役用；性不近道；未能淡然忘怀；又复懒于他欲，全盛之气注射语言，杂糅精粗，遂成多大。……

八世纪末年，九世纪初年，唐朝的政治到了很可悲观的田地，少年有志的人都感觉这种状态的危机。元稹自己说他那时候竟是"心体悸震，若不可活"。他们觉得这不是"嘲风雪、弄花草"的时候了，他们都感觉文学的态度应该变严肃了。所以元稹与白居易都能欣赏陈子昂感遇诗的严肃态度。但感遇诗终不过是发点牢骚而已，"彷徨抑郁，不暇及他"，还不能满足这时代的要求。后来元稹发见了杜甫，方才感觉大满意。杜甫的新体诗便不单是发牢骚而已，还能描写实际的人生苦痛、社会利弊、政府得失。这种体裁最合于当时的需要,故元、白诸人对于杜甫真是十分崇拜,公然宣言李杜虽然齐名,但杜甫远非李白所能比肩。元稹说:

> ……至于子美,盖所谓上薄风骚,下该沈宋,言夺苏李,气吞曹刘,掩颜谢之孤高,杂徐庾之流丽,尽得古今之体势,而兼人人之所独专矣。……能所不能,无可不可,则诗人以来,未有如子美者。……(《杜甫墓志铭序》)

这还是大体从诗的形式上立论,虽然崇拜到极点,却不曾指出杜甫的真正伟大之处。白居易说的话便更明白了。他指出李白的诗,"索其风雅比兴,十无一焉";而杜甫的诗之中,有十之三四是实写人生或讽刺时政的;如"朱门酒肉臭,路有冻死骨"一类的话,李白便不能说,这才是李杜优劣的真正区别。当时的文人韩愈曾作诗道:

> 李杜文章在,光焰万丈长。不知群儿愚,那用故谤伤!蚍蜉撼大树,可笑不自量。

有人说,这诗是讥刺元稹的李杜优劣论的。这话大概没有根据,韩愈的诗只是借李杜来替自己发牢骚,与元白的文学批评没有关系。

元白发愤要作一种有意的文学革新运动,其原因不出于上述的两点：一面是他们不满意于当时的政治状况，一面是他们受了杜甫的绝大影响。老杜只是忍不住要说老实话，还没有什么文学主张。元白不但忍不住要说老实话，还要提出他们所以要说老实话的理由，这便成了他们的文学主张了。白居易说：

仆常痛诗道崩坏，忽忽愤（《长庆集》作"愤"）发，或食辍哺，夜辍寝（此依《长庆集》）不量才力，欲扶起之。

这便是有意要作文学改革。他又说：

自登朝来，年齿渐长，阅事渐多；每与人言，多询时务；每读书史，多求理道。（唐高宗名治，故唐人书讳"治"字，多改为"理"字。此处之"理道"即"治道"；上文元氏《叙诗》书的"理务因人"，"理乱萌渐"，皆与此同。）始知文章合为时而著，歌诗合为事而作。……（《与元九书》）

最末十四个字便是元白的文学主张。这就是说，文学是为人生作的，不是无所为的，是为救人救世作的。白居易自己又说：

是时皇帝（宪宗）初即位，宰府有正人，屡降玺书，访人急病。仆当此日，擢在翰林，身是谏官，手请谏纸启奏之外，有可以救济人病，裨补时阙，而难于指言者，辄咏歌之，欲稍稍递进闻于上。

"救济人病，裨补时阙"便是他们认为文学的宗旨。白居易在别处也屡屡说起这个宗旨。如《读张籍古乐府》云：

> 张君何为者？业文三十春，尤工乐府词，举代少其伦。为诗意如何？六义互铺陈；风雅比兴外，未尝著空文。……上可裨教化，舒之济万民。下可理情性，卷之善一身。……

又如他《寄唐生》诗中自叙一段云：

> 我亦君之徒，郁郁何所为？不能发声哭，转作乐府诗。篇篇无空文，句句必尽规。……非求宫律高，不务文字奇，惟歌生民病，愿得天子知。……

唐生即是唐衢，是当时的一个狂士，他最富于感情，常常为了时事痛哭。故白居易诗中说：

> 唐生者何人？五十寒且饥；不悲口无食，不悲身无衣，所悲忠与义，悲甚则哭之。太尉击贼日（段秀实以笏击朱泚），尚书叱盗时（颜真卿叱李希烈），大夫死凶寇（陆长源为乱兵所害），谏议谪蛮夷（阳城谪道州），每见如此事，声发涕辄随。……

这个人的行为也可以代表一个时代的严肃认真的态度。他最赏识白居易的诗,白氏《与元九书》中有云:

> 有唐衢者,见仆诗而泣,未几而衢死。

唐衢死时,白居易有《伤唐衢》二首,其一有云:

> 忆昨元和初,忝备谏官位。是时兵革后,生民正憔悴。但伤民病痛,不识时忌讳。遂作《秦中吟》,一吟悲一事。贵人皆怪怒,闲人亦非訾。天高未及闻,荆棘生满地。惟有唐衢见,知我平生志。一读兴叹嗟,再吟垂涕泗。因和三十韵,手题远缄寄,致吾陈(子昂)杜(甫)间,赏爱非常意。……

总之,元白的文学主张是"篇篇无空文,……惟歌生民病"。这就是"文章合为事而著,歌诗合为事而作"的注脚。他们一班朋友,元白和李绅等,努力作讽刺时事的新乐府,即是实行这个文学主义。白居易的《新乐府》五十篇,有自序云:

> ……其辞质而径,欲见之者易喻也。其言直而切,欲闻之者深戒也。其事核而实,使采之者传信也。其体顺而肆,可以播于乐章歌曲也。总而言之,为君为臣为民为物为事而作,不为文而作也。

总而言之,文学要为人生而作,不为文学而作。

这种文学主张的里面,其实含有一种政治理想。他们的政治理想是要使政府建立在民意之上,造成一种顺从民意的政府。白居易说:

天子之耳不能自聪,合天下之耳听之而后聪也。天子之目不能自明,合天下之目视之而后明也。天子之心不能自圣,合天下之心思之而后圣也。若天子唯以两耳听之,两目视之,一心思之,则十步之内(疑当作"外")不能闻也,百步之外不能见也,殿庭之外不能知也,而况四海之大,万枢之繁者乎?圣王知其然,故立谏诤讽议之官,开献替启沃之道,俾乎补察遗阙,辅助聪明。犹惧其未也,于是设敢谏之鼓,建进善之旌,立诽谤之木,工商得以流议,士庶得以传言,然后过日闻而德日新矣。(《策林》七十,《长庆集》卷四十八)

这是很明白的民意政治的主张。(《策林》七十五篇,是元白二人合作的,故代表他们二人的共同主张。)他们又主张设立采诗之官,作为采访民意的一个重要方法。故《策林》六十九云:

问:圣人之致理(理即治,下同)也,在乎酌人言,察人情;而后行为政,顺为教者也。然则一人之耳安得遍闻天下之言乎?一人之心安得尽知天下之情?今欲立采诗之官,开讽刺之道,察其得失之政,通其上下之情,子大夫以为如何?

这是假设的问,答案云:

> 臣闻圣王酌人之言,补己之过,所以立理本,导化源也,将在乎选观风之使,建采诗之官,俾乎歌咏之声,讽刺之兴,日采于下,岁献于上者也。所谓言之者无罪,闻之者足以自诫。

他的理由是:

> 大凡人之感于事则必动于情,然后兴于嗟叹,发于吟咏,而形于歌诗矣。故闻《蓼萧》之诗,则知泽及四海也;闻《华黍》之咏,则知时和岁丰也;闻《北风》之言,则知威虐及人也;闻《硕鼠》之刺,则知重敛于下也;闻"广袖高髻"之谣,则知风俗之奢荡也;闻"谁其获者妇与姑"之言,则知征税之废业也。故国风之盛衰由斯而见也,王政之得失由斯而闻也,人情之哀乐由斯而知也。然后君臣亲览而斟酌焉:政之废者,修之;阙者,补之;人之忧者,乐之;劳者,逸之;所谓善防川者,决之使导;善理人者,宣之使言。故政有毫发之善,下必知也;教有锱铢之失,上必闻也。则上之诚明何忧乎不下达,下之利病何患乎不上知?上下交和,内外胥悦,若此,而不臻至理,不致升平,自开辟以来,未之闻也。

这个主张又见于元和三年(808)白居易作府试官时所拟《进士策问》的第三问,意思与文字都与《策林》相同(《长庆集》卷三十,页二一——二二),可见他们深信这个采诗的制度。白居易在元和四年(809)作《新乐府》五十篇,其第五十篇为《采诗官》,仍是发挥这个主张的,我且引此篇的全文如下:

采诗官　监前王乱亡之由也

采诗官,采诗听歌导人言。言者无罪闻者诫,下流上通上下泰。周灭秦兴至隋氏,十代采诗官不置。郊庙登歌赞君美,乐府艳词悦君意。若求兴谕规刺言,万句千章无一字。不是章句无规刺,渐及朝廷绝讽议。诤臣杜口为冗员,谏鼓高悬作虚器。一人负扆常端默,百辟入门两自媚。夕郎所贺皆德音,春官每奏唯祥瑞。君之堂兮千里远,君之门兮九重闷,君耳唯闻堂上言,君眼不见门前事。贪吏害民无所忌,奸臣蔽君无所畏?君不见厉王胡亥之末年,群臣有利君无利。君兮君兮愿听此:欲开壅蔽达人情,先向歌诗求讽刺。

这种政治理想并不是迂腐不能实行的。他们不期望君主个个都是圣人,那是柏拉图的妄想。他们也不期望一班文人的一字褒贬都能使"乱臣贼子惧",那是孔丘、孟轲的迷梦。他们只希望两种"民意机关":一是许多肯说老实话的讽刺诗人,一是采访诗歌的专官。那时候没有报馆,诗人便是报馆记者与访员,实写人生苦痛与时政利弊的诗便是报纸,便是舆论。那时没有议会,谏官御史便是议会,采诗官也是议会的一部分。民间有了什么可歌可泣的事,或朝廷官府有了苛税虐政,一班平民诗人便都赶去采访诗料:林步青便编他的滩簧,刘宝全便编他的大鼓书,徐志摩便唱他的硖石调,小热昏便唱他的小热昏。几天之内,街头巷口都是这种时事新诗歌了。于是采诗御史便东采一只小调,西抄一只小热昏,编集起来,进给政府。不多时,苛税也豁免了,虐政也革除了。于是感恩戴德的小百姓,饮水思源,发起募捐大会,铜板夹银毫并到,鹰洋与元宝齐来,一会儿,徐志摩的生祠遍于村镇,而小热昏的铜像也矗立街头。猗欤休哉! 文学家的共和国万岁!

＊　　　＊　　　＊　　　＊　　　＊

文学既是要"救济人病,裨补时阙",故文学当侧重写实,"删淫辞,削丽藻","黜华于枝叶,反实于根源"。白居易说:

> 凡今秉笔之徒,率尔而言者有矣,斐然成章者有矣。故歌咏诗赋碑碣赞咏之制,往往有虚美者矣,有愧辞者矣。若行于时,则诬善恶而惑当代;若传于后,则混真伪而疑将来。……
>
> 且古之为文者,上以纽王教,系国风,下以存炯戒,通讽谕。故惩劝善恶之柄执于文士褒贬之际焉,补察得失之端操于诗人美刺之间焉。今褒贬之文无核实,则惩劝之道缺矣。美刺之诗不稽政,则补察之义废矣。虽雕章镂句,将焉用之?
>
> 臣又闻,稂莠秕稗,生于谷,反害谷者也。淫辞丽藻,生于文,反伤

文者也。故农者耘稂莠，簸秕稗，所以养谷也。王者删淫辞，削丽藻，所以养文也。

伏惟陛下诏主文之司，谕"养文"之旨，俾辞赋合炯戒讽谕者，虽质虽野，采而奖之；碑诔有虚美愧辞者，虽华虽丽，禁而绝之。若然，则为文者必当尚质抑淫，著诚去伪，小疵小弊荡然无遗矣。(《策林》六十八)

"尚质抑淫，著诚去伪"，这是元白的写实主义。

*   *   *   *   *

根据于他们的文学主张，元白二人各有一种诗的分类法。白居易分他的诗为四类：

(1)讽谕诗："自拾遗来，凡所适所感，关于美刺兴比者；又自武德讫元和，因事立题，题为新乐府者。"

(2)闲适诗："或退公独处，或移病闲居，知足保和，吟玩情性者。"

(3)感伤诗："事物牵于外，情理动于内，随感遇而形于叹咏者。"

(4)杂律诗："五言七言，长句绝句、自一百韵至两韵者。"他自己只承认第一和第二两类是值得保存流传的，其余的都不重要。都可删弃。他说：

仆志在兼济，行在独善。奉而始终之，则为道；言而发明之，则为诗。谓之讽谕诗，兼济之义也。谓之闲适诗，独善之义也。……其余杂律诗，或诱于一时一物，发于一笑一吟，率然成章，非平生所尚者，……

略之可也。(《与元九书》)

元稹分他的诗为八类:

(1) 古讽:"旨意可观,而词近往古者。"

(2) 乐讽:"意亦可观,而流在乐府者。"

(3) 古体:"词虽近古,而止于吟写性情者。"

(4) 新题乐府:"词实乐流,而止于模象物色者。"

(5) 律诗

(6) 律讽:"稍存寄兴,与讽为流者。"

(7) 悼亡

(8) 艳诗(见《叙诗寄乐天书》)

元氏的分类,体例不一致,其实他也只有两大类:

$$(一) 讽诗 \begin{cases} (1) 古讽 \\ (2) 乐讽 \\ (3) 律讽 \end{cases}$$

(二) 非讽诗——古体,律体等。

元稹在元和丁酉(817)作《乐府古题序》,讨论诗的分类,颇有精义,也可算是一篇有历史价值的文字。他说:

乐府古题序 丁酉

诗讫于周,《离骚》讫于楚。是后诗之流为二十四名:赋,颂,铭,赞，文，诔，箴，诗，行，咏，吟，题，怨，叹，章，篇，操，引，谣，讴，歌，曲，词，调，皆诗人六义之余，而作者之言（《长庆集》作"旨"，《全唐诗》同。今依张元济先生用旧抄本校改本）。

由操而下八名，皆起于郊祭军宾吉凶苦乐之际，在音声者，因声以度词，审调以节唱，句度短长之数，声韵平上之差，莫不由之准度。而又别其在琴瑟者为操引。采民甿者为讴谣，备曲度者总得谓之歌曲词调，斯皆由乐以定词，非选调以配乐也。

由诗而下九名，皆属事而作，虽题号不同，而悉谓之为诗，可也。后之审乐者，往往采取其词，度为歌曲。盖选词以配乐，非由乐以定词也。

而纂撰者，由诗而下十七名，尽编为"乐录"，"乐府"等题。除铙吹、横吹、郊祀、清商等词在乐志者，其余《木兰》《仲卿》《四愁》《七哀》之辈，亦未必尽播于管弦，明矣。

后之文人达乐者少，不复如是配别，但遇兴纪题，往往兼以句读短长为歌诗之异。……况自风雅至于乐流，莫非讽兴当时之事，以贻后代之人。沿袭古题，唱和重复，于文或有短长，于义咸为赘剩。尚不如寓意古题，刺美见事，犹有诗人引古以讽之义焉。曹刘沈鲍之徒，时得如此，亦复稀少。近代唯诗人杜甫《悲陈陶》《哀江头》《兵车》《丽人》等，凡所歌行，率皆即事名篇，无复倚傍。余少时与友人白乐天、李公垂辈谓是为当，遂不复拟赋古题。

昨南（各本无"南"字，依张校）梁州，见进士刘猛、李余各赋古乐府诗数十首，其中一二十章咸有新意。余因选而和之。其有虽用古题，全无古义者,若《出门行》不言离别,《将进酒》特书列女之类,是也。其或颇同古义,全创新词者,则《田家》止述军输,《捉捕》词先蝼蚁之类,是也。刘李二子方将极意于斯文,因为粗明古今歌诗同异之音(似当作"旨")焉。

他的见解以为汉以下的诗有两种大区别:一是原有乐曲,而后来依曲调而度词;一是原来是诗,后人采取其词,制为歌曲。但他指出,诗的起源虽然关系乐曲,然而诗却可以脱离音乐而独立发展。历史上显然有这样的趋势。最初或采集民间现行歌曲,或乐人制调而文人造词,或文人作诗,而乐工制调。稍后乃有文人仿作乐府,仿作之法也有两种:严格地依旧调,作新词,如曹操、曹丕作《短歌行》,字数相同,显然是同一乐调,这是一种仿作之法。又有些人同作一题,如罗敷故事,或秋胡故事,或秦女休故事,题同而句子的长短、篇章的长短皆不相同,可见这一类的乐府并不依据旧调,只是借题练习作诗,或借题寄寓作者的感想见解而已。这样拟作乐府,已是离开音乐很远了。到杜甫的《兵车行》、《丽人行》诸篇,讽咏当时之事,"即事名篇,无复倚傍",便开"新乐府"的门径,完全脱离向来受音乐拘束或沿袭古题的乐府了。

当时的新诗人之中,孟郊、张籍、刘猛、李余与元稹都还作旧式的古乐府,但都"有新意",有时竟"虽用古题,全无古义"。(刘猛、李余的诗都不传。)这已近于作新乐府。元稹与白居易、李绅(公垂)三个人做了不少的新乐府,(李绅的新乐府今不传了。)此外如元氏的《连昌宫词》诸篇,如白氏的《秦中吟》诸篇,都可说是新乐府,都是"即事名篇,无复倚傍"的新乐府。故我们可以说,他们认定新乐府为实现他们的文学主张的最适宜的体裁。

元稹自序他的《新体乐府》道:

……昔三代之盛也,士议而庶人谤。又曰,"世理(治)则词直,世忌则词隐。"余遭理世而君盛圣,故直其词,以示后,使夫后之人谓今日为不忌之时焉。

白居易的《新乐府》的自序,已引在上文了,其中有云:

其辞质而径,欲见之者易喻也。其言直而切,欲闻之者深诫也。其事核而实,使采之者传信也。其体顺而肆,可以播于乐章歌曲也。

要做到这几个目的,只有用白话做诗了。元白的最著名的诗歌大都是白话的。这不是偶然的事,似是有意的主张。据旧时的传说:

白乐天每作诗,令一老妪解之,问曰:"解否?"曰"解",则录之。"不解",则又复易之。(《墨客挥犀》)

这个故事不见得可靠,大概是出于后人的附会。英国诗人华次华斯

(Wordsworth)主张用平常说话做诗,后人也造成一种传说,说他每做诗都念给一个老妪听,她若不懂,他便重行修改。这种故事虽未必实有其事,却很可暗示大家公认这几个诗人当时确是有意用平常白话做诗。

近年敦煌石室发见了无数唐人写本的俗文学,其中有《明妃曲》、《孝子董永》、《季布歌》、《维摩变文》,……等等(另有专章讨论)。我们看了这些俗文学的作品,才知道元白的著名诗歌,尤其是七言的歌行,都是有意仿效民间风行的俗文学的。白居易的《长恨歌》,元稹的《连昌宫词》,与后来的韦庄的《秦妇吟》,都很接近民间的故事诗。白居易自序说他的新乐府不但要"其辞质而径,欲见之者易喻",还要"其体顺而肆,可以播于乐章歌曲"。这种"顺而肆,可以播于乐章歌曲"的诗体,向那里去寻呢? 最自然的来源便是当时民间风行的民歌与佛曲。试引《明妃传》一段,略表示当时民间流行的"顺而肆"的诗体:

昭军(君)昨夜子时亡,突厥今朝发使忙。三边走马传胡令。万里非(飞)书奏汉王。解剑脱除天子服,披头还着庶人裳。衙官坐位刀离面,(离面即杜诗所谓"花门剺面"),九姓行哀截耳珰。□□□□□□□,枷上罗衣不重香。可惜未央宫里女,嫁来胡地碎红妆。……寒风入帐声犹苦,晓日临行哭未殃(央)。昔日同眠夜即短,如今独寝觉天长。何期远远离京兆,不忆(意)冥冥卧朔方。早知死若埋沙里,悔不教君还帝乡!(《明妃传》残卷,见羽田亨编的《敦煌遗书》,活字本第一集,上海东亚研究会发行。)

我们拿这种俗文学来比较元白的歌行,便可以知道他们当日所采"顺而肆"的歌行体是从那里来的了。

因为元白用白话做诗歌,故他们的诗流传最广。白居易自己说:

再来长安,又闻有军使高霞寓者,欲聘倡妓,妓大夸曰:"我诵得白学士《长恨歌》,岂同他妓哉?"由是增价。……

又昨过汉南日,适遇主人集众乐娱他宾。诸妓见仆来,指而相顾曰:"此是《秦中吟》《长恨歌》主耳!"

自长安抵江西,三四千里,凡乡校、佛寺、逆旅、行舟之中,往往有题仆诗者。士庶、僧徒、孀妇、处女之口,每每有咏仆诗者。(《与元九书》)

元稹也说他们的诗:

二十年间,禁省观寺邮候墙壁之上无不书,王公妾妇牛童马走之口无不道。至于缮写模勒,炫卖于市井,或持以交酒茗者,处处皆是。("勒"是雕刻。此处有原注云:"扬越间多作书模勒乐天及予杂诗,卖于市肆之中也。"此为刻书之最早记载。)其甚者,有至于盗窃名姓,苟求是(日本本《白氏长庆集》作"自")售,杂乱间厕,无可奈何。

予于平水市中(原注:镜湖傍草市名。),见村校诸童竞习诗,召而问之,皆对曰:"先生教我乐天、微之诗。"固亦不知予之为微之也。……

自篇章已来,未有如是流传之广者。……(《白氏长庆集序》)

不但他们自己如此说,反对他们的人也如此说。杜牧作李戡的墓志,述戡的话道:

自元和以来,有元、白者,纤艳不逞,……流于民间,疏于屏壁;子父女母交口教授;淫言媟语,冬寒夏热,入人肌骨,不可除去。……

元白用平常的说话做诗,他们流传如此之广,"入人肌骨,不可除去",这是意料中的事。但他们主张诗歌须要能救病济世,却不知道后人竟诋毁他们的"淫言媟语,纤艳不逞"!

这也是很自然的。白居易自己也曾说:

今仆之诗,人所爱者,悉不过杂律诗与《长恨歌》已下耳。时之所重,仆之所轻。至于"讽谕"者,意激而言质;"闲适"者,思澹而词迂:以质合迂,宜人之不爱也。(《与元九书》)

他又批评他和元稹的诗道:

顷者在科试间,常与足下同笔砚,每下笔时,辄相顾语,患其意太切而理太周,故理太周则辞繁,意太切则言激。然与足下为文,所长在于此,所病亦在于此。……(《和答诗十首序》)

他自己的批评真说的精辟中肯。他们的讽谕诗太偏重急切收效,往往一气说完,不留一点余韵,往往有史料的价值,而没有文学的意味。然其中确有绝好的诗,未可一笔抹煞。如元稹的《连昌宫词》、《织妇词》、《田家词》、《听弹乌夜啼引》等,都可以算是很好的诗的作品。白居易的诗,可传的更多了。如《宿紫阁山北村》,如《上阳白发人》,如《新丰折臂翁》,如《道州民》,如《杜陵叟》,如《卖炭翁》,都是不朽的诗。白居易最佩服杜甫的"朱门酒肉臭,路有冻死骨"两句,故他早年作《秦中吟》时,还时时模仿老杜这种境界。如《秦中吟》第二首云:

> 昨日输残税,因窥官库门,缯帛如山积,丝絮如云屯。……夺我身上暖,买尔眼前恩! 进入琼林库,岁久化为尘。

如第三首云:

> 厨有臭败肉,库有贯朽钱。……岂无穷贱者,忍不救肌寒?

如第七首云:

> 尊罍溢九酝,水陆罗八珍。……是岁江南旱,衢州人食人。

如第九首云:

欢酣促密坐,醉暖脱重裘。秋官为主人,廷尉居上头;日中为一乐,夜半不能休。岂知阌乡狱,中有冻死囚!

如第十首云:

一丛深色花,十户中人赋。

这都是模仿老杜的"朱门酒肉臭,路有冻死骨"两句,引申他的意思而已。白氏在这时候的诗还不算能独立。

他作《新乐府》时,虽然还时时显出杜甫的影响,却已是很有自信力,能独立了,能创造了。如《新丰折臂翁》云:

是时翁年二十四,兵部牒中有名字。夜深不敢使人知,偷将大石捶折臂。张弓簸旗俱不堪,从兹始免征云南。……

这样朴素而有力的叙述,最是白氏独到的长处。如《道州民》云:

……城云"臣按《六典》书,任土贡有不贡无。道州水土所生者,只有矮民无矮奴。"……

这样轻轻的十四个字,写出一个人道主义的主张,老杜集中也没有这样大力气的句子。在这种地方,白居易将理解与天才融合为一,故成功最大,最不可及。

但那是一个没有言论自由的时代,又是一个朋党暗斗最厉害的时代。韩愈、柳宗元、刘禹锡、元稹、白居易都是那时代的牺牲者。元白贬谪之后,讽谕诗都不敢作了,都走上了闲适的路,救世主义的旗子卷起了,且做个独善其身的醉吟先生罢。

$$* \quad * \quad * \quad * \quad *$$

元稹的诗:

连昌宫词

连昌宫中满宫竹,岁久无人森似束。又有墙头千叶桃,风动落花红蔌蔌。宫边老翁为余泣:"小年进食曾因入。上皇正在望仙楼,太真同凭阑干立。楼上楼前尽珠翠,炫转荧煌照天地。归来如梦复如痴,何暇备言宫里事?初过寒食一百六,店舍无烟宫树绿。夜半月高弦索鸣,贺老琵琶定场屋。力士传呼觅念奴,念奴潜伴诸郎宿。须臾觅得又连催,特敕街中许燃烛。春娇满眼睡红绡,掠削云鬟旋装束。飞上九天歌一声,二十五郎吹管逐。逡巡《大遍凉州》彻,色色《龟兹轰录》续。李謩擪笛傍宫墙,偷得新翻数般曲。(念奴,天宝中名娼,善歌,每岁楼下酺宴累日之后,万众喧隘,韦黄裳辈辟易不能禁。众乐为之罢奏。皇明遣高力士大呼于楼上曰:"欲遣念奴唱歌,邠二十五郎吹小管篴。"看人能听否。未尝不悄然奉诏。其为当时所重如此。然而明皇不欲夺侠游之盛,未尝置在宫禁。或幸岁汤泉,时巡东洛,有司潜遣从行而已。又明皇尝于上阳宫夜后按新翻一曲。属明夕正月十五日,潜游灯下,忽闻酒楼上有笛奏前夕新曲。大骇之。明日密遣捕捉笛者诘验之,自云:"其夕窃于天津桥玩月,闻宫中度曲,遂于桥柱上插谱记之。臣即长安少年善笛者李謩也。"明皇异而遣之。)平明大驾发行官,万人歌舞涂路中。百官队仗避岐薛。(歧王范、薛王业,明皇之弟)杨氏诸姨(贵妃三姊,帝呼为姨。封韩、虢、秦国三夫人)车斗风。——明年十月东都破,(天宝十三年禄山破洛阳)御路犹存禄山过。驱令供顿不敢藏,万姓无声泪潜堕。两京定后六七年,却寻家舍行宫前。庄园烧尽有枯井,行宫门闭树宛然。尔后相传六皇帝,(肃、代、德、顺、宪、穆)不到离宫门久闭。往来年少说长安,玄武楼成花萼废。去年敕使因斫竹,偶值门开暂相逐。荆榛栉比塞池塘,狐兔骄痴缘树木。舞榭敧倾基尚在,文窗窈窕纱犹绿。尘埋粉壁旧花钿,乌啄风筝碎珠玉。上皇偏爱临砌花,依然御榻临阶斜。蛇出燕巢盘斗栱,菌生香案正当衙。寝殿相连端正楼,太真梳洗楼上头。晨光未出帘影黑,至今反挂珊瑚钩。指似傍人因恸哭,却出宫门泪相续。自从此后还闭门,夜夜狐狸上门屋。"——我闻此语心骨悲,太平谁致乱者谁? 翁言"野父何分别,耳闻眼见为君说。姚崇宋璟作相公,劝谏上皇言语切。燮理阴阳禾黍丰,调和中外无兵戎。长官清平太守好,拣选皆言由相公。开元之末姚宋死,朝廷渐渐由妃子。禄山宫里养作儿,虢国门前闹如市。弄权宰相不记名,依稀忆得杨与李。庙谟颠倒四海摇。五十年来作疮痏。今皇神圣丞相明,诏书才下吴蜀平。官军又取淮西贼,此贼亦除天下宁。年年耕种宫前道,今年不遣子孙耕。老翁此意深望幸,努力庙谋休用兵。"

人道短(乐府古题)

古道天道长人道短,我道天道短人道长。天道昼夜回转不曾住,春秋冬夏忙,颠风暴雨雷电狂。晴被阴暗,月夺日光。往往星宿,日亦堂堂。天既职性命,道德人自强。尧舜有圣德,天不能遗寿命永昌。泥金刻玉与秦始皇。周公傅说何不长宰相?老聃仲尼何事栖遑?莽卓恭显皆数十年富贵,梁冀夫妇车马煌煌。若此颠倒事,岂非天道短,岂非人道长?尧舜留得神圣事,百代天子有典章。仲尼留得孝顺语,千年万岁父子不敢相灭亡;殁后千余载,唐家天子封作文宣王。老君留得五千字,子孙万万称圣唐;谥作玄元帝,魂魄坐天堂。周公《周礼》二十卷,有能行者知纪纲。傅说《说命》三四纸,有能师者称祖宗。天能夭人命,人使道无穷。若此神圣事,谁道人道长?岂非人道长?天能种百草,获得十年有气息,莽才一日芳;人能拣得丁沈兰蕙,料理百和香。天解养禽兽,喂虎豹豺狼。人解和曲蘖,充衍祀烝尝。杜鹃无百作,天遣百鸟哺雏不遣哺凤皇。巨蟒寿千岁,天遣食牛吞象充腹肠。蛟螭与(与是授与,给与)变化,鬼怪与隐藏。蚊蚋与利觜,枳棘与锋芒。赖得人道有拣别,信任天道真茫茫。若此撩乱事,岂非天道短,赖得人道长?(这篇诗很少文学意味,止是一篇有韵的议论文而已。但其中思想却很大胆,可破除许多宗教迷信。参看上章引卢仝诗云:"暂时上天少问天,蛇头蝎尾谁安著?"即此诗"蚊蚋与利觜,枳棘与锋芒"之意。)

将进酒(乐府古题)

将进酒,将进酒,酒中有毒鸩主父。言之主父伤主母。母为妾地父妾天,仰天俯地不忍言。阳为僵踣主父前,主父不知加妾鞭。旁人知妾为主说,主将泪洗鞭头血。推椎主母牵下堂,扶妾遗升堂上床。将进酒,酒中无毒令主寿。愿主回恩归主母。遣妾如此由主父。妾为此事人偶知,自惭不密方自悲。主今颠倒安置妾?贪天僭地谁不为。

上阳白发人(新题乐府)

天宝年中花鸟使(天宝中密号采取艳异者为花鸟使),撩花狎鸟含春思,满怀墨诏求嫔御,走上高楼半酣醉。醉酣直入卿士家,闺闱不得偷回避。良人顾妾心死别,小女呼爷血垂泪。十中有一得更衣,九配深宫作宫婢。御马南奔胡马蹙,宫女三千合宫弃。宫门一闭不复开,上阳花草青苔地。月夜闲闻洛水声,秋池暗度风荷气。日日长看提象门,终身不见门前事。近年又送数人来,自言兴庆南宫至。我悲此曲将彻骨,更想深冤复酸鼻。此辈贱嫔何足言?帝子天孙古称贵,诸王在阁四十年,七宅六宫门户网。隋炀枝条袭封邑(近封前代子孙为二王三恪),肃宗血胤无官位。(肃宗已后诸王并未出阁。)王无妃媵主无婿,阳亢阴淫结灾累。何如决壅顺众流,女遣从夫男作吏?(此诗也只是一篇有韵的议论文而已。其中所记唐朝诸王的待遇,可供史料。此诗当与下文白居易的《上阳宫人》比较看,可以知道元白的诗才的优劣。)

织妇词

织妇何太忙!蚕经三卧行欲老。蚕神女圣早成丝,今年丝税抽征早。早征非是官人恶,去岁官家事戎索。征人战苦束刀疮,主将勋高换罗幕。缫丝织帛犹努力,变缉撩机苦难织。东家头白双女儿,为解挑纹嫁不得。(余掾荆时,目击贡绫户有终老不嫁之女。)檐前袅袅游丝上,上有蜘蛛巧来往。羡他虫豸解缘天,能向虚空织罗网。

田家词

牛吒吒,田确确,旱块敲牛蹄趵趵,种得官仓珠颗谷。六十年来兵蔟蔟,月月食粮车辘辘。一日官军收海服,驱牛驾车食牛肉。归来收得牛两角,重铸锄犁作斤劚。姑舂妇担去输官,输官不足归卖屋。愿官早胜仇早覆,农死有儿牛有犊,誓不遣官军粮不足!

遣悲怀三首(元稹哀悼亡妻之诗有一卷之多。)

谢公最小偏怜女,嫁与黔娄百事乖。顾我无衣搜画箧,泥他沽酒拔金钗。野蔬充膳甘长藿,落叶添薪仰古槐。今日俸钱过十万,与君营奠复营斋。

昔日戏言身后意,今朝皆到眼前来。衣裳已施行看尽,针线犹存未忍开。尚想旧情怜婢仆,也曾因梦送钱财。诚知此恨人人有,贫贱夫妻百事哀。

闲坐悲君亦自悲,百年都是几多时。邓攸无子寻知命,潘岳悼亡犹费词。同穴窅冥何所望?他生缘会更难期!唯将终夜长开眼,报答平生未展眉。

听庾及之弹乌夜啼引(也是追忆亡妻之作)

君弹《乌夜啼》,我传乐府解古题。良人在狱妻在闺,官家欲赦乌报妻。乌前再拜泪如雨,乌作哀声妻暗语。后人写出《乌啼引》,吴调哀弦声楚楚。四五年前作拾遗,谏书不密丞相知。谪官诏下吏驱遣,身作囚拘妻在远。归来相见泪如珠,唯说闲宵长拜乌;君来到舍是乌力,妆点乌盘邀女巫。今君为我千万弹,乌啼啄啄歌澜澜。感君此曲有深意,昨日乌啼桐叶坠。当时为我赛乌人,死葬咸阳原上地。(此诗在元氏集中可算是最上品。参看上章引张籍的《乌夜啼》。)

过东都别乐天二首(乐天在洛,太和中,稹拜左丞,自越过洛,以二诗别乐天。未几,死于鄂。乐天哭之曰:"始以诗交终以诗诀,兹笔相绝,其今日乎?")

君应怪我留连久,我欲与君辞别难。白头徒侣渐稀少,明日恐君无此欢。

自识君来三度别,这回白尽老髭须。恋君不去君须会,知得后回相见无?(元白两人终身相爱,他们往还的诗最多至性至情的话。举此两章作例。)

白居易的诗,我们且依他自己的分类,每一类选几篇作例。

第一类是讽谕诗:

宿紫阁山北村

晨游紫阁峰,暮宿山下村。村老见余喜,为余开一尊。举杯未及饮,暴卒来入门,紫衣挟刀斧,草草十余人,夺我席上酒,掣我盘中飧。主人退后立,敛手反如宾。中庭有奇树,种来三十春,主人惜不得,持斧断其根。口称采造家,身属神策军。——主人慎勿语:中尉正承恩。

买花(《秦中吟》之一)

帝城春欲暮,喧喧车马度。共道牡丹时,相随买花去。贵贱无常价,酬直看花数。灼灼百朵红,戋戋五束素。上张幄幕庇,旁织巴篱护。水洒复泥封,移来色如故。家家习为俗,人人迷不悟。有一田舍翁,偶来买花处,低头独长叹,此叹无人喻:一丛深色花,十户中人赋。

上阳白发人　愍怨旷也(《新乐府》)

上阳人,红颜暗老白发新。绿衣监使守宫门,一闭上阳多少春?玄宗末岁初选入,入时十六今六十。同时采择百余人,零落年深残此身。忆昔吞悲别亲族,扶入车中不教哭。皆云入内便承恩,脸似芙蓉胸似玉。未容君王得见面,已被杨妃遥侧目,妒令潜配上阳宫,一生遂向空房宿。宿空房,秋夜长。夜长无寐天不明。耿耿残灯背壁影,萧萧暗雨打窗声。春日迟,日迟独坐天难暮。宫莺百转愁厌闻,梁燕双栖老休妒。莺归燕去长悄然,春往秋来不记年。唯向深宫望明月,东西四五百回圆。今日宫中年最老,大家遥赐尚书号。小头鞋履窄衣裳,青黛点眉眉细长。外人不见见应笑:天宝末年时世妆。上阳人,苦最多!少亦苦,老亦苦,少苦老苦两如何?君不见昔时吕向《美人赋》?又不见今日《上阳白发歌》?(天宝末,有密采艳色者,当时号为"花鸟使"。吕向献《美人赋》以讽之。)

道州民　美贤臣遇明主也(《新乐府》)

道州民,多侏儒,长者不过三尺余。市作矮奴年进送,号为"道州任土贡"。任土贡,宁若斯！不闻使人生别离,老翁哭孙母哭儿,一自阳城来守郡,不进矮奴频诏问。城云"臣按《六典》书,任土贡有不贡无。道州水土所生者,只有矮民无矮奴。"吾君感悟玺书下:岁贡矮奴宜悉罢。道州民,老者幼者何欣欣！父兄子弟始相保,从此得作良人身。道州民,民到于今受其赐。欲说使君先下泪。仍恐儿孙忘使君,生男多以"阳"为字。

卖炭翁　苦宫市也《新乐府》

卖炭翁,伐薪烧炭南山中。满面尘灰烟火色,两鬓苍苍十指黑。卖炭得钱何所营？身上衣裳口中食。可怜身上衣正单,心忧炭贱愿天寒。夜来城上一尺雪,晓驾炭车辗冰辙,牛困人饥日已高,市南门外泥中歇。翩翩两骑来是谁？黄衣使者白衫儿。手把文书口称敕,回车叱牛牵向北。一车炭重千余斤,宫使驱将惜不得。半匹红纱一丈绫,系向牛头充炭直。

新丰折臂翁　戒边功也《新乐府》

新丰老翁八十八,头鬓眉须皆似雪,玄孙扶向店前行,左臂凭肩右臂折。问翁臂折来几年,兼问致折何因缘。翁云贯属新丰县,生逢圣代无征战,惯听梨园歌管声,不识旗枪与弓箭。无何天宝大征兵,户有三丁点一丁。点得驱将何处去？五月万里云南行。闻道云南有泸水,椒花落时瘴烟起。大军徒涉水如汤,未过十人二三死。村南村北哭声哀,儿别爷娘夫别妻,皆云前后征蛮者,千万人行无一回。是时翁年二十四,兵部牒中有名字,夜深不敢使人知,偷将大石捶折臂。张弓簸旗俱不堪,从兹始免征云南。骨碎筋伤非不苦,且图拣退归乡土。此臂折来六十年,一肢虽废一身全。至今风雨阴寒夜,直到天明痛不眠。痛不眠,终不悔,且喜老身今独在。不然当时泸水头,身死魂孤骨不收,应作云南望乡鬼,万人冢上哭呦呦。老人言,君听取。君不闻开元宰相宋开府,不赏边功防黩武?又不闻天宝宰相杨国忠,欲求恩幸立边功?边功未立生人怨,请问新丰臂折翁。

醉后狂言酬赠萧殷二协律

余杭邑客多羁贫,其间甚者萧与殷,天寒身上犹衣葛,日高甑中未拂尘。江城山寺十一月,北风吹沙雪纷纷。宾客不见绨袍惠,黎庶未沾襦袴恩。此时太守自惭愧,重衣复衾有余温。因命染人与针女,先制两裘赠二君,吴绵细软桂布密,柔如狐腋白似云。劳将诗书投赠我,如此小惠何足论?我有大裘君未见,宽广和暖如阳春,此裘非缯亦非纩,裁以法度絮以仁。刀尺钝拙制未毕,出亦不独裹一身。若令在郡得五考,与君展覆杭州人。(比较他少年时作的"新制布裘"一首,命意全同,技术大进步了。)

第二类是闲适诗。白居易晚年诗多属于这一类。这一类的诗得力于陶潜的最多,他早年有《效陶潜体诗十六首》,自序云:"因咏陶渊明诗,适与意会,遂效其体,成十六篇。"我们钞其中的一首,作这一类的引子:

效陶潜体诗十六首之一

朝亦独醉歌，暮亦独醉睡。未尽一壶酒，已成三独醉。勿嫌饮太少，且喜欢易致。一杯复两杯，多不过三四，便得心中适，尽忘身外事。更复强一杯，陶然遗万累。一饮一石者，徒以多为贵。及其酩酊时，与我亦无异。笑谢多饮者，酒钱徒自费。

洛阳有愚叟

洛阳有愚叟，白黑无分别。浪迹虽似狂，谋身亦不拙。点检盘中饭，非精亦非粝。点检身上衣，无余亦无阙。天时方得所，不寒复不热。体气正调和，不饥仍不渴。闲将酒壶出，醉向人家歇。饮食或烹鲜，寓眠多拥褐。抱琴荣启乐，荷锸刘伶达。放眼看青山，任头生白发。不知天地内，更得几年活？从此到终身，尽为闲日月。

途中作

早起上肩舁，一杯平旦醉。晚憩下肩舁，一觉残春睡。身不经营物，心不思量事。但恐绮与里，只如吾气味。

赠梦得

前日君家饮，昨日王家宴，今日过我庐，三日三会面。当歌聊自放，对酒交相劝。为我尽一杯，与君发三愿：一愿世清平，二愿身强健，三愿临老头，数与君相见。

夏日闲放

时暑不出门，亦无宾客至。静室深下帘，小庭新扫地。褰裳复岸帻，闲傲得自恣。朝景枕簟清，乘凉一觉睡。午餐何所有？鱼肉一两味。夏服亦无多,蕉纱三五事。资身既给足,长物徒烦费。若比箪瓢人,吾今太富贵。

问少年

千首诗堆青玉案,十分酒写白金盂。回头却问诸年少,作个狂夫得了无?

新沐浴

形适外无羔,心恬内无忧。夜来新沐浴,肌发舒且柔。宽裁夹乌帽,厚絮长白裘。裘温裹我足,帽暖覆我头。先进酒一杯,次举粥一瓯。半酣半饱时,四体春悠悠。是月岁阴暮,惨冽天地愁。白日冷无光,黄河冻不流。何处征戍行? 何人羁旅游? 穷途绝粮客,寒狱无灯囚。劳生彼何苦,遂性我何优? 抚心但自愧,孰知其所由?

醉后听唱桂华曲

诗云:"遥知天上桂华孤,试问嫦娥更要无? 月宫幸有闲田地,何不中央种两株?"此曲韵怨切,听辄感人,故云尔。

《桂华词》意苦丁宁,唱到嫦娥醉便醒。此是人间肠断曲,莫教不得意人听。

他早年有《折剑头》诗云:"莫轻直折剑,犹胜曲全钩。"晚年不得意,又畏惧党祸,故放情于诗酒,自隐于佛老,决心作个醉吟先生,自甘作"曲全钩"了。读上文的两首诗,可以知他的心境。

达哉乐天行

达哉达哉白乐天！分司东都十三年。七旬才满冠已挂,半禄未及车先悬。或伴游客春行乐,或随山僧夜坐禅。二年忘却问家事,门庭多草厨少烟。庖童朝告盐米尽,侍婢暮诉衣裳穿。妻孥不悦甥侄闷,而我醉卧方陶然。起来与尔画生计,薄产处置有后先。先卖南坊十亩园,次卖东都五顷田。然后兼卖所居宅,仿佛获缗二三千。半与尔充衣食费,半与吾供酒肉钱。吾今已年七十一,眼昏须白头风眩。但恐此钱用不尽,即先朝露归夜泉。未归且住亦不恶,饥餐乐饮安稳眠。死生无可无不可,达哉达哉白乐天!